Pages & Co.

Anna James

Pages & Co.

BAND 2

Matilda und die verschwundene Buchmagie

Aus dem Englischen
von Birgit Salzmann

Mit Illustrationen
von Paola Escobar

EDEL
KIDS BOOKS

Pages & Co.
Matilda und das Verschwinden der Buchmagie
ISBN: 978-3-96129-152-6

Edel Kids Books
Ein Verlag der Edel Germany GmbH

www.edel.com
1. Auflage 2020

Originally published in English by
HarperCollins Children's Books under the title:
PAGES AND CO. (2) – TILLY AND THE LOST FAIRY TALES

Text: Anna James
Illustrationen: Paola Escobar
Übersetzung: Birgit Salzmann
Lektorat: Claudia Müller
Projektkoordination: Dagmar Hoppe
Umschlaggestaltung: Kreativbunker, Herne
Layout und Satz: Uhl + Massopust, Aalen
Herstellung: Frank Jansen
Druck und Bindung: GGP Media GmbH, Pößneck

Printed in Germany

Für meine Mum und meinen Dad,
die mich immer meinen eigenen Weg finden ließen.

1

Ein bisschen Magie

Fünf Menschen waren eindeutig zu viel für einen Schrank.

»Was war noch mal der Grund dafür, dass wir von hier drin aus buchwandeln müssen?«, fragte Tilly, während ihr Gesicht unangenehm dicht an die Schulter ihres Grandads gepresst wurde.

»Wie du wahrscheinlich weißt«, antwortete er, »*müssen* wir eigentlich nicht unbedingt in diesem Schrank starten, aber es macht die Sache etwas spektakulärer, findest du nicht?« Er klang allerdings weniger überzeugt als noch vor einer halben Stunde.

»Also wenn du erreichen wolltest, dass wir uns alle einander und unseren Hygieneprodukten näherkommen, dann ist dir das spektakulär gut gelungen«, antwortete Oskar. Seine Stimme wurde durch Grandmas Schal gedämpft, der ihn an der Nase kitzelte und Fusseln in seinem Mund hinterließ, während er sprach.

»Ich wette, die Geschwister Pevensie mussten sich nie so abmühen, um nach Narnia zu kommen«, sagte Tilly.

»Stimmt, aber die brauchten ja auch nur einmal quer

durch ihren Kleiderschrank zu gehen«, antwortete Grandma. »Auf der einen Seite rein, auf der anderen wieder raus. Das war natürlich vergleichsweise einfach.«

»Schon gut, schon gut«, lenkte Großvater ein. »Mein Versuch, das Ganze etwas wirkungsvoller zu gestalten, war offenbar nicht ganz durchdacht.« Er drehte sich um und schob die Schranktür wieder auf – und Tilly, ihr bester Freund Oskar, ihre Großeltern und ihre Mutter purzelten allesamt schnaufend in den von Zimtduft erfüllten Buchladen.

»Dabei ist es noch nicht mal ein Kleiderschrank«, beschwerte sich Oskar, »sondern bloß einer für Vorräte.«

»Also wirklich«, schnaubte Grandad. »Die Sache sollte nur einen Hauch von Abenteuer bekommen. Ich wollte die Reise nach Narnia nachstellen, ein bisschen Spaß mit euch haben. Davon können wir schließlich alle im Moment eine ordentliche Portion gebrauchen. Und ein bisschen Magie!«

»Aber magisch ist es doch sowieso«, erwiderte Tilly.

Grandad seufzte. »Es ist einfach hoffnungslos mit dieser Familie. Sollen wir es dann von hier aus versuchen? Eine Stunde haben wir noch, bevor wir zur Amtseinführungszeremonie in die Underlibrary aufbrechen müssen.«

»Ich glaube, ich verzichte dieses Mal lieber, Dad«, antwortete Bea, Tillys Mutter, leise und strich sich ihre zerknitterten Kleider glatt. »Im Laden ist vor Weihnachten eine Menge los, da können ein paar helfende Hände mehr nicht schaden. Du weißt ja, wie es ist …« Sie verstummte, lächelte matt und lehnte sich an eines der Regale von Pages & Co., der Buchhandlung, die der Familie Pages gehörte und in der sie wohnte.

Tilly ließ traurig die Schultern sinken. »Mum ist nicht ein einziges Mal buchgewandelt, seit wir aus *Sara, die kleine Prinzessin* zurück sind«, sagte sie und versuchte, möglichst nicht enttäuscht zu klingen.

»Ich weiß, Liebling, aber mach dir keine Sorgen«, antwortete Grandad. »Sie fängt bestimmt bald wieder damit an. Es ist ja kein Wunder, dass sie erst mal vorsichtig ist, nachdem sie fast zwölf Jahre lang in einer Geschichte festgesteckt hat. Stell dir vor, wie furchtbar das für sie gewesen sein muss.« Wie immer, wenn er daran dachte, dass seine Tochter in einer manipulierten Ausgabe von *Sara, die kleine Prinzessin* gefangen gehalten worden war, huschte ein trauriger Blick über sein Gesicht.

»Aber wir haben sie wieder«, fuhr er fort. »Und jetzt, wo wir wissen, dass Enoch Chalk sie eingesperrt hatte, wird er nie wieder ungestraft mit so etwas davonkommen.«

»Falls er jemals gefunden wird«, wandte Tilly ein.

»Konnte Amelia noch irgendwas über das Buch, aus dem er entkommen war, in Erfahrung bringen, bevor sie gefeuert wurde?«, fragte Oskar.

»Amelia wurde nicht gefeuert«, entgegnete Grandad. »Man hat sie gebeten, von ihrer Position als Bibliotheksdirektorin zurückzutreten, solange der Sachverhalt genauer untersucht wird.«

»Also, für mich klingt das ziemlich nach gefeuert«, antwortete Oskar leise.

»Und um deine Frage zu beantworten«, sagte Grandma, »nein, bedauerlicherweise konnte Amelia nichts in Erfahrung bringen. Ihr blieb kaum Zeit, bevor die Buchwächter anfingen, sie bei den anderen Bibliothekaren schlecht zu machen. Sie hatten schon lange nach einem Grund gesucht, um sie loszuwerden, und die Sache mit Chalk war ein willkommener Vorwand. Diese großspurigen Dickschädel mit ihrem albernen Namen, den sie sich auch noch selbst gegeben haben, spielen sich ganz schön auf. Dabei geht es ihnen doch nur darum, selbst an Macht und Einfluss zu gewinnen.«

Grandad legte Grandma die Hand auf den Arm, woraufhin sie tief Luft holte. »Entschuldigt. Es ist weder ein guter Zeitpunkt noch der richtige Ort, um sich aufzuregen.«

»Müsste ich wissen, wer die Buchwächter sind?«, erkundigte sich Oskar, und Tilly war mal wieder froh, dass er einfach fragte, wenn er etwas nicht verstand.

»Die Buchwächter sind ein Haufen Schwachköpfe!«, erklärte Grandad. »Eine Gruppe von Bibliothekaren, die auf strengere Vorschriften und stärkere Kontrollen der

Buchwandler drängt. Bis vor Kurzem waren sie Anhänger von Enoch Chalk, obwohl sie sich inzwischen schämen müssten, jetzt, wo jeder weiß, dass er eine abtrünnige Figur aus einer Primärausgabe ist. Aber oft steigert Scham den Hass der Menschen noch, und ich fürchte, das Eintreten der Buchwächter für einen Kollegen, der sich als erfunden erwiesen hat, befeuert die Hexenjagd auf Amelia noch.«

»Mag sein, dass es Schwachköpfe sind«, sagte Grandma. »Trotzdem ist es ihnen gelungen, beunruhigend viele Bibliothekare von ihren Ansichten zu überzeugen. Die Leute fürchten sich vor den Entwicklungen in der Underlibrary, und Furcht ist auch etwas, das Hass erzeugen kann.«

»Machen sich die Bibliothekare denn keine Sorgen wegen Chalks Verschwinden?«, fragte Oskar. »Ist es nicht gefährlich, dass er sich da draußen irgendwo rumtreibt?«

»Wahrscheinlich sind sie hin- und hergerissen zwischen Sorge und der Absicht, alles unter den Teppich zu kehren«, vermutete Grandad, »damit die anderen Unterbibliotheken nichts davon erfahren.«

»Die anderen Unterbibliotheken?« Oskar sah ihn fragend an. »Du meinst, in anderen Ländern gibt es auch so was wie unsere Underlibrary?«

»Ja«, antwortete Grandad. »In den meisten Ländern gibt es Unterbibliotheken, obwohl nicht alle Länder auch Primärbibliotheken besitzen. Aber jetzt haben wir wirklich genug über Politik geredet. Vor uns liegt ein langer

Nachmittag, der wahrscheinlich nicht weniger kräftezehrend sein wird als der ewige Winter unter der Herrschaft der bösen Königin. Wir sollten also lieber etwas essen.«

Das Mittagessen – Rührei und Avocado auf heißen, gebutterten Bagels – verlief in angespannter Stille. Anfangs versuchten sie, sich zu unterhalten, doch Grandma und Grandad waren zu sehr in ihre Gedanken versunken, und die vage Vorahnung von etwas Unheilvollem hing in der Luft. Das Quietschen von Messern auf Tellern und das Geräusch der laufenden Geschirrspülmaschine im Hintergrund waren das Einzige, was man ab und zu hörte.

»Ist es wirklich so schlimm?«, fragte Oskar nervös und brach damit das Schweigen. »Ich fühle mich, als würden wir gleich auf eine Beerdigung gehen.«

»Nun ja, auf jeden Fall wird gleich die Karriere unserer lieben Amelia beerdigt«, grummelte Grandad. »Ganz abgesehen vom bevorstehenden Tod des britischen Buchwandelns, wie wir es kennen.«

»Das klingt allerdings *ziemlich* schlimm«, antwortete Oskar.

»Ach komm schon, Archie«, wandte Grandma ein. »Abgesehen davon, dass es uns persönlich für Amelia leidtut, ist das alles doch gar nicht so dramatisch. Das

Buchwandeln wird es weiterhin geben, die British Library wird fortbestehen. Solche Phasen gibt es immer wieder. Du weißt, dass es schon von Anfang an Widerstand gegen Amelias Arbeitsweise gab. Diese ewig Gestrigen ärgern sich, dass jemand mit moderneren Vorstellungen und Ideen den Direktorenposten bekommen hat, auf den einige von ihnen es selbst abgesehen hatten. Das Leben geht weiter, wie es schon immer weitergegangen ist.«

»Bis es irgendwann mal anders kommt«, erwiderte Grandad düster, worauf Grandma ihm einen strengen Nicht-vor-den-Kindern-Blick zuwarf. Er schnaubte und schob mit einem schrillen Quietschen seinen Stuhl zurück. Missmutig stellte er seinen schmutzigen Teller neben die Spüle und wandte sich zum Gehen. Dann besann er sich eines Besseren, kam verlegen zurück und spülte den Teller sorgfältig ab, ohne dabei jemanden anzusehen.

Sobald das restliche Geschirr abgeräumt war und alle ihre guten Kleider nach Krümeln abgesucht hatten, machten sie sich auf den Weg und überließen Pages & Co. für den Rest des Nachmittags Beas Verantwortung.

»Seid ihr beide sicher, dass ihr mitkommen möchtet?«, vergewisserte Grandad sich noch einmal.

»Klar«, antworteten Oskar und Tilly im Chor. Sie würden niemals etwas, das mit Buchwandeln zu tun hatte, verpassen wollen.

»Ich hab nicht extra bei der Underlibrary nachgefragt, ob ihr teilnehmen dürft«, murmelte Grandad, als wäre ihm das in dem Moment erst eingefallen. »Na ja, sie werden euch wohl kaum wegschicken, wenn ihr schon mal da seid.«

»Für Amelia ist es bestimmt traurig«, meinte Tilly, »aber ich bin gespannt darauf, was passiert, wenn ein neuer Bibliotheksdirektor ernannt wird.«

»Habt ihr nicht gesagt, es gibt eine Abstimmung?«, fragte Oskar.

Grandma nickte. »Ja, jeder, der sich für geeignet hält, kann sich bewerben, und dann ist es an den anderen Bibliothekaren zu entscheiden, wer der Richtige für den Posten ist.«

»Du bist also damals auch gewählt worden?«, fragte Tilly ihren Grandad.

»Er hat dreizehn andere Kandidaten ausgestochen!«, erklärte Grandma stolz.

»Und wie viele gibt es dieses Mal?«, erkundigte sich Oskar.

Grandma überlegte. »Nur drei, glaube ich. Die Sache mit Chalk hat scheinbar bei einigen den Ehrgeiz etwas gedämpft. Wer will in einem solchen Schlamassel schon die Verantwortung tragen? Es sind wohl nur Ebenezer Okparanta, der schon seit Menschengedenken in der Underlibrary arbeitet, Catherine Caraway, eine Überraschungskandidatin, von der wir nicht viel wissen …«

»Und Melville Underwood«, ergänzte Grandad. »Er ist eine interessante Gestalt. Vor Jahrzehnten, kurz nachdem ich in der Underlibrary angefangen hatte, verschwand er mit seiner Schwester Decima einfach von der Bildfläche. Und niemand hätte gedacht, dass die beiden jemals wieder auftauchen würden. Bis zu ihrem Verschwinden hatten sie Märchentouren für Buchwandler organisiert. Aber in Märchen kann viel passieren, wisst ihr.« Grandad seufzte. »Vor ein paar Wochen tauchte Melville Underwood plötzlich wie aus dem Nichts wieder auf; allerdings ohne seine Schwester. Er wird in seiner Rede sicher von seiner glorreichen Rückkehr berichten, doch für den Posten als Direktor ist er ein wenig zu unerfahren. Ich würde darauf setzen, dass sie sich für Ebenezer entscheiden. Er ist eine sichere Wahl, und momentan scheint mir nicht der passende Zeitpunkt für Überraschungen zu sein.«

2

Märchen sind etwas Erstaunliches

Grandad hatte ein Taxi nach King's Cross für sie bestellt, und der glänzende schwarze Wagen, der auf der Straße vor dem Buchladen wartete, hob ihre Trauerstimmung nicht gerade.

»Du hast gesagt, einer der Kandidaten hat früher Märchentouren organisiert?«, fragte Tilly, als sie losgefahren waren. Sie konnte mit dem Begriff, den ihr Großvater benutzt hatte, nicht wirklich etwas anfangen. »Was soll das denn heißen?«

»Märchen sind etwas Erstaunliches«, antwortete Grandad. »Wisst ihr, woher sie stammen? Wer sie geschrieben hat?«

»Diese Brüder … soundso?«, fragte Oskar.

»Die Brüder Grimm«, sagte Tilly. »Und Hans Christian Andersen. Und alle möglichen anderen.«

»Richtig, aber man muss noch mehr dazu wissen«, antwortete Grandad. »Diese Leute haben tatsächlich viele

Märchen aufgeschrieben und ihnen sicher ihren ganz eigenen Charakter verliehen. Doch die meisten der Geschichten haben sie nicht selbst erfunden – sie haben sie gesammelt. Märchen und Sagen entstanden an Lagerfeuern und Küchenherden, wurden unter Bettdecken und Sternenhimmeln geflüstert. Aber woher sie wirklich kommen, wer sie sich als Erster ausgedacht hat, welche Version die ursprüngliche ist, das lässt sich nicht richtig nachverfolgen. Alles, was wir haben, ist das, was irgendwann niedergeschrieben wurde, aber ihr wahrer Ursprung liegt viel weiter zurück.«

»Könnt ihr euch vorstellen, warum sie deshalb gefährlicher sind als andere Geschichten?«, fragte Grandma.

»Weil …«, begann Tilly, doch zu ihrer Enttäuschung fiel ihr kein richtiger Grund ein.

Oskar dachte angestrengt nach. »Hat es vielleicht was mit den Primärausgaben zu tun?«, fragte er. »Das hat es normalerweise immer, wenn irgendwas beim Buchwandeln gefährlich ist.«

»Ja, das geht in die richtige Richtung«, antwortete Grandma.

»Wenn es viele verschiedene Versionen gibt …«, überlegte Tilly laut.

»… und wir nicht wissen, woher sie kommen …«, fuhr Oskar fort.

»… gibt es dann überhaupt Primärausgaben?«, beendete Tilly die Frage.

»Exakt. Das ist das Problem«, erklärte Grandad. »Wir besitzen natürlich Primärausgaben der verschiedenen Märchenfassungen, die uns als eine Art Quellensammlung dienen, aber diese Geschichten wurden ursprünglich nicht aufgeschrieben. Ihre Wurzeln liegen in der mündlichen Überlieferung, sie wurden laut vorgetragen und von Generation zu Generation, von Gemeinschaft zu Gemeinschaft weitergegeben.«

»Wurzeln geben den Dingen Stabilität«, fuhr Grandma fort. »Die Wurzeln der Märchen jedoch liegen im gesprochenen und nicht im gedruckten Wort. Und deshalb gelten in Märchen die normalen Regeln nicht. Verschiedene Erzählebenen verschwimmen oder treffen aufeinander, und es kann dir passieren, dass du in eine völlig andere Version der Geschichte wandelst als beabsichtigt und dass du kaum eine Chance hast, wieder herauszufinden. Außerdem ist es extrem schwierig, aus einer solchen Geschichte in eine andere zu gelangen; das wäre so, als würdest du versuchen, auf einer Landkarte den Weg zu finden, ohne deinen Ausgangspunkt zu kennen. Ganz abgesehen davon, dass Märchen entstehen und wieder verschwinden; wir

neue Versionen erzählt und ältere vergessen werden. Deshalb stellen sie für Buchwandler ein gewisses Risiko dar. Die Underlibrary organisiert ab und zu Gruppenbesuche unter der Führung erfahrener Bibliohtekare, die sich auf die Märchenwelt spezialisiert haben, die Risiken kennen und wissen, was zu tun ist, um sich dort möglichst ungefährdet zu bewegen.«

»Wart ihr schon in irgendwelchen Märchen?«, fragte Tilly. »Könnt ihr uns vielleicht mal mitnehmen?«

Ihre Großeltern wechselten einen Blick, und sie wünschte sich wieder einmal, die beiden wären nicht so gut im wortlosen Kommunizieren. Sie fragte sich, ob sie wohl in Zukunft auch einmal mit jemandem ein so gutes Team abgeben würde, und starrte versuchsweise Oskar vielsagend an.

»A-alles … okay mit dir?«, fragte der verunsichert. »Du siehst aus, als müsstest du gleich niesen.«

»Schon gut.« Tilly wurde rot und wandte sich wieder Grandma und Grandad zu. »Ihr habt meine Frage nicht beantwortet.«

»Deine Großmutter gehört tatsächlich zu den wenigen Buchwandlern, die mit offizieller Genehmigung in Märchen wandeln können«, antwortete Grandad stolz.

»Und wieso?«, fragte Oskar.

»Nun ja, wie ihr beide wisst, habe ich früher im Kartenraum der Underlibrary gearbeitet«, erklärte Grandma. »Ich war dort für die genaue Erfassung der realen Buchhandlungen zuständig. Daneben gehörte es auch zu meinen Aufgaben, so viel wie möglich über Aufbau und Beschaffenheit der Geschichten in Büchern in Erfahrung zu bringen. Ich habe damals ein bisschen Märchenforschung betrieben, aber leider wurde das Projekt eingestellt, nachdem… na ja, sagen wir aufgrund einer Meinungsverschiedenheit.«

Tilly, die wusste, dass ihre Grandma normalerweise keine Geheimnisse hatte, wurde stutzig. »Da steckt doch bestimmt mehr dahinter, oder?«, fragte sie nach.

»Das erzählen wir euch ein anderes Mal«, sagte Grandad. »Wir sind nämlich jetzt da.«

3

Nicht richtig dazugehören

Tillys Ansicht nach gelang es den Menschen in den einheitlich dunkelblauen Strickjacken nicht besonders gut, sich in der British Library unauffällig zu bewegen. Doch trotz der perfekt aufeinander abgestimmten Kleidung und des lauten Flüsterns schienen sie den normalen Bibliotheksbesuchern nicht besonders aufzufallen.

»Sie halten es für eine Gruppenführung«, erklärte Grandad, während sie durch die Tür mit der Aufschrift »Nur für Mitarbeiter« traten. Diese führte zur King's Library, einem von Glas umgebenen Turm inmitten der Eingangshalle. »Die Leute nehmen selten Notiz von etwas, das sie nicht betrifft. Oder was glaubt ihr, wie wir sonst seit Jahrzehnten eine magische Bibliothek hier verstecken konnten?«

Vor dem scheinbar nicht funktionstüchtigen Fahrstuhl, der die Buchwandler aus der Hauptbibliothek hinunter in die British Underlibrary transportierte, hatte sich eine Schlange gebildet. Tilly hatte erwartet, dass die Stimmung hier ebenso getrübt sein würde wie die bei Pages & Co., doch zu ihrem Erstaunen hörte sie lautes Stimmengewirr und sah viele aufgeregte Gesichter.

»Müssten nicht alle eher traurig sein?«, flüsterte Oskar Tilly zu.

»Wir vielleicht«, antwortete Tilly. »Weil Amelia unsere Freundin ist, aber ich glaube, eine Menge Leute sind sauer auf sie, weil sie ihr Wissen über Chalk geheim gehalten hat.«

»Wir stehen aber schon … auf der richtigen Seite, oder?«, fragte Oskar.

Tilly blickte ihn fragend an. »Auf der richtigen Seite bei was?«

»Bei dem, worum es hier geht«, antwortete Oskar. »Um irgendwas geht es eindeutig.«

Und obwohl Tilly es sich nicht gerne eingestand, musste sie zugeben, dass ihr Freund recht hatte. Eine inzwischen vertraute Panik stieg in ihr hoch. Als sie vor einiger Zeit erfuhr, dass sie eine Buchwandlerin war, hatte sie das Gefühl gehabt, dazuzugehören. Doch dann hatte sich herausgestellt, dass sie halb erfunden war, und das Gefühl war schnell wieder verflogen. Einerseits gehörte sie zu dieser Welt, andererseits auch nicht. Manchmal fühlte sie sich wie eines dieser Kinder in Romanen, die gezwungen waren, in einem keimfreien Plastikzelt zu leben, weil sie krank waren und sich nicht mit irgendetwas anstecken sollten – als müsste sie einen Teil ihrer Selbst verborgen halten, um ihn zu beschützen. Und jetzt diese ganze komplizierte Underlibrary-Politik, die sie überhaupt nicht richtig verstand. Eine leise innere Stimme fragte sie, ob nicht alles viel einfacher wäre, wenn sie nie erfahren hätte, dass sie eine Buchwandlerin war. Wer wollte schon etwas Besonderes sein? Das führte sowieso nur zu Geheimniskrämerei. Und misstrauischen Blicken. Und dem ständigen Gefühl, nicht richtig dazuzugehören.

Trotz dieser Gedanken und der merkwürdig angespannten Atmosphäre in der Underlibrary war Tilly vom Anblick des prächtigen Hauptlesesaals schwer beeindruckt. Mit der hohen türkisfarbenen Decke und den geschwungenen Holzbögen war der Raum einfach wunderschön.

Ein Bibliothekar eilte auf sie zu und schüttelte Grandad energisch die Hand.

»Seb!«, rief Oskar und strahlte, als er den Mann wiedererkannte, der ihm ein paar Monate zuvor geholfen hatte, das Buchwandeln zu erlernen.

»Wie geht es Ihnen allen? Mr Pages, Sir, Mrs Pages, schön, Sie zu sehen«, begrüßte Seb sie. »Tilly, Oskar.« Er sprach unglaublich schnell und konnte mit den Höflichkeiten gar nicht aufhören, obwohl er ihnen offenbar etwas Wichtiges sagen wollte. »Amelia erwartet Sie. Wenn Sie mir bitte folgen würden.« Er führte die vier in einen angrenzenden Raum, während er darauf zu achten schien, ob jemand sie beim Verlassen des Saals beobachtete.

Das Zimmer, in das er sie brachte, war voller Bücherregale und wurde von einem großen Kaminfeuer erwärmt. Vor dem Kamin schritt Amelia Whisper, die frühere Bibliotheksdirektorin, auf und ab. Sie hatte die langen dunklen Haare zu einem Knoten hochgesteckt, was ihr eine gewisse Strenge verlieh, obwohl sie eigentlich ein sehr herzlicher Mensch war. Ihre sonst so strahlende, goldbraune Haut wirkte heute blass und matt. Sie nickte ihnen zur Begrüßung zu, als sie eintraten.

»Danke, dass ihr gekommen seid«, sagte sie.

»Aber natürlich, Amelia.« Grandma eilte auf sie zu und wollte sie umarmen, was Amelia mit einer entschiedenen Handbewegung abwendete.

»Sei bloß nicht zu nett zu mir«, sagte sie. »Sonst fang ich noch an zu weinen, und danach steht mir momentan gar nicht der Sinn. Ich muss mit euch über Wichtigeres reden als über mich und meine Befindlichkeiten. Seb und ich machen uns Sorgen darüber, was hier vor sich geht.«

»Das tun wir alle«, antwortete Grandad. »Also wirklich, dich zum Rücktritt zu zwingen und auf diese Bande und ihre haarsträubenden Argumente zu hören.«

Amelia schüttelte den Kopf. »Nein, ich meine etwas

anderes. Natürlich bin ich untröstlich, dass man sich in der Underlibrary entschieden hat, mich zu ersetzen, aber, na ja, sie haben das Recht dazu.«

»Leider«, brummelte Grandad.

»Das eigentliche Problem ist aber, durch wen sie mich ersetzen. Oder es zumindest vorhaben.«

»Wie meinst du das?«, fragte Grandad.

»Ich traue Melville Underwood nicht über den Weg, und ich glaube, hinter seiner Geschichte steckt mehr, als er zugibt.«

»Ja, aber für ihn werden sie sich sicher nicht entscheiden«, antwortete Grandad. »Er kommt gerade erst von was weiß ich woher zurück. Keiner weiß etwas über ihn. Ich denke, der alte Ebenezer wird es werden.«

»Da bin ich mir nicht sicher«, antwortete Amelia. »Du warst letzte Woche nicht hier. Melville ist zwar noch nicht lange wieder da, aber er ist seitdem ununterbrochen damit beschäftigt, in der Bibliothek herumzulaufen und den Leuten alles Mögliche einzureden. Und ich mache mir Sorgen, dass er damit Erfolg haben könnte. Es ist sicher kein Zufall, dass die Buchwächter sich nicht mehr hinter vorgehaltener Hand beschweren, sondern angefangen haben, sich zu organisieren.«

»Wenn ich kurz etwas anmerken darf«, meldete Seb sich zu Wort. »Ich bin auch ein wenig beunruhigt, weil wir nicht wissen, wo Melville Underwood die ganze Zeit gewesen ist, aber andere teilen unsere Vorbehalte offenbar nicht. Die Buchwächter, wie sie sich jetzt ausdrücklich nennen, nehmen Melvilles Geschichte begierig auf, weil sie froh sind, alle möglichen Unregelmäßigkeiten vertuschen zu können, wenn einer ›von ihnen‹ das Sagen hat. Nach dem Motto: *Das Übel, das man kennt, ist das erträglichste,* oder so. Melville behauptet, er und seine Schwester seien bei einer Gruppenführung durch eine Märchensammlung überfallen worden, aber es ist überhaupt kein solcher Angriff dokumentiert. Wäre eine Gruppe Buchwandler überfallen worden, müssten wir wenigstens einen Vermerk oder eine Notiz oder sogar eine Zeugenaussage in unseren Akten haben. Er sagt, er wüsste nicht, was aus dem Rest der Gruppe und aus seiner Schwester geworden ist, und niemand fragt weiter nach. Ich bin sicher, da stimmt irgendwas nicht.«

»Es gibt also keine Beweise für Melvilles Aussage?«, fragte Grandad nachdenklich.

»Nein«, antwortete Seb. »Genau das ist das Problem. Seine Geschichte lässt sich durch nichts untermauern. Wir sind doch alle Bibliothekare, Archivare und Geschichtenerzähler, warum beunruhigt es offenbar sonst niemanden, dass es keinen einzigen Bericht …?«

»Ich fürchte, dass wir durch Behauptungen wie diese, die wir nicht beweisen können, nur wie schlechte Verlierer aussehen, besonders heute«, unterbrach Grandad ihn. »Wäre es nicht vielleicht klüger, eine Weile abzuwarten und zu sehen, was passiert. Was meint ihr? Obwohl ich zugeben muss, dass ich nie mit Melville warm geworden bin, als wir noch jung waren.«

»Das ist auch so eine Sache«, antwortete Amelia. »Er ist merkwürdigerweise immer noch ein junger Mann!«

»Also, das ist an sich nichts Außergewöhnliches«, sagte Grandma. »Das Altern verläuft in Büchern nicht so gleichmäßig wie im wahren Leben, und in Märchen schon gar nicht.«

»Ja«, sagte Amelia, »aber er scheint nicht einen einzigen Tag älter geworden zu sein. Er sieht noch immer aus wie Ende zwanzig.«

»Meine liebe Amelia, es ist immer leicht, Beweise für etwas zu finden, das man ohnehin schon glaubt...«

Amelia schob Grandads Hand weg, die er ihr beschwichtigend auf den Arm gelegt hatte. »Hör auf, mich zu belehren, Archie. Ich bin keine Anhängerin irgendeiner Verschwörungstheorie, ich kenne die Underlibrary besser als du. Mir ist klar, dass wir es hier mit kaum mehr als Gerüchten und Vermutungen zu tun haben.«

»Aber wie heißt es so schön: *Kein Rauch ohne Feuer*«, merkte Seb an, ohne dass Amelia weiter darauf einging.

»Hier ist noch etwas anderes im Gange«, erklärte sie entschieden. »Und du wärst klug beraten, wenn du meine Warnung ernst nehmen würdest, Archie.«

Grandad nickte. »Du hast ja recht. Tut mir leid, es war nicht meine Absicht... Ich möchte nur... also, Elsie und ich haben dich sehr gern, als Freundin und als Kollegin, und ich will nicht, dass man dich unnötig kränkt.«

»Schon geschehen«, sagte Amelia. »Aber damit kann ich leben. Ich will nur, dass es zu etwas gut ist, und es wird Zeit für ein paar Antworten. In den letzten Wochen habe ich mich manchmal gefragt, ob ich je für den Leitungsposten hier gemacht war. Meint ihr nicht, ich würde stattdessen eine gute Rebellin abgeben? Wollen wir doch mal sehen, ob nicht eine in mir steckt.« Sie zwinkerte unübersehbar. »Also, wenn Seb der Einzige ist, den ich davon überzeugen kann, ein paar Vorschriften zu missachten …«

»Nur nichts überstürzen«, wandte Seb ein, dem allein schon der Gedanke leichten Schweiß auf die Stirn trieb.

4

Alles andere als optimal

Seb brachte sie zurück in den Hauptlesesaal. Dort hatte man auf einem Podest einen Tisch mit Mikrofon aufgestellt und davor etliche Stuhlreihen. Auf dem Tisch lag neben einem Tintenfass und einer Schreibfeder ein dickes in rubinrotes Leder gebundenes Buch. Die Stühle waren fast alle schon besetzt, aber Seb führte Grandad, Grandma, Tilly und Oskar zu reservierten Plätzen ziemlich weit vorne. Während sie sich setzten, fiel Tilly auf, dass viele Bibliothekare die Hälse reckten und sie argwöhnisch musterten.

»In Anbetracht unseres Anteils an dem ganzen Enoch-Chalk-Debakel, bin ich überrascht, dass wir hier vorne sitzen dürfen«, flüsterte Grandad.

»Nur um uns besser im Auge zu behalten, da bin ich mir sicher«, antwortete Grandma.

»Sie wissen doch, wie es ist«, sagte Seb. »Tradition setzt sich durch, und die besagt, dass alle ehemaligen Bibliotheksdirektoren Ehrengäste bei Amtseinführungszeremonien sind. Und wenn Sie das Thema Chalk nicht ansprechen, tut es auch sonst keiner. Die Leute sind froh, dass Amelia den Kopf dafür hinhalten muss. Es ist einfacher, einer bestimmten Person die Schuld zu geben, als darüber nachzudenken, was wirklich los ist.«

Tilly war noch durch die misstrauischen Blicke der Anwesenden abgelenkt, als sie einen jungen Mann bemerkte, der direkt hinter dem Podest stand und mit geschlossenen Augen leise mit sich selbst sprach. Er hatte akkurat geschnittene weißblonde Haare und trug einen dunkelblauen Anzug mit Bibliothekarsstrickjacke unter dem Jackett. Er wirkte äußerst konzentriert, und Tilly nahm an, dass es sich um Melville Underwood handelte, den Mann, gegen den Amelia und Seb so viel Misstrauen hegten. Hinter ihm sah Tilly einen sehr alten Mann mit silbernem Bart, der ihm bis zu den Schienbeinen wallte, und eine ganz in Schwarz gekleidete Frau mittleren Alters im Rollstuhl. Sie unterhielten sich freundlich miteinander. Dann tauchte eine Bibliothekarin hinter Melville auf. Als sie ihm auf die Schulter tippte, zuckte er erschrocken zusammen. Sie sprach leise mit ihm und zeigte auf das Mikrofon. Einen kurzen Moment lang sah Melville Underwood sie verärgert an, doch dann lächelte er plötzlich strahlend.

Tilly stupste ihren Großvater an. »Das ist er, stimmt's?«, fragte sie.

Grandad sah auf und nickte. »Und der Mann mit dem Bart ist Ebenezer, die Frau daneben Catherine,« erklärte er, als die drei Kandidaten zusammen mit Amelia näher traten und mit Blick zum Publikum Platz nahmen. Amelia saß erhobenen Hauptes und mit gerunzelter Stirn da.

Die Zuschauer verstummten alle gleichzeitig, als hätte jemand ein unsichtbares Zeichen gegeben. Nur noch das gelegentliche Knarzen eines Stuhles hallte durch den Raum. Ein Mann, der eher aussah, als würde er in einer Bank arbeiten als in einer magischen Bibliothek, stieg die Stufen zum Podest hinauf. Er tippte sachte ans Mikrofon und erzeugte eine schrille Rückkopplung, die durch den ganzen Saal kreischte. Die Zuschauer verzogen die Gesichter, und der Mann wurde rot.

»Das ist Cassius McCray«, flüsterte Grandad Tilly und Oskar zu. »Der Verwaltungschef der Underlibrary.«

Cassius entschuldigte sich nicht, sondern starrte nur ärgerlich auf das Mikrofon, als hätte es versucht, seine Autorität zu untergraben. Er räusperte sich.

»Nun gut«, fing er an. »Also, wir haben uns heute hier zur Amtseinführungszeremonie versammelt. Das ist eine etwas ungewöhnliche Situation, angesichts der, äh, Umstände. Wie ihr alle wisst, wurde unser früherer Kollege Enoch Chalk als, nun ja, als erfundene Figur aus einer Primärausgabe entlarvt.

Er hat hier jahrzehntelang unentdeckt gearbeitet und jeden, der hinter sein Geheimnis kam, in

Bücher gesperrt, die er manipuliert hatte. Die Situation war alles andere als optimal. Ms Whisper, unsere ehemalige Direktorin, hatte einen Verdacht, was seinen wahren Charakter betraf, entschied sich aber, ihre Vermutung nicht mit uns zu teilen. Wir sind der Meinung, dass diese Entscheidung sie, nun ja, untragbar für die ehrwürdige Position der Bibliotheksleiterin macht, daher wurde sie von ihren Pflichten entbunden. Wir danken Ms Whisper für die Dienste, die sie der British Underlibrary erwiesen hat, und haben ihr einen anderen, passenderen Posten angeboten, für den Fall, dass sie hierbleiben und ihre Schuld wiedergutmachen möchte, indem sie uns bei der Suche nach Mr. Chalks Aufenthaltsort behilflich ist. Die Nachforschungen laufen, und wir sind zuversichtlich, dass sie bald zu unserer Zufriedenheit abgeschlossen werden. Wir werden euch natürlich regelmäßig unterrichten. Wie es unsere Pflicht verlangt.«

Während der ganzen Ansprache saß Amelia mit erhobenem Kinn da, ohne das geringste Anzeichen von Schuldbewusstsein zu zeigen. Tilly hätte ihr am liebsten applaudiert und wäre gern zu ihr gelaufen, um sie zu umarmen und sie spüren zu lassen, dass sie auf ihrer Seite stand. Und da war sie schon wieder: diese Vorstellung von verschiedenen Seiten und dass sie sich für eine davon entscheiden musste.

»Nun«, fuhr Cassius fort, »das bedeutet natürlich, dass wir heute einen neuen Bibliotheksdirektor wählen. Wir haben drei, äh, ja, drei Kandidaten, und gemäß unserer Statuten darf jeder, der infrage kommt, ungeachtet seiner, äh, aktuellen Stellung, zu uns sprechen. Also werden alle drei kurz das Wort an uns richten, und dann werdet ihr die Gelegenheit haben, Fragen zu stellen. Anschließend führen wir eine geheime Wahl durch, um Ms Whispers Nachfolger zu bestimmen. Also, sollen wir, äh, mit unserem lieben Freund Ebenezer Okparanta beginnen …?« Ein Bibliothekar hinter ihm hüstelte, woraufhin er sich verbesserte. »Ich meine, mit unserem lieben Kollegen Ebenezer Okparanta.«

Der alte Mann mit dem langen silbernen Bart begab sich auf die Bühne. Er lächelte freundlich.

»Meine Freunde«, begann er. »Denn freundschaftlich verbunden sind wir im Grunde alle hier. Vor euch steht ein alter Mann, aber einer, der uns wieder vereinen will und dabei die Grundsätze, die wir gemeinsam in Ehren halten, nicht vergessen wird. Wir leben in Zeiten der Unruhe und Verwirrung, aber so muss es nicht bleiben. Wir tragen Sorge für etwas Magisches und Bedeutsames, aber derzeit werden wir durch interne Machtkämpfe und übermäßigen Stolz von unserer Aufgabe abgelenkt. Wir müssen unsere Arbeit fortsetzen, um die Schließung von Buchhandlungen und Bibliotheken zu verhindern und gleichzeitig uns selbst und unsere Gemeinschaft zu schützen – zwei Ziele, die wir mit vereinten Kräften erreichen können. Ich bin überzeugt, meine langjährige Tätigkeit und mein Engagement hier in der Underlibrary qualifizieren mich, uns an diesem Scheidepunkt mit ruhiger Hand durch diese schwierige Zeit zu führen. Ich arbeite seit vielen Jahren mit euch allen zusammen, und ich hoffe, meine Erfahrung spricht für sich. Danke, meine Freunde.«

»Irgendwelche Fragen?«, fragte Cassius, und einige Hände schnellten in die Höhe.

»Ebenezer, was wirst du wegen Enoch Chalk unternehmen?«, wollte ein Bibliothekar wissen.

»Ich werde natürlich mit Amelia zusammenarbeiten, um herauszufinden, wo er ist, und ...«

»Aber«, unterbrach er ihn, »ich glaube beziehungsweise *weiß*, dass einige von uns der Meinung sind, dass alle Bibliothekare überprüft werden sollten, um sicherzustellen, dass auch jeder der ist, für den er sich ausgibt.«

»Aber nicht doch«, sagte Ebenezer, offenbar überrascht. »Das höre ich ja zum ersten Mal. Wo kommen wir denn da hin, wenn wir einander nicht mehr vertrauen?«

»Man sieht ja, was unser Vertrauen uns gebracht hat«,

bemerkte ein anderer der Zuschauer leise, aber doch für jeden hörbar.

Ebenezer wirkte erstaunt. »Um die Sache mit Enoch müssen wir uns selbstverständlich kümmern, meine Freunde, aber es geht auch noch um etwas viel Wichtigeres«, erwiderte er. »Nämlich um das Verschwinden der Buchmagie, weil Buchhandlungen und Bibliotheken schließen, und um die merkwürdigen Berichte, die uns aus den Märchen erreichen.«

»Gebt Melville Underwood das Wort!«, rief eine Frau. »Er ist schließlich selbst im Märchenland gewesen.«

»Einer nach dem anderen«, entgegnete Cassius. »Als Nächstes ist Catherine Caraway an der Reihe. Danke, Ebenezer.«

Ebenezer Okparanta verließ etwas schwankend die Bühne. Er wirkte bestürzt; mit einer solchen Stimmung im Saal hatte er offenbar nicht gerechnet.

Kurz darauf kam Catherine Caraway die Rampe heraufgerollt und nahm seinen Platz ein.

»Liebe Buchwandlerkollegen und -kolleginnen«, begann sie mit entschiedenem, aber herzlichem Tonfall. »Zu lange schon haben wir den eigentlichen Sinn unserer Existenz aus den Augen verloren und sind in Bürokratie versunken. Ich möchte eine Underlibrary führen, deren Hauptaugenmerk auf dem Buchwandeln liegt. Daher sollten wir jetzt unbedingt Kontakt mit den Archivaren aufnehmen.« Tilly hörte missbilligendes Gemurmel im Publikum und hier und da sogar spöttisches Lachen.

»Wir haben ihnen viel zu lange den Rücken gekehrt«, fuhr Catherine etwas lauter fort. »Da brauchen wir uns nicht zu wundern, dass sie uns aufgegeben haben. Überlassen wir es ihnen, unsere Probleme zu lösen, und wenden wir uns wieder unserer wichtigsten Aufgabe zu.«

Als Tilly einen flüchtigen Blick zu ihren Großeltern warf, stellte sie fest, dass die beiden ziemlich skeptisch wirkten, als hätte Catherine gerade vorgeschlagen, den Osterhasen um Hilfe zu bitten.

»Wen würdest du wählen?«, flüsterte Tilly Grandma zu.

»Mal abgesehen von der Tatsache, dass Amelia geeigneter wäre als jeder Einzelne von denen«, antwortete sie leise, »weiß ich, dass Ebenezer das Herz am rechten Fleck hat. Ich befürchte nur, ihm fehlt die Stärke, es mit den vielen kritischen Stimmen hier aufzunehmen. Und wovon Catherine da redet, das weiß der Himmel. Sie beweist damit nur, wie naiv sie ist…«

»Aber vielleicht könnten die Archivare wirklich helfen?«, fragte Tilly. »Ich dachte, sie wären so was wie die wichtigsten Buchwandler überhaupt?«

»Auf die Archivare zu vertrauen, wäre genauso, als würdest du darauf warten, dass plötzlich ein Einhorn erscheint und dir deine Wünsche erfüllt«, sagte Grandma.

»Vielleicht wäre dann doch Melville die bessere Wahl?«, flüsterte Tilly und blickte noch einmal unauffällig zu dem

Mann, der aufmerksam beobachtete, wie Catherine mit einem Ausdruck höflichen Interesses zunehmend wütende Fragen beantwortete.

»Wir werden sehen«, murmelte Grandma, kurz bevor jemand, der hinter ihnen saß, sie zur Ruhe mahnte.

Catherine rollte von der Bühne, und Cassius ergriff erneut das Mikrofon. Er wirkte ziemlich nervös.

Amelia versuchte – allerdings vergeblich – einen selbstzufriedenen Gesichtsausdruck zu unterdrücken.

»Ähem, nun gut«, stammelte Cassius. »Lasst uns nicht vergessen, dass wir alle Kollegen sind, einverstanden? Also, wo waren wir stehen geblieben ... Ach ja. Kommen wir schließlich zu unserem letzten Kandidaten. Ein lange Zeit vermisster Buchwandler, der unerwartet zu uns zurückgekehrt ist, hat sich kurzfristig noch zur Wahl aufstellen lassen – was ihm absolut zusteht. Diejenigen unter euch, die schon länger hier sind, werden sich sicher noch an unsere Kollegen Melville und Decima Underwood erinnern, Buchwandler im Außendienst, die unter Einsatz ihres Lebens die Grenzen unserer Geschichten im Märchenland erforschten. Als sie spurlos verschwanden, dachten wir, sie wären, nun ja, sie wären sozusagen im Einsatz ums Leben gekommen. Aber ... dann ist ein Wunder geschehen. Melvilles Rückkehr stimmt uns sehr zuversichtlich.«

Mit diesen Worten verließ Cassius das Podest, und Melville Underwood trat auf die Bühne. Tilly beugte sich nach vorn. Sie war sehr gespannt darauf, was er zu sagen hatte.

»Meine Freunde«, begann Melville. Seine Stimme klang zuckersüß. »Ich bin so froh, dass ich zu euch zurückgefunden habe, nachdem ich jahrelang einsam und allein in Trauer um meine arme Schwester Decima in der Welt der Märchen ausharrte. Der Gedanke, irgendwann nach Hause zu meiner ›Familie‹ in der British Underlibrary zurückzukehren, gab mir Kraft. Obwohl ich den gefährlichsten Elementen des Buchwandelns sehr nahe gekommen bin, hat das meine Liebe dazu nicht gemindert. Im Gegenteil, die Erfahrungen, die ich gemacht habe, haben meine Ehrfurcht und Bewunderung für die Buchmagie, die wir glücklicherweise nutzen dürfen, noch vertieft. Aber diese Magie ist keine Selbstverständlichkeit. Ich habe sowohl mit eigenen Augen gesehen als auch von meinen geschätzten Freunden hier gehört, dass es Anzeichen dafür gibt, dass dieses kostbare Gut in Gefahr ist. Darum müssen wir nun zusammenstehen und das Buchwandeln schützen, solange wir noch können.« Er sah ins Publikum, um festzustellen, wie seine Worte aufgenommen wurden. Dabei verweilte sein Blick einen Moment zu lange auf Grandma und Grandad.

»Seit jeher steht das britische Buchwandeln im Mittelpunkt der weltweiten Gemeinschaft, und wir müssen dafür sorgen, dass das so bleibt«, fuhr er fort. »Während die Märchen zunehmend unsicherer werden, fürchte ich, dass sich, was immer dafür verantwortlich ist, auch auf unsere anderen Geschichten ausdehnen wird. Wachsamkeit ist nun geboten! Ich bin Amelia für ihren Einsatz und ihre Arbeit als Direktorin in den letzten zehn Jahren dankbar. Das sollten wir alle sein, aber nun ist es Zeit, die Dinge anders anzugehen. Solche Vorfälle wie die Sache mit Enoch Chalk dürfen einfach nicht vorkommen. Das war eine Bedrohung für die Grundlagen unseres Zusammenlebens. Ich möchte euch zu Geschlossenheit aufrufen! Stehen wir zusammen angesichts der Unsicherheit und der Gefahr für die Macht und die Unantastbarkeit unserer Geschichten – und für die British Underlibrary selbst! Ich stimme meinen zwei geschätzten Kollegen zu. Ebenezer hat recht, wenn er uns zu Einigkeit mahnt, und Catherine verweist auf wesentliche Punkte, was unsere wichtigste Bestimmung betrifft. Beide Grundsätze teile ich, aber ich hoffe, meine Zeit im Land der Märchen – ganz nahe bei den Anfängen all unserer Geschichten – hat mir Klarheit verschafft und mir die Entschlusskraft verliehen, die in diesem historischen Moment gebraucht wird. Gemeinsam verfügen wir über unglaublich viel Weisheit und Erfahrung. Genau wie Ebenezer und Catherine weiß ich, dass einige von uns während meiner Abwesenheit eifrig nach Wegen gesucht haben, das Buchwandeln im Sinne der Archivare zu schützen und zu bewahren. Wenn ich das Glück hätte, gewählt zu werden, wäre es mir eine Ehre, mit denjenigen und mit euch allen zusammenzuarbeiten. Mit vereinten Kräften werden wir den besten Weg finden und dafür Sorge tragen, dass Romanfiguren – und Buchwandler – nicht mehr so leicht auf Abwege geraten!« Er grinste ins Publikum, als würde jeder seinen Witz verstehen. »Und jetzt beantworte ich gerne alle Fragen, die ihr noch habt«, schloss er. »Ich nehme an, das sind einige.«

Das Publikum applaudierte zustimmend, und Tilly bemerkte, dass Amelia Grandma und Grandad einen besorgten Blick zuwarf.

»Danke, meine Freunde«, sagte Melville.

Grandad hob die Hand. »Erklär mir eins, Melville. Warum hältst du dich für den Richtigen, um gerade jetzt hier die Führung zu übernehmen? Du bist doch so viele Jahre fort gewesen. Willst du nicht erst einmal richtig ankommen, dir die Sache eine Weile ansehen und ein paar Erfahrungen sammeln, bevor du das Ruder vielleicht irgendwann in der Zukunft übernimmst?« Er hatte seine Frage freundlich formuliert, doch Grandads Stimme war eiskalt.

»Nun ja, Archibald«, antwortete Melville und lächelte ihn an. »Wie ich gerade dargelegt habe, glaube ich, der Underlibrary eine Menge bieten zu können. Doch da ist noch etwas. Etwas, das ich eigentlich nicht erwähnen wollte, weil es keinen Einfluss auf die Wahl heute haben sollte. Aber wenn du mich schon darauf ansprichst, möchte ich deine brillante Frage beantworten und euch etwas mitteilen. Ich kehre nicht nur mit Informationen zu euch zurück, die uns dabei helfen können, unsere geliebten Märchen zu retten, sondern auch mit unwiderlegbaren Beweisen bezüglich

des Aufenthaltsortes

von

Enoch

Chalk.«

5

Etwas Seltsames ist im Gange

Einen kurzen Moment herrschte absolute Stille, dann brach Chaos im Saal aus. Die Leute begannen, wie wild zu gestikulieren und sich gegenseitig anzuschreien, während Melville das Ganze nur seelenruhig beobachtete. Tilly lief ein kalter Schauer über den Rücken, und sie sah, dass Grandma und Grandad einen besorgten Blick wechselten.

»Also, das …«, stammelte Cassius ins Mikrofon, »das ist eine ziemlich gewagte Behauptung, Melville. Was genau weißt du darüber? Du bist verpflichtet, dieses Wissen mit uns zu teilen, das ist dir doch klar?«

»Natürlich«, antwortete Melville. Er hob die Hand, und die Zuschauer verstummten. »Ich wollte in dieser heiklen Angelegenheit niemanden beunruhigen, deshalb habe ich anfangs nichts gesagt. Aber ich kann es kaum erwarten, euch allen mitzuteilen, was ich herausgefunden habe. Während ich im Märchenland umherirrte und nach einem Weg zurück suchte, bin ich mehreren Figuren begegnet, die sich über einen Mann beklagten, der ziemlich unhöflich war, überall herumschnüffelte und viele Fragen stellte. Ich nahm an, der Mann wäre auch ein Buchwandler, der zurück nach Hause will, und versuchte ihn aufzuspüren.«

»Kannst du das beweisen?«, rief jemand aus den hinteren Reihen.

»Entschuldigst du mich einen Moment, Cassius?«, fragte Melville und verließ die Bühne. Kurz darauf kam er mit einem Pappkarton zurück. Die Luft knisterte beinahe vor Spannung, als er ihn auf den Tisch stellte.

»Reicht das als Beweis?«, fragte er und nahm eine graue Melone aus dem Karton, eindeutig Enoch Chalks Hut.

Das Publikum schien die Luft anzuhalten, doch dann brach tosender Applaus los. Amelia sah Grandad stirnrunzelnd an.

»Ist das nicht gut?«, flüsterte Tilly Grandma verwirrt zu. »Ich dachte, wir wollten Chalk finden. Beweist das nicht, dass Melville auf unserer Seite ist?«

»Vielleicht«, antwortete Grandma. »Vielleicht aber auch nicht. Ich traue dem Mann nicht, Amelias Bauchgefühl allerdings schon. Es gibt viele unbeantwortete Fragen – woher wusste Melville zum Beispiel überhaupt, dass Chalk eine Bedrohung ist? Natürlich wollen wir, dass er gefunden und bestraft wird, und womöglich stimmen wir noch in anderen Punkten mit Melville überein. Doch eins kann ich ganz sicher sagen: Etwas Seltsames ist im Gange.«

Cassius stand jetzt wieder auf der Bühne und versuchte, alle zu beruhigen.

»Ich glaube … ich glaube, es ist nun an der Zeit für die Abstimmung«, sagte er. »Wir werden euch Sitzreihe für Sitzreihe nach vorne bitten, damit ihr eure Stimme abgeben könnt. Bitte wartet auf euren Plätzen, bis ihr aufgerufen werdet. Dann, nun ja, dann sehen wir weiter. Abstimmen dürfen natürlich nur diejenigen von euch, die derzeit für die Underlibrary arbeiten« sagte er mit einem herablassenden Blick zu Grandad, der pikiert die Augen verdrehte.

Es entstand ein ziemliches Getuschel, während die fast fünfzig Bibliothekare und Bibliothekarinnen nacheinander nach vorne gingen, ihr jeweiliges Kreuzchen auf ein Stück Papier machten und dieses unter Cassius' nervösem Blick in eine Holzkiste steckten.

Als alle gewählt hatten, trugen Cassius und ein anderer Bibliothekar die Wahlurne aus dem Saal.

Ein halbe Stunde später kehrte der Verwaltungschef, etwas blass im Gesicht, zurück. »Wir haben die Stimmen gezählt und das Ergebnis mehrfach überprüft, und, nun ja: Ich freue mich, euch mitteilen zu können, dass der neue Direktor der British Underlibrary Melville Underwood heißt.«

Auf diese Verkündung folgte donnernder Applaus, obwohl Tilly auch kleinere Gruppen von Bibliothekaren entdeckte, die gar nicht klatschten. Doch Melville, der

noch immer Chalks Hut in der Hand hielt, hatte eindeutig die Mehrheit des Publikums auf seiner Seite.

Er betrat erneut die Bühne. »Ich freue mich auf unsere Zusammenarbeit«, sagte er und beugte ehrerbietig den Kopf, während eine zweite Welle von Applaus ihn überrollte. Als der Beifall sich etwas gelegt hatte, trat Cassius näher an ihn heran. Melville zog sein Jackett aus und krempelte die Hemdsärmel hoch. Ein Bibliothekar hatte das dicke Buch, das auf dem Tisch lag, aufgeschlagen und ehrfürchtig die Seiten glatt gestrichen.

»Jetzt muss er einfach nur unterschreiben, und schon ist er der Bibliotheksdirektor?«, fragte Tilly.

»Ein bisschen mehr Einsatz ist schon gefragt«, antwortete Grandad. »Ihr beide seid doch nicht zimperlich, oder?«

»Nee.« Oskar reckte den Hals, damit er auch gut genug sehen konnte.

Cassius sah Melville an, der entschlossen nickte und die Hand nach der Feder ausstreckte.

»Die Tinte der Underlibrary symbolisiert unsere Geschichten, die nun ein Teil von dir sein sollen«, verkündete Cassius feierlich. Dann nahm er Melvilles Handgelenk, zog seine Hand über das Tintenfass und stach ihn schnell und entschlossen mit der Feder in die Zeigefingerspitze, sodass ein Tropfen Blut in die Tinte fiel. Melville schluckte, gab aber keinen Laut von sich. »Und indem du einen Tropfen deines Blutes gibst, bist du nun

Teil der Underlibrary«, fuhr Cassius fort und reichte Melville die Feder, die dieser in die Tinte tauchte, um seine Unterschrift in das Buch zu setzen. »Durch diese Amtseinführungszeremonie wird dein Lebenselixier mit dem der Underlibrary vereint.« Cassius schüttelte Melville die Hand.

Melville grinste zufrieden. Er umarmte Cassius, und damit schien die feierliche Zeremonie beendet zu sein.

»War's das schon?« Oskar und klang ein bisschen enttäuscht.

»Musste Amelia das auch machen?«, fragte Tilly ihre Großmutter.

»Aber ja«, antwortete sie. »Und dein Großvater ebenso.«

Grandad lächelte und hielt seinen rechten Ringfinger in die Höhe, auf dem ein kleiner, verblasster **schwarzer** Punkt zu erkennen war.

»Ist das nicht gefährlich?«, wollte Tilly wissen. »Kriegt man davon keine Tintenvergiftung oder so?«

»Aber nein«, erklärte Grandma. »Es ist bloß, als bekämst du ein winziges Tattoo, nichts weiter.«

»Und mir geht's ja offensichtlich blendend«, ergänzte Grandad und rieb sich abwesend über die Fingerspitze. »Jetzt lasst uns hier verschwinden, bevor wir noch irgendwelchen lästigen Small Talk machen müssen. Dazu habe ich keine Lust. Abgesehen davon könnte ich eine Tasse Tee gebrauchen.«

»Nicht so eilig«, meldete sich da jemand zu Wort. Und als sie sich umdrehten, stand Cassius hinter ihren Plätzen. »Melville würde euch gern sprechen. Alle vier.«

6

Nicht die Zeit für Geheimnisse

Das Grüppchen folgte Cassius zurück in den Raum, in dem sie sich vor der Zeremonie mit Amelia unterhalten hatten. Das Feuer im Kamin war kräftig geschürt worden, und es war heiß und stickig. Seb, der ihnen nicht von der Seite wich, schloss leise die Tür hinter ihnen. Der Einzige, der frisch und entspannt wirkte, war Melville Underwood. Er saß, ein Pflaster um die Fingerspitze, in dem Ledersessel direkt vor dem Kamin und blickte sie ernst an. Keine Spur mehr von dem vor Charme sprühenden Mann, der vor der Amtseinführungszeremonie zu ihnen gesprochen hatte.

»Schön, dich wiederzusehen, Melville«, begrüßte Grandad ihn in dem Tonfall, der üblicherweise darauf schließen ließ, dass er genau das Gegenteil von dem meinte, was er sagte. »Wie zum Teufel bist du an Enoch Chalks Hut gekommen? Du brüstest dich mit einer Heldentat, obwohl du eigentlich gar nicht wissen konntest, wer dieser Mann war. Was soll die Geheimniskrämerei?« Wir stehen schließlich alle auf derselben Seite, oder?«

»Ich würde in diesem Gespräch gern ein paar Dinge klarstellen«, erwiderte Melville und ignorierte Grandads Fragen einfach. »Erstens: Aus Höflichkeit und angesichts deiner früheren Position hier, Archibald, wurdest du zur Zeremonie eingeladen. Aber ab sofort bist weder du noch deine Familie hier länger willkommen, außer bei ernsten Buchwandelnotfällen oder auf meine persönliche Einladung hin.«

»Das können Sie nicht machen!«, rief Oskar aufgebracht. »Oder etwa doch?«

»Und wer bist du?«, entgegnete Melville, als hätte er Oskar jetzt erst bemerkt.

»Oskar natürlich, das sollten Sie eigentlich wissen, weil ich letztes Jahr dabei geholfen habe, Tillys Mutter zu retten und die Wahrheit über Enoch Chalk herauszufinden.«

»Ach, du warst also das zweite Kind, das sich eingemischt und ihm dadurch zur Flucht verholfen hat«, antwortete Melville kalt. »Jetzt müssen wir uns natürlich keine Sorgen mehr deswegen machen. Chalk wird in Kürze die Strafe bekommen, die er verdient.«

»Wo ist er denn?«, fragte Tilly.

»Das geht dich nichts an«, erwiderte Melville herablassend. »Es ist mir ein Rätsel, wie zwei unreife Kinder überhaupt so sehr in diese Sache miteinbezogen werden konnten. Eurer kindischen Abenteuerlust und der Unfähigkeit, auf eurem persönlichen Rachefeldzug das große

Ganze zu erkennen, verdanken wir es doch erst, dass dieser gefährliche Mann immer noch frei herumläuft.«

»Du lieber Himmel, Underwood«, sagte Grandad. »Du weißt genau, dass es nicht ihre Schuld war. Trotz deines ganzen Gehabes wirst du wohl nicht leugnen, dass ohne Tilly und Oskar keiner von uns bemerkt hätte, dass Chalk eine entflohene Figur aus einem Primärtext ist. Sagst du uns nun, woher du den Hut dieses Mannes hast? Jetzt ist wirklich nicht die Zeit für Geheimnisse.«

»Das ist nun schon das zweite Mal in ziemlich kurzer Zeit, dass ich mich wiederholen muss. Du solltest mir besser zuhören, Archibald.« Melville sah Grandad verächtlich an. »Wie schon gesagt, ich bekam Hilfe von Figuren aus der Märchenwelt. Während ich nach dem Heimweg suchte, hörte ich Gerüchte über einen Mann, der Fragen stellte, und ich nahm an, es wäre ein verirrter Buchwandler. Ich hoffte, gemeinsam mit ihm einen Weg zurück in die reale Welt zu finden. Als ich ihn jedoch ausfindig gemacht hatte, war er ziemlich abweisend und murmelte ständig irgendeinen Unsinn vor sich hin, den ich nicht verstand. Als ich merkte, dass er nicht richtig bei Sinnen war, lenkte ich ihn ab und zog unbemerkt ein Buch aus seiner Tasche, um mir meine eigene Rückkehr zu sichern. Selbstverständlich versuchte ich, ihn mitzunehmen, aber er wehrte sich und rannte weg. Dabei fiel sein Hut auf den Boden. In der Hoffnung, den Mann damit vielleicht identifizieren zu können, nahm ich ihn an mich. Und in der Underlibrary angekommen, wurde mir schnell klar, wem ich da begegnet war. Auch sein Gemurmel über ein Kind, das seine Pläne durchkreuzt hatte, ergab rasch Sinn.«

Melville richtete den Blick auf Tilly. »Was mich zum nächsten Punkt auf meiner Agenda bringt. Ich sorge mich zunehmend über den Einfluss von Kindern auf die Sicherheit des Buchwandelns. Daran ändern auch die Heldentaten deiner Enkelin, Archibald, und ihres Freundes nichts. Ich habe vor, das Buchwandeln für unter Achtzehnjährige zu untersagen, bis sie disziplinierter geworden sind und mehr über Geschichte und Traditionen unserer altehrwürdigen Institution gelernt haben.«

»Sie können uns doch nicht das Buchwandeln verbieten!«, rief Tilly entsetzt.

»Das ist grausam«, sagte Grandma. »Warum sollte es den jungen Menschen verwehrt sein, Magie und Wunder des Buchwandelns zu erfahren?«

»Weil sie die Regeln und Vorschriften nicht respektieren und weil Buchwandeln mehr ist als *Magie und Wunder*«, antwortete Melville, wobei er die beiden Wörter voller Verachtung aussprach.

»Was ist das denn für eine schäbige Logik? Es ist gar nicht möglich, jemandem das Buchwandeln zu verbieten!«, erwiderte Grandad. »Das weißt du ganz genau.«

»Wir können zwar nichts gegen die natürliche Gabe des Buchwandelns unternehmen«, entgegnete Melville gelassen. »Aber wir können die Bücher in der Underlibrary sichern.«

»Ein Buch weiß doch nicht, wie alt ein Leser oder ein Buchwandler ist«, meinte Grandad. »Man kann der Sache also keine Altersbeschränkung auferlegen.«

»Du hast recht.« Melville nickte. »Deshalb werden wir den Zugang zu den Büchern wohl für alle sperren, und jeder muss vorher schriftlich um Erlaubnis bitten, wenn er in eins davon wandeln will. Das ist die perfekte Lösung, findest du nicht? Auf diese Weise können wir sicher sein, dass nur in begründeten Fällen buchgewandelt wird und nicht bloß zum Spaß oder um irgendwelchen Unfug zu treiben. Oder womöglich um eine erfundene Figur zu verführen.« Er hob eine Braue.

»Wie kannst du es wagen, eine so unverschämte Andeutung zu machen? Lass meine Tochter aus dem Spiel!«, rief Grandma aufgebracht.

Tillys Hände ballten sich unwillkürlich zu Fäusten, sodass ihr die Fingernägel schmerzhaft in die Handballen schnitten. »Das ist gemein!«, platzte es aus ihr heraus. »So war es überhaupt nicht!«

»An deiner Stelle würde ich mich lieber zurückhalten«, erwiderte Melville. »Dein Wutausbruch bestätigt meine Ansicht nur.«

»Weißt du eigentlich, dass du genauso wie Enoch Chalk klingst?«, bemerkte Grandma kühl.

Melville sah sie durchdringend an. »Ich kann dir versichern, dass ich genau das Gegenteil von ihm bin«, antwortete er verärgert. »Nicht, dass ich mich vor euch rechtfertigen müsste. Wie ihr vorhin gesehen habt, stehen die Bibliothekare auf meiner Seite. Und noch etwas: Fürs Erste ist es sicher ratsam, eine Markierungsphase einzuführen, damit wir verfolgen können, wo sich die Leute gerade aufhalten.«

»Aber das ist eine grobe Verletzung der Privatsphäre«, entgegnete Grandma, und Tilly dachte mit Schaudern daran, wie Chalk sie ohne ihr Wissen markiert hatte, um herauszufinden, wo ihre Eltern waren.

»Dabei macht sowieso keiner mit«, sagte Grandad. »Niemand wird dir zustimmen.«

»Im Gegenteil, es ist bereits beschlossene Sache. Freiwillige Zustimmung ist jetzt Vorschrift.«

»Freiwillige Zustimmung ist Vorschrift?«, schnaubte Grandad. »Das ist ja ein Widerspruch in sich. Du kannst nicht einfach den Sinn der Worte verändern, wie es dir gefällt.«

»Im Gegenteil.« Melville grinste. »Worte können viel mehr oder weniger bedeuten, als man denkt. Und wenn wir sie kreativ nutzen, können wir mit ihrer Hilfe eine Menge erreichen. Die Mehrheit der Bibliothekare sieht ein – oder wird dazu gebracht einzusehen –, dass das Markieren in dieser unsicheren Zeit die beste Maßnahme ist. Solange du dich nicht verbotenerweise irgendwohin begibst, hast du nichts zu befürchten, stimmt's? Es würde ziemlich verdächtig erscheinen, wenn du etwas dagegen hättest, dass deine Mitbuchwandler wissen, wohin du gehst. Und bevor du weiter von deinem hohen Ross herab Vorträge hältst, ruf dir in Erinnerung, dass durch das Markieren lediglich nachverfolgt wird, in welche Bücher du wandelst. Niemand hat vor, jede deiner Bewegungen zu beobachten. Komm schon, wir sind schließlich alle Bibliothekare. Seb wird euch mit zur Registrierung nehmen. Danke für eure Kooperation. Das britische Buchwandeln befindet sich in einer spannenden Phase. Und ihr habt die Ehre, dabei zu sein.«

»Moment mal …«, fing Oskar an, doch Melville schnitt ihm das Wort ab.

»Das ist im Augenblick alles. Danke, dass ihr euch Zeit genommen habt.«

»Damit wirst du nicht durchkommen«, sagte Grandad zu Melville.

»Es sieht aber ganz danach aus«, erwiderte Melville, ohne den Blick zu heben.

7
Buchmagie

Kaum hatte sich die Tür hinter ihnen geschlossen, wollte Grandad etwas sagen, doch Seb sah ihn eindringlich an und legte den Finger auf die Lippen. »Warte, bis wir irgendwo sind, wo uns keiner hört«, flüsterte er.

Und so liefen sie schweigsam hintereinander her in ein anderes Büro, welches deutlich sparsamer möbliert war als das vorherige.

»Ich weigere mich, mich markieren zu lassen«, sagte Grandad, als sie die Tür zugemacht hatten. »Das ist eine ungeheuerliche Verletzung meiner Persönlichkeitsrechte und meiner Rechte als Buchwandler. Die Underlibrary ist offiziell nicht befugt, so etwas mit uns zu machen.«

»Nein, natürlich nicht«, antwortete Seb. »Allerdings untersteht ihnen das Buchwandeln, und deshalb können sie – wenn auch auf zweifelhafter moralischer Grundlage – zum Beispiel bestimmen, dass nur markierte Buchwandler in den Büchern der Underlibrary wandeln dürfen. Aber du weißt ja, dass eine solche Markierung nicht von Dauer ist. Tilly trägt inzwischen auch keine mehr.«

»Ach Seb, du musst das doch nicht tun«, sagte Grandma.

»Es käme mir auch keine Sekunde in den Sinn«, antwortete Seb leicht beleidigt. »Es ist sowieso nicht meine Aufgabe. Ich habe auch erst bei der Amtseinführungszeremonie von meinem Freund Willow davon erfahren. Amelia meint zwar, ich sollte mich bei Melville beliebt machen, damit ich ihr alles über ihn berichten kann. Aber ich habe nicht das Gefühl, dass er von meiner Loyalität überzeugt ist. Jedenfalls schickt er jemand anderen vorbei, um das mit der Markierung zu erledigen, und ich kann euch nicht einfach rausschmuggeln. Das Einzige, was mir momentan einfällt, ist …«

In dem Moment wurde die Tür aufgerissen, und eine zierliche Frau kam herein. »Ab jetzt übernehme ich, Sebastian«, sagte sie förmlich.

»Natürlich, Angelica«, sagte Seb. »Ich bringe nur rasch Tilly und Oskar nach nebenan.«

»Warum das?«, fragte Angelica und runzelte die Stirn.

»Hat Mr Underwood dir das nicht mitgeteilt? Gemäß seiner neuen Richtlinien für minderjährige Buchwandler wird Willow sie in einem anderen Raum markieren und ein getrenntes Register für die unter Achtzehnjährigen anlegen. Sicherlich … weißt du darüber Bescheid? Tut mir leid, wenn ich die Katze aus dem Sack gelassen habe, bevor ich es sollte.«

»Hast du nicht«, beeilte Angelica sich zu versichern.

»Das wusste ich natürlich – ich wollte nur sichergehen, dass du es auch weißt. Ich gehöre übrigens mittlerweile zu Melvilles engsten Vertrauten«, sagte sie und lächelte selbstzufrieden.

»Großartig!« Seb scheuchte Tilly und Oskar zur Tür hinaus. »Du bist bestimmt unentbehrlich. Ich bringe die beiden gleich wieder zurück. Wie lange brauchst du?«

»Ungefähr zehn Minuten, länger nicht«, antwortete sie.

»Und was ist mit Grandma und Grandad?«, flüsterte Tilly Seb zu, als er sie und Oskar in ein leeres Büro schob.

»Denen wird schon was einfallen«, meinte er. »Wenn's hart auf hart kommt, ist es ihnen sicher wichtiger, dass ihr nicht markiert werdet.«

»Kann Underwood nicht überprüfen, ob wir markiert sind?«, fragte Oskar beunruhigt.

»Na ja, er könnte ins Register schauen«, antwortete Seb. »Deshalb werde ich auch dafür sorgen, dass eure Namen auf jeden Fall drinstehen. Wenn Melville dann irgendwann anhand der Markierung kontrollieren will, wo ihr gewesen seid, wird er nichts finden.«

»Wie kann er das denn kontrollieren?«, fragte Oskar.

»Die Markierungen sind mit einer Art Protokollheft verbunden«, erklärte Seb. »Darin wird aufgezeichnet, wann und wohin jemand, der markiert worden ist, buchwandelt. Für euch wird es aber keine Aufzeichnungen geben, weil ihr nicht markiert seid. Melville wird jedoch annehmen, er hätte euch so erschreckt, dass ihr ihm gehorcht und brav zu Hause bleibt. Ein Zeichen dafür, dass er euch nicht besonders gut kennt, nebenbei bemerkt.«

»Kannst du das nicht auch für meine Großeltern so machen?«, fragte Tilly.

»Wenn es bei ihnen den Anschein hätte, sie würden gar nicht mehr buchwandeln, wäre Melville viel misstrauischer. Er weiß, dass er Archie und Elsie keine Angst einjagen kann.«

Obwohl Tilly sich große Sorgen machte, war sie stolz auf ihre Großeltern.

»Was genau hat Angelica denn jetzt mit ihnen vor?«, fragte Oskar. »Tilly hat damals gar nicht gemerkt, dass sie markiert wurde. Man kriegt doch nicht so was wie einen Stempel verpasst, oder?

»Nein, keinen richtigen Farbstempel«, erklärte Seb und lächelte trotz der angespannten Lage. »Für eine solche Bibliotheksmarkierung muss man nur dafür sorgen, dass ein kleines bisschen Buchmagie an der jeweiligen Person haftet, dann kann man diese magische Spur mithilfe des Protokollhefts verfolgen. Tilly muss damals von Chalk heimlich markiert worden sein, als er das erste Mal bei Pages & Co. war. Wie Melville schon sagte, lässt sich anhand dieser Markierung nicht erkennen, wo genau sich jemand aufhält, es entsteht nur eine Art Protokoll beziehungsweise eine Übersicht der Bücher, in denen derjenige gewandelt ist. Das an sich schadet nicht, aber Melvilles

Vorhaben, derartig viel Buchmagie zu verwenden, ist besorgniserregend. Diese Magie ist mit dem Gerüst der Geschichten fest verwoben, und sie daraus zu lösen, ist eine ziemlich gewaltsame Angelegenheit. Man muss Risse und Bruchstellen in den betreffenden Geschichten verursachen, erst dann entweicht etwas von ihrer Magie. Hier in der Underlibrary dienen uns hauptsächlich fehlerhafte Bücher, die nicht mehr verkauft oder verliehen werden können, als Quelle. Wir nehmen sie den Buchhandlungen zu einem reduzierten Preis ab, stampfen sie ein und können auf diese Weise etwas Buchmagie aus ihnen gewinnen. Die mit dieser Methode erlangte Magie ist zwar nicht ganz so wirksam, aber wir bringen auch die Geschichten nicht so sehr in Gefahr.

Falls nun jemand aufspürbar sein möchte – wenn er in ein gefährliches Buch wandelt, zum Beispiel –, dann kann er ein bisschen Buchmagie in einem Medaillon mit sich tragen oder sich einfach etwas auf die Haut tupfen. Buchmagie sieht so ähnlich aus wie Tinte. Tatsächlich war in der Tinte, die ihr vorhin bei der Zeremonie gesehen habt, welche enthalten. Dadurch sollen die Bibliotheksdirektoren an die Underlibrary gebunden werden und umgekehrt.«

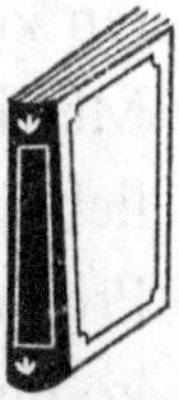

»Wie lange hält die Wirkung denn an, wenn man Buchmagie benutzt?«, fragte Oskar.

»Wenn du sie direkt auf die Haut aufträgst, höchstens ein paar Monate«, antwortete Seb. »Und das ist der zweite Grund, warum wir uns wegen deiner Großeltern nicht allzu sehr zu sorgen brauchen, Tilly. Sie müssen nichts weiter tun, als eine Weile vorsichtig zu sein. So lange, bis wir uns einen guten Plan überlegt haben.«

»Gut«, sagte Tilly und war ein wenig beruhigter. »Ich wusste gar nicht, dass die Leute etwas Richtiges zum Anfassen meinen, wenn sie von Buchmagie reden.«

»Ich auch nicht«, sagte Oskar. »Ich dachte, es ginge bloß um so was wie: ›Oooh, diese wunderbare Magie der Bücher – Lesen ist ja so wichtig!‹ Du weißt schon, das typische Lehrergerede.«

»Nein, nein.« Seb schüttelte den Kopf. »Ich meine, was die Lehrer sagen, stimmt schon, aber unsere Buchmagie ist etwas anderes. Etwas, das sich durch alle Geschichten zieht und sie am Leben hält. Habt ihr gehört, was Melville über Märchen gesagt hat? Sie sind so veränderlich, weil sie nur durch reine Magie existieren, wie sie in Primärausgaben und gedruckten Büchern gar nicht vorkommt. Wir reden hier von alter Buchmagie – nicht mal Bibliothekare wissen, wie sie funktioniert.«

»Aber Seb…«, begann Tilly. »Was hat Melville denn gemeint, als er davon sprach, alle Bücher zu sichern? Braucht man dazu auch Buchmagie?«

»Na ja, wie ihr gehört habt, ist es nicht möglich, jemandem die Fähigkeit zum Buchwandeln zu nehmen – sie ist ein Teil von dir. Aber man kann die Leute davon abhalten, in bestimmte Bücher zu gelangen. Wenn die Primärausgabe eines Buches gesichert, das heißt rundherum fest ›eingebunden‹ ist, dann kann niemand in irgendeine seiner Fassungen wandeln. Auf diese Weise wird kontrolliert, wohin die Leute gehen. Im frühen 19. Jahrhundert gab es eine Gruppe von Buchwandlern, die der Ansicht war, dass das Buchwandeln nur bestimmten Menschen vorbehalten sein sollte – reichen wie ihnen zum Beispiel. Vor Kurzem haben sich einige Bibliothekare zusammengeschlossen und sich nach ihnen benannt: die Buchwächter. Sie verbreiten allerlei Unsinn und sind besessen von der Idee, alles strenger zu kontrollieren.«

»Aber warum denn?«, wollte Tilly wissen. »Was bringt ihnen das?«

»Hauptsächlich Macht«, antwortete Seb. »Wenn du etwas kontrollierst, erlangst du dadurch Macht über die Menschen, die es haben wollen – oder es brauchen. Leute wie die Buchwächter verabscheuen den Gedanken, etwas mit jemandem teilen zu müssen. Sie wollen alles für sich behalten, sie glauben, es stünde ihnen zu. So war es schon immer.«

»Aber dass etwas schon immer so war, heißt doch noch lange nicht, dass es richtig ist«, sagte Tilly.

»Natürlich nicht«, bestätigte Seb. »Umso schwieriger

ist es, etwas daran zu ändern. Was jedoch nicht heißt, dass wir es nicht versuchen sollten.«

Tilly nickte. »Seb, glaubst du, Melville kann Chalk wirklich aufspüren?«

»Ich denke schon«, antwortete Seb. »Und das ist gut so, auch wenn wir nicht mit allem einverstanden sind, was er tut. Buchwandeln ist eine komplizierte Sache. Deshalb kann man nicht einfach sagen, Leute, die nicht für uns sind, sind automatisch gegen uns.«

»Underwood ist ja wohl *eindeutig* gegen uns«, erwiderte Oskar. »So kompliziert ist das nicht.«

»Das heißt aber nicht, dass wir nicht auch ein paar gemeinsame Ziele haben«, erklärte Seb. »Zum Beispiel, Chalk zu finden. Niemand hat ein Interesse daran, dass er in irgendwelchen Geschichten umherstreunt, schon gar nicht in Märchen. Deshalb sollten wir uns darauf konzentrieren, Melvilles Buchsicherungspläne zu stoppen, ihn aber nicht daran hindern, sich um Chalk zu kümmern.«

In nächsten Augenblick wurde eine Tür zugeknallt, und als sie im Flur nachschauten, was los war, sahen sie drei aufgebrachte Menschen, die sich wütend anblitzten.

»Ich mache hier nur meine Arbeit, Mrs Pages«, sagte Angelica. »Diese Entscheidung wurde nicht von mir getroffen. Und jetzt gehe ich. Wenden Sie sich an Mr Underwood, wenn Ihnen etwas nicht passt.«

»Haben Sie mal in Erwägung gezogen, einen einzigen

Moment selber zu denken?«, erwiderte Grandad verärgert. »Keiner zwingt sie, alles zu tun, was man Ihnen sagt.«

»Was er meint«, meldete sich Grandma zu Wort und gab sich erkennbar Mühe, ruhig zu bleiben, »ist, dass es darauf ankommt, zuerst über das nachzudenken, was einem aufgetragen wird, und dann zu entscheiden, ob es richtig oder falsch ist.«

»Ich will doch wegen so was nicht meine Anstellung verlieren«, erwiderte Angelica. »Ist es nicht die Aufgabe der höhergestellten Bibliothekare, sich über solche Dinge den Kopf zu zerbrechen, damit wir das nicht tun müssen?«

»Nein!« Grandad platzte der Kragen. »Ihre Aufgabe ist es, das Buchwandeln zu schützen! Nicht, sich wie eingebildete, törichte Tyrannen aufzuführen!«

Er bemerkte Matilda, Oskar und Seb, die ihn durch die offene Tür anstarrten. »Na, endlich! Tilly, Oskar, lasst uns hier verschwinden. Ich bleibe keinen Moment länger in dieser Institution, die sich ins Gegenteil dessen verwandelt hat, was sie sein sollte!« Er fasste die beiden an den Schultern und schob sie Richtung Tür.

Grandma und Seb folgten ihnen.

»Zum Kartenraum, ja?«, fragte Grandad. »Wir müssen so schnell wie möglich zu Pages & Co. zurück.«

»Hältst du das für klug?«, fragte Seb beunruhigt.

»Das ist mir im Moment herzlich egal«, antwortete

Grandad. »Könntest du Amelia bitte sagen, sie soll sich bei uns melden, sobald sie sich von hier loseisen kann?«

»Ja, natürlich«, versprach Seb. »Und keine Sorge wegen Tilly und Oskar! Ich hab sie nicht markiert.«

Das besänftigte Grandad ein bisschen. »Danke, Seb. Ich hätte nie an dir zweifeln dürfen. Bitte komm uns mit Amelia besuchen, wenn du kannst. Es gibt viel zu besprechen.«

8

Was für ein Abenteuer

Eine halbe Stunde später saßen sie am Küchentisch, tranken sehr starken Tee mit ausnahmsweise zwei Teelöffeln Zucker beziehungsweise sehr süße Limonade, die eigentlich für besondere Gelegenheiten reserviert war.

»Ich verstehe immer noch nicht ganz, wie wir vom Kartenraum aus nach Hause gekommen sind«, sagte Tilly. »Hat das auch was mit Buchmagie zu tun? Und können wir auf demselben Weg auch in die Underlibrary hineingelangen?«

»Nun ja«, antwortete Grandad verlegen. »Ja und nein. Es handelt sich nicht direkt um einen allgemein anerkannten Transportweg. Und eigentlich sollte Pages & Co auch gar nicht mehr zum Verkehrsnetz gehören.«

»Als Bibliotheksdirektor«, erklärte Grandma, »tun dir ein paar deiner erfundenen Freunde durchaus gelegentlich einen Gefallen. Da kommt es schon mal vor, dass eine Romanfigur, die die besondere Fähigkeit besitzt, magische Tore zu schaffen, den Kartenraum mit einem solchen versieht, das von dort aus direkt in den Buchladen oder die heimatliche Bibliothek des Direktors führt, nur für den Notfall.« Grandma lächelte. »Eigentlich sollte das Tor jedes Mal wieder geschlossen werden, sobald ein neuer Bibliotheksdirektor anfängt, damit es nicht kreuz und quer im Land verteilt magische Tore gibt. Aber Amelia hat ein Auge zugedrückt, als sie die Leitung der Underlibrary übernahm. Und ich denke, sie hat nicht vor, Melville wissen zu lassen, dass das Pages-&-Co.-Portal noch existiert.«

»Falls ihr mal zurück in die Underlibrary müsst, ohne dass er etwas merkt?«, vermutete Oskar.

»Genau«, bestätigte Grandad.

»Wollen wir hoffen, dass es dazu nicht kommt«, fügte Grandma hinzu. »Wir sollten noch mehr darüber in Erfahrung bringen, was überhaupt vor sich geht, bevor wir beginnen, heimlich dort herumzuschleichen.«

»Also … womit fangen wir an?«, fragte Tilly.

»Nun ja, ihr zwei macht genau das, was ihr die ganze Zeit schon machen wolltet«, antwortete Grandma. »Ihr fahrt morgen früh nach Paris, um Oskars Dad ein paar Tage zu besuchen!«

»Aber was ist mit Melville und seinen Plänen, die Leute zu markieren und die Bücher zu sichern? Und mit seinem Buchwandelverbot für Kinder? Kann ich denn nicht irgendwie helfen?«, beharrte Tilly.

»Während ihr fort seid, setzen wir uns mit Seb und

Amelia zusammen und besprechen alles.« Grandma seufzte. »Im Nachhinein betrachtet war es vielleicht keine so gute Idee, euch heute mitzunehmen, aber dank Seb ist ja alles gut gegangen. Das heißt natürlich *nicht*, dass ihr an irgendwelche gefährlichen Orte wandeln dürft.«

Grandad nickte zustimmend. »Und macht euch um uns keine Sorgen. Das mit dem Markieren ist ein moralisches Problem, kein praktisches. Die Wirkung lässt schnell nach, und wir hatten sowieso nicht vor, auf unerlaubte Buchwandeltouren zu gehen. Worauf wir uns hauptsächlich konzentrieren müssen, ist, zu verhindern, dass sie die Bücher sichern, und das könnt ihr uns überlassen. Wir werden mit ein paar Bibliothekaren über die Buchwächter sprechen. Und Chalk überlassen wir unterdessen einfach Melville.«

»Können wir denn gar nichts tun?«, fragte Oskar.

»Momentan nicht«, antwortete Grandad.

»Nicht mal ein bisschen nachforschen oder lesen oder so?«, bohrte Tilly weiter.

»Ihr könnt uns helfen, indem ihr eine schöne Zeit bei Oskars Vater in Paris verbringt«, erwiderte Grandad entschieden. »Überlasst alles andere uns. Und jetzt kümmern wir uns ums Abendessen!«

Eine halbe Stunde später stellte Grandad eine riesige Schüssel Spaghetti mit Tomaten und Garnelen auf den Tisch. Grandma komplettierte das Ganze mit gebuttertem Knoblauchbrot und Rucolasalat, und Bea, die gerade den Buchladen geschlossen hatte, setzte sich auch zu ihnen.

Der Esstisch trug überall Flecken und Spuren, die an vergangene Zeiten erinnerten. Die Unterseite war noch mit den Überbleibseln von Tillys früherem Versuch übersät, ihn in ein Raumschiff zu verwandeln. Als sie noch klein war, hatte sie zu diesem Zweck mit Sekundenkleber Papierknöpfe und -hebel daran befestigt. Auf der Oberfläche fanden sich etliche Rotweinflecken und eine Ansammlung weißer Kringel, wo heiße Getränke ohne Untersetzer hingestellt worden waren. An den Tischbeinen hatte Alice, die Katze, reichlich Kratzer hinterlassen. Der Tisch bildete den Mittelpunkt des Raumes, der als Esszimmer, Arbeitszimmer und familiärer Treffpunkt außerhalb des Buchladens diente. Es kam selten vor, dass er nicht mit Bücherstapeln, halb fertigen Hausaufgaben, Tassen mit lauwarmem Kaffee oder Tee und ungeöffneter Post übersät war.

»Also, Oskar«, fragte Grandma. »Wie lange liegt dein letzter Paris-Besuch zurück?«

Oskar wollte sich gerade ein Stück Knoblauchbrot in den Mund stecken, als er merkte, wie heiß es war. »Ich bin schon seit den Sommerferien nicht mehr da gewesen«, antwortete er und versuchte dabei, kühle Luft in den Mund zu saugen. »Weil es Mamie nicht gut ging und wegen der Schule und allem … Ihr wisst ja, wie viel manchmal los ist. Und Dad kriegt kaum Urlaub, deshalb kann er auch nur selten zu uns kommen.«

»Es ist sehr nett von deinem Dad, Tilly mit einzuladen.« Bea wickelte Nudeln um ihre Gabel, ohne sie jedoch zum Mund zu heben. »Was arbeitet er noch mal?«

»Er führt zusammen mit meiner Stiefmutter eine Kunstgalerie«, antwortete Oskar. »Sie haben immer schrecklich viel zu tun. Wahrscheinlich war es Mums Idee, dass wir zu ihnen fahren.«

»Aber sie wissen doch, dass ich auch mitkomme?«, fragte Tilly erschrocken.

»Ja, natürlich«, versicherte Grandma. »Wir haben mehrmals wegen der Zugtickets mit ihnen telefoniert und besprochen, was du mitbringen sollst – sie freuen sich wirklich darauf, dich kennenzulernen. Und Oskars Grandma wirst du auch treffen, weil sie gerade bei ihnen zu Besuch ist. Vielleicht zeigt sie dir sogar ein paar ihrer Illustrationen.«

»Eins ihrer Bilder hängt bei meinem Dad zu Hause an der Wand«, sagte Oskar. »Es ist unheimlich gruselig und total cool.«

»Ach wie schön«, freute sich Grandma und versuchte, ein bisschen Begeisterung bei Tilly zu erzeugen.

»Es wird bestimmt komisch, so kurz vor Weihnachten nicht in unserer Buchhandlung zu sein«, sagte Tilly bloß.

»Aber was für ein Abenteuer!«, rief Grandad. »Die Vorweihnachtszeit in Paris zu erleben.«

»Wir werden dich sehr vermissen, stimmt's Bea?« Grandma stupste ihre Tochter an.

»Ich kann mich kaum noch daran erinnern, wie Weihnachten ist«, sagte Bea leise. »Es wird sicher merkwürdig, wieder einen Baum, einen Truthahn und all das zu haben.«

»Gab es denn in *Sara, die kleine Prinzessin* kein Weihnachten?«, erkundigte sich Oskar.

»Wahrscheinlich schon«, antwortete Bea verhalten. »Es fällt mir nur schwer, mich an irgendwelche Einzelheiten zu erinnern. Es ist, als würde ich versuchen, mir einen Traum zurück ins Gedächtnis zu rufen. Ich habe einfach nichts mehr klar vor Augen.« Sie wandte ihre Aufmerksamkeit wieder ihrem Weinglas zu.

Tilly hatte gehofft, ihre Mutter würde nach ihrer Befreiung aus *Sara, die kleine Prinzessin* mit jedem Tag wieder mehr ins normale Leben zurückfinden. Aber das Gegenteil schien der Fall zu sein. Bea verbrachte immer mehr Zeit allein und in ihre Tagträume zurückgezogen, was Tilly sehr traurig machte.

Da stellte Bea das Weinglas plötzlich zur Seite, schüttelte den Kopf und lächelte ihre Tochter an. »Aber du bist doch nur ein paar Tage fort und lange vor den Festtagen wieder hier. Also, wer möchte einen Kaffee?« Sie schob ihren fast unberührten Teller weg und zauste Tilly liebevoll die Haare, bevor sie aufstand und sich auf den Weg in die Küche machte, um heißes Wasser aufzusetzen.

Tilly verdrängte die Sorgen, die sie sich wegen ihrer Mutter machte, aus ihrem Oberstübchen – zusammen mit ihren Gedanken über die Vorgänge in der Underlibrary. Und dann klemmte sie zur Sicherheit eine Stuhllehne unter die Türklinke, damit sie auch schön dort draußen blieben.

9

Etwas herrlich Ungezähmtes

Frühmorgens, wenn man alleine in Pages & Co. war, herrschte dort eine ganz besondere Stimmung. Gespannte Erwartung hing in der Luft, zwischen den Buchdeckeln warteten endlose Abenteuer, und die Buchhandlung schien unerschöpfliche Möglichkeiten zu bieten.

Tilly saß im Schneidersitz auf dem grünen Samtsofa am Kamin und sah zu, wie es draußen schneite. Im Laden war es noch kühl, und sie hatte die Hände um einen heißen Becher selbst gemachten Johannisbeerpunsch gelegt, eine Spezialität ihrer Großmutter. Sie nippte vorsichtig daran, während die Schneeflocken vom Himmel schwebten und sich auf den Fensterscheiben niederließen.

»Manchmal stelle ich mir vor, es wären winzige, tanzende Schnee-Elfen«, hörte sie plötzlich eine vertraute Stimme, und als sie sich umdrehte, saß Anne Shirley, die Hauptfigur aus einem von Tillys Lieblingsbüchern, am anderen Ende des Sofas und blickte staunend hinaus.

»Oje!«, rief Tilly. »Anne… Weißt du, dass deine Haare ganz grün sind?«

Anne drehte sich um und sah Tilly traurig an. »Ja, und ich leide ganz schrecklich darunter. Es ist kaum zu glauben, dass einer einzigen Person so viel Unglück passiert«, antwortete sie deprimiert. »Das Schicksal hat sich eindeutig gegen mich gewandt. Ich hatte vor, mir die Haare in einem wunderschönen eleganten Schwarz zu färben, aber der Mann, von dem ich die Farbe an der Haustür gekauft habe, hat meine Eitelkeit schamlos ausgenutzt und, na ja, sieh selbst. Seit drei Tagen wasche ich sie wie verrückt, aber nichts passiert. Mein Leben in den feinsten Kreisen der Gesellschaft ist zu Ende, bevor es überhaupt richtig angefangen hat. Es ist eine Sache, als Rothaarige zum Ball zu gehen, aber es ist etwas völlig anderes, mit grünen Haaren dort aufzutauchen, besonders in einer Stadt wie Avonlea, in der alle nur auf Klatsch und Tratsch aus sind. Stell dir nur vor, was Rachel Lynde sagen würde, wenn sie mich sähe!« Sie warf den Kopf theatralisch auf die Sofalehne und seufzte tief. »Ich schäme mich viel zu sehr, um Green Gables zu verlassen – bestenfalls erlaube ich der lieben Diana, mich zu besuchen, denn sie ist in der Lage, sich der traurigen Situation angemessen zu benehmen –, und ich bin angenehm überrascht, dass ich plötzlich hier gelandet bin. Hast du etwa gerade an mich gedacht?«

»Vermutlich schon, irgendwie, sonst wärst du ja nicht hier«, antwortete Tilly. »Und weißt du was, bei uns sind kurze Haare sehr modern. Du könntest sie vielleicht einfach abschneiden lassen?«

»Oh, auf keinen Fall. Das Einzige, was noch schlimmer ist als grüne Haare, sind nämlich kurze grüne Haare. Und falls es dazu kommt, muss ich mich ganz und gar aus der feinen Gesellschaft zurückziehen.«

»Na, dann drücke ich die Daumen, dass es nicht dazu kommt«, meinte Tilly matt. Weil sie *Anne auf Green Gables* erst vergangene Woche wieder einmal gelesen hatte, wusste sie, dass genau das passieren würde.

Anne legte den grünen Kopf auf Tillys Schulter. »Ach ja, Winter ist die allerschönste Jahreszeit, stimmt's?«

»Das sagst du über alle Jahreszeiten!«, antwortete Tilly.

Anne nickte. »Kann sein. Aber es kommt darauf an, dass ich es in dem Moment auch von ganzem Herzen meine. Es kommt durchaus vor, dass ich etwas aus voller Überzeugung sage, und am nächsten Tag oder in der nächsten Jahreszeit hat sich meine Meinung geändert. Marilla meint, das ändere nichts, und als Schwärmerei getarnte Unwahrheiten sind immer noch Unwahrheiten. Doch ich bin der Ansicht, wenn man etwas in dem Moment, in dem man es sagt, ehrlich meint, dann ist es die Wahrheit, egal, was danach kommt. Und Schwärmerei ist ein guter Grund für fast alles – vor allem für den Winter.«

»Wie wohl der Winter in Paris sein wird?«, überlegte Tilly laut.

»Du reist nach Paris?«, fragte Anne und setzte sich kerzengerade hin. »Wie wunderbar romantisch! Wann fährst du los?«

»Ziemlich bald schon«, erwiderte Tilly. »Unser Zug geht kurz vor Mittag von St. Pancras, glaube ich. Ich bin mir bloß nicht sicher, ob es gerade gut ist, zu verreisen …«

»Warum denn nicht?«, wollte Anne wissen. »Ich würde meinen, es gibt keine schlechte Zeit, um nach Paris zu reisen!«

»Na ja, hier ist eine Menge passiert«, erzählte Tilly. »Und ich weiß nicht so recht, wo mein Platz in alldem ist. Grandad und Grandma sagen, sie regeln alles, während wir fort sind, aber ich weiß nicht, wie sie das hinkriegen wollen. Und unsere Freundin Amelia hat ihren Posten verloren, und niemand scheint sich Gedanken darüber zu machen, was Chalk im Schilde führt. Ich weiß einfach nicht, was das alles zu bedeuten hat. Und ich finde es komisch, einfach so nach Paris in die Ferien zu fahren, wenn alle anderen so viele Sorgen haben und meine Mama immer noch traurig ist.«

»Ist sie das?«, fragte Anne vorsichtig.

»Ja«, antwortete Tilly. »Und sie bleibt praktisch die ganze Zeit hier zu Hause. Seit wir uns von meinem Dad verabschiedet haben, ist sie in keine einzige Geschichte mehr gewandelt, und sie will auch nicht mit mir darüber reden. Es ist, als wären wir Fremde.«

»Na ja, es muss auch ziemlich merkwürdig sein, eine neugeborene Tochter zu haben, und das nächste Mal, wenn du sie siehst, ist sie plötzlich elf und ein selbstständiges Mädchen mit eigenen Ansichten, Träumen und Erinnerungen«, sagte Anne. »So was ist vielleicht romantisch, wenn du darüber in einem Buch liest, aber wenn es der Mutter einer engen Freundin passiert, macht man sich doch Sorgen. Das muss für euch beide tragisch sein.«

»Na ja, tragisch ist vielleicht ein bisschen übertrieben«, erwiderte Tilly. »Immerhin ist sie jetzt wieder da. Du brauchst also kein Mitleid mit mir zu haben.«

»Das hab ich nicht,« Anne sah Tilly ernst an. »Wieso sollte ich Mitleid mit einem Mädchen haben, das in einem Buchladen wohnt, zwei Großeltern und eine ganze Mutter hat, die es alle lieben, und das im Schnee nach Paris fährt?! Natürlich würde ich Green Gables für nichts eintauschen wollen, aber ich wäre nicht traurig, an deiner Stelle zu sein.«

»Da ist was dran.« Tilly versuchte, sich so glücklich zu fühlen, wie sie eigentlich sein sollte.

Das Zuschlagen der Küchentür ließ sie erschrecken, und als sie hochblickte, kam Grandma auf sie zu.

»Alles in Ordnung, Liebes?«, fragte sie und setzte sich, ein Buch unter dem Arm, neben Tilly aufs Sofa.

»Gerade ist Anne weg«, antwortete Tilly. »Wir haben uns ein bisschen unterhalten. Und sie hatte grüne Haare.«

»Ach, die Sache mit den grünen Haaren. Ich wünschte, ich hätte sie sehen können. Es ist gut, Freunde zu haben, mit denen man über alles reden kann, weißt du«, sagte Grandma. »Ich bin froh, dass du Anne und Oskar hast. Oskar begreift manchmal mehr, als du glaubst. Es wird sicher schön, wenn ihr zusammen in Paris seid und seine Familie besucht. Bevor ihr losfahrt, wollte ich dir noch etwas zeigen.«

Grandma legte Tilly das Buch, das sie bei sich trug, vorsichtig in den Schoß. »Ich dachte, du möchtest dir das vielleicht mal anschauen. Das ist das Märchenbuch, das ich damals in der Underlibrary benutzt habe. Das war immer mein Ausgangspunkt, wenn ich an meinen Aufzeichnungen arbeiten wollte.«

Das Buch war alt und abgenutzt, diverse Papierstreifen markierten bestimmte vergilbte Seiten, und hier und da waren Ecken umgeknickt. Als Tilly vorsichtig den vorderen Deckel umklappte, kam ein aufwendig verziertes Inhaltsverzeichnis zum Vorschein, das vertraute Geschichten auflistete.

»Frankreich ist in gewisser Weise das Ursprungsland der Märchen, besonders jener, die in unserer westlichen Tradition verankert und bei uns am bekanntesten sind. Viele davon wurden zuallererst in Frankreich aufgeschrieben, auch wenn sie von anderswo stammten«, erklärte Grandma. »Im Moment ist es zu gefährlich, in diese Geschichten zu wandeln, aber wenn du möchtest, können wir einmal zusammen einen Ausflug dorthin unternehmen, sobald sich die Lage beruhigt hat.«

»Oh ja!« Tilly blätterte andächtig durch die Seiten. »Du hast gesagt … du hast gesagt, es gab eine Meinungsverschiedenheit damals, und deshalb hast du aufgehört, die Märchen zu erforschen?«

»Hm … ja«, antwortete Grandma ein wenig zögerlich. »Als ich noch Kartografin war, habe ich mit einer anderen Bibliothekarin zusammengearbeitet. Sie war eine gute Freundin. Unsere Aufgabe bestand darin, eine Art Landkarte zu erstellen, auf der zu erkennen sein sollte, wie die Märchen zusammenhingen. Wir versuchten herauszufinden, warum die normalen Regeln für Märchen nicht anwendbar waren. Unzählige Male sind wir zusammen buchgewandelt und haben die Geschichten im Märchenland erkundet. Es ist wirklich ein fantastischer Ort. Doch als wir langsam Ergebnisse mit unseren Forschungen erzielten, hätten wir in einem nächsten Schritt aus diesen Ergebnissen neue Regeln ableiten müssen, um die Märchen für Buchwandler sicherer zu machen. Dazu wäre es allerdings nötig gewesen, unsere Karten und Aufzeichnungen zu veröffentlichen. An dem Punkt hat meine Freundin einen Rückzieher gemacht. Durch unsere ausgedehnten Besuche in den Geschichten war sie zu dem Schluss gekommen, dass gerade die Gefahr sie so einzigartig machte. Meine Freundin wollte es dabei belassen. Sie war der Ansicht, wir würden versuchen, etwas herrlich Ungezähmtes in Regeln zu zwängen. Ehrlich gesagt, stimmte ich ihr da bis zu einem gewissen Grad auch zu, aber dann fing sie an, überall Verschwörungen zu sehen, und wurde schließlich gezwungen … nun ja, musste die Underlibrary verlassen.«

»Warum können die Leute sich bloß nicht einigen, wie das mit dem Buchwandeln laufen soll?«, fragte Tilly.

»Die Sache ist ziemlich kompliziert, viel komplizierter, als es aussieht«, erklärte Grandma. »Manchmal habe ich das Gefühl, wir sollten die Underlibrary ganz abschaffen und jeden wandeln lassen, wie er will. Doch wenn ich dann daran denke, dass Bea sich in deinen Vater verliebt hat und in *Sara, die kleine Prinzessin* bleiben wollte, scheint es mir sehr vernünftig, ein paar Regeln zu haben. Wahrscheinlich gibt es nicht auf all unsere Fragen die richtigen Antworten. Wir tun einfach unser Bestes.«

»Mr Underwood aber nicht«, erwiderte Tilly entschieden.

»Nein, der nicht«, räumte Grandma ein. »Was er tut, ist wahrscheinlich nicht das Beste, obwohl er das selbst sicher glaubt. Und wenn du weißt, warum jemand etwas Bestimmtes tut, ist das immer ein guter Anfang, auch wenn du ihn aufhalten willst. Du hast gehört, was Amelia gesagt hat: Irgendetwas passiert im Verborgenen, etwas, das Melville Underwood antreibt. Abgesehen von seiner Machtgier. Wir werden uns mit Seb und Amelia beraten und sehen, was wir herausfinden können.«

»Und was ist mit Chalk?«, fragte Tilly. »Der kommt jetzt einfach so davon, obwohl er Mum das alles angetan hat? Findest du nicht, er sollte bestraft werden?«

»Was meinst denn du?«, reagierte Grandma mit einer Gegenfrage.

»Natürlich muss er bestraft werden!«, rief Tilly. »Alles andere wäre ungerecht.«

»Ich bin mir sicher, dass Melville versucht, ihn zu finden, damit er die Strafe bekommt, die er verdient – was immer das heißen mag«, sagte Grandma. »Melville ist ein kluger Mann, ungeachtet seiner weniger positiven Eigenschaften. Und Chalk wieder in seine eigene Geschichte zurückzustecken, wäre gut für seinen Ruf. Diesen Erfolg würde er sich zu Beginn seiner Karriere als Bibliotheksdirektor sicher liebend gern auf die Fahnen schreiben. Chalk kann unserer Familie nichts mehr anhaben, egal, wo er ist. Und es tut dir sicher gut, nach Paris zu fahren und das alles mal eine Weile hinter dir zu lassen. Ich bitte dich allerdings, dort nicht buchzuwandeln, nur zur Sicherheit, und ehe du dich's versiehst, bist du schon wieder hier.«

»Wie meinst du das, *nicht buchwandeln*?«, fragte Tilly erschrocken. »Überhaupt nicht?«

Grandma sah sie stirnrunzelnd an. »In Anbetracht der Lage verstehst du bestimmt, dass es besser ist, keine Bücher zu besuchen, während du fern von zu Hause bist?«

»Aber du hast gesagt, Chalk kann uns nichts anhaben!«

»Das stimmt«, antwortete Grandma. »Aber im Moment ist es besser, auf Nummer sicher zu gehen, Tilly – und sich auch von normalen Buchwandelgefahren fernzuhalten. Es ist ja nur vorübergehend, nur so lange, bis sich die Lage wieder beruhigt hat. Und jetzt schaust du besser noch mal nach, ob du alles für deine Reise eingepackt hast.«

Grandma erhob sich und ging. Dabei vergaß sie das Märchenbuch auf dem Sofa. Und kurz darauf ließ Tilly es unauffällig in ihren Rucksack gleiten, der schon an der Tür auf sie wartete. Wenn die Leute Geheimnisse vor ihr hatten, dann würde sie eben selbst ein paar Nachforschungen anstellen.

Bevor das Taxi, das sie zum Bahnhof bringen sollte, eintraf, ging Grandad zum gefühlt zehnten Mal an diesem Morgen mit ihnen durch, wo genau Oskars Vater Gabriel sie in Paris abholen würde.

»Wir kriegen das schon hin«, sagte Tilly, die nicht länger darüber reden wollte, dass sie verreiste. »Was soll bei zweieinhalb Stunden Zugfahrt denn schiefgehen?«

Grandad zog die Augenbraue hoch. »Ihr zwei schafft es in zehn Minuten, mehr Unfug anzustellen als manch einer in seinem ganzen Leben.«

»Stimmt.« Oskar klang ziemlich stolz.

»Kommt Mum runter, um uns Auf Wiedersehen zu sagen?«, fragte Tilly leise.

»Ach Liebling, ich glaube nicht«, antwortete Grandad. »Du weißt, wie müde sie seit ihrer Rückkehr immer ist. Ihr habt euch doch gestern Abend verabschiedet, oder?«

Tilly zuckte hilflos mit den Schultern. Der Abschied am Vorabend konnte nicht darüber hinwegtrösten, dass ihre eigene Mutter sich nicht die Mühe machte, herunterzukommen und ihr eine gute Reise zu wünschen.

»Ehe du dich's versiehst, bist du wieder zurück«, sagte Grandad und nahm ihre Koffer. »Und bis dahin haben wir alles für ein richtiges Pages-&-Co.-Weihnachtsfest vorbereitet. Du kannst jederzeit mit deiner Mum telefonieren, während du in Paris bist. Ich bin sicher, dass sie jeden Tag wissen möchte, was du so machst.«

Tilly antwortete nicht, nahm nur stumm ihren Rucksack und ging hinaus zum wartenden Taxi. Doch dann, kaum war sie eingestiegen, flog plötzlich die Tür des Buchladens auf, und Bea kam herausgerannt. Sie hatte noch ihren Flanellschlafanzug und einen kuscheligen blauen Morgenmantel an.

»Tilly«, sagte sie ein bisschen außer Atem. »Ich bin ja so froh, dass ich dich noch erwische.« Sie blieb stehen und sah ihre Tochter an. »Ich werde dich vermissen.« Sie zog Tilly an sich und umarmte sie sanft. »Mach dir eine schöne Zeit«, flüsterte sie ihr ins Ohr. »Ich hab dich sehr lieb.«

Tilly wurde sofort leichter ums Herz. »Ich dich auch«, antwortete sie.

Dann fuhr das Taxi los, und Tilly winkte ihrer Mutter glücklich zu, bis diese nur noch ein verschwommener Fleck am Horizont war.

10

Ein tiefer, dunkler Wald

Das Taxi hielt vor dem Bahnhof St. Pancras, von wo aus die Züge nach Paris abfuhren. Tilly, Oskar und Grandad stiegen aus und liefen durch die helle, luftige Halle mit dem gläsernen Dach. Irgendwo spielte jemand Weihnachtslieder auf einem leicht verstimmten Klavier. Sie steuerten durch Horden von mit U-Bahn-Plänen bewaffneten Touristen und Feiertagsreisenden bis zur Warteschlange vor dem Zugang zum Eurostar.

Am Gleis half Grandad ihnen, den richtigen Wagen zu finden, und instruierte den Schaffner, auf der Fahrt ein Auge auf Tilly und Oskar zu haben. Nachdem er etliche Male kontrolliert hatte, ob sie auch alle nötigen Dokumente, Telefonnummern und genug Geld in Euro bei sich hatten, schritt der Schaffner ein und fasste Grandad sanft am Ellbogen.

»Sir, der Zug fährt jetzt ab«, sagte er und schloss fest die Tür. »Wir passen gut auf die beiden auf, versprochen.« Dann pfiff er zur Abfahrt, und nachdem sie Grandad ein letztes Mal gewunken hatten, ging die Reise los.

»Hast du was dagegen, wenn ich lese?«, fragte Tilly sofort und zog das Märchenbuch aus dem Rucksack, das sie sich heimlich von Grandma »geborgt« hatte.

»Natürlich nicht«, sagte Oskar. »Ich gehe in der Zeit mal nachgucken, ob es ein Café oder so gibt. Möchtest du was?«

»Nein, danke«, antwortete Tilly, ohne aufzublicken.

Oskar zuckte mit den Schultern und schwankte im Rhythmus des schaukelnden Zuges durch den Gang davon.

Tilly fuhr bedächtig mit dem Finger über das Inhaltsverzeichnis und hielt Ausschau nach etwas, das ihr vielleicht ein bisschen mehr über ihre Grandma als junge Frau und ihre Arbeit als Märchenkartografin sagen konnte. Doch in dem Buch selbst stand nichts, und auch auf den Papierstreifen, die als Lesezeichen dienten, fand

sich keine Notiz. Also wählte Tilly eine der Geschichten, die mit einem Eselsohr markiert waren, machte es sich auf ihrem Sitz bequem und fing an, »Rotkäppchen« zu lesen. Dabei achtete sie aufmerksam darauf, ob sich irgendetwas von der Version des Märchens, das sie kannte, unterschied. Nach einer Weile stieg ihr ein seltsamer, süßlicher Geruch in die Nase. In der Annahme, Oskar wäre mit etwas Leckerem zurückgekommen, blickte sie auf, aber ihr Freund war nirgends zu sehen.

Als Tilly sich umsah, um herauszufinden, woher der Duft kam, stellte sie überrascht fest, dass sie gerade durch einen tiefen, dunklen Wald fuhren. Sie war sich sicher, dass es in der Nähe von London keinen so großen Wald gab, trotzdem war er da. Und die Bäume schienen sich auf beiden Seiten immer dichter zu drängen, als versuchten sie, mit ihren dünnen Zweigen in den Zug hineinzulangen.

Verdutzt lehnte Tilly sich zurück. Sie legte das Buch vor sich auf den Tisch und bückte sich, um ihr Handy

aus dem Rucksack zu fischen, damit sie auf die Landkarten-App schauen konnte. Plötzlich hörte sie ein beharrliches Pochen und erschrak. Als sie sich aufsetzte, waren die Bäume beängstigend nah gekommen. Ihre Zweige und BLÄTTER schrammten an den Fenstern entlang, während der Zug an ihnen vorbeirauschte. Tilly blickte sich um, doch die anderen Fahrgäste wirkten ganz entspannt. Sie waren in ihre Bücher vertieft, sahen auf ihre Handys oder schlummerten vor sich hin. Tillys Herz fing wie wild an zu rasen, als es im ZUG auf einmal immer dunkler wurde und kurz darauf ein düsterer SCHATTEN über ihnen lag.

Aber niemand reagierte darauf. Plötzlich ein Knacksen, wie wenn man auf das zu dünne Eis eines zugefrorenen Sees tritt. Tilly zuckte erschrocken zurück, als sich ein Zweig, der ein Eigenleben zu haben schien, durchs Fenster schob, als wären die Scheiben darin gar nicht vorhanden. Er schlängelte sich aufwärts und an der Decke entlang. Immer mehr Zweige folgten und breiteten sich in alle Richtungen aus. Blätter flatterten im Wind, als hätte ein heftiger Sturm sie erfasst. Entsetzt beobachtete Tilly, wie sich ein Zweig zwischen ihren Füßen hindurch zu einem Mann hinüberwand, der auf der anderen Seite des Gangs mit halb geöffneten Lippen schlief. Der Zweig schlängelte sich an ihm hinauf, quer über seine Augen, und als er auch noch auf den Mund des Schlafenden zusteuerte, hatte Tilly das beklemmende Gefühl, in einem Horrorfilm gelandet zu sein.

»Achtung!«, rief sie entsetzt. »Aufwachen!« Sie warf sich auf den Mann und versuchte, den Zweig zu packen, bevor er ihn ersticken würde.

»Was in aller Welt tust du da?«, schimpfte der Mann

erschrocken und wischte sich verlegen etwas Spucke aus dem Mundwinkel.

»Ich versuche, die Bäume aufzuhalten!«, antwortete Tilly, aber kaum hatte sie die Worte ausgesprochen, war nirgends mehr ein Zweig zu sehen. Sie hatten sich scheinbar alle in Luft aufgelöst. Nur noch das Licht der winterlichen Sonne fiel durch die Scheiben.

Der Mann sah sie beunruhigt an. »Welche Bäume?«, fragte er. »Sind deine Eltern in der Nähe?«

»Entschuldigung«, sagte Tilly mit vor Scham heißem Gesicht und zog sich wieder auf ihren Sitzplatz auf der anderen Seite des Ganges zurück. »Ich dachte … ich habe gerade … es tut mir sehr leid, bitte tun Sie einfach so, als wäre das gerade nicht passiert.«

Der Mann blickte sich auf der Suche nach Tillys Eltern oder irgendeiner Aufsichtsperson um, beschloss dann aber offenbar, dass es zu mühsam wäre, sich bei jemandem zu beschweren. »Bleib einfach auf deinem Platz sitzen«, sagte er barsch, bevor er den Kopf zurücklehnte und auf der Stelle wieder einnickte.

Tilly presste das Gesicht ans Fenster und versuchte, den Wald irgendwo zu entdecken, aber er war nirgends zu sehen. Ihr war ganz übel vor Aufregung. Was immer es war, das sie da gerade erlebt hatte, es hätte auf keinen Fall geschehen dürfen.

»He, du hast was fallen lassen«, sagte Oskar, der in dem Moment aus dem Speisewagen zurückkam. Er bückte sich und hob Grandmas Märchenbuch auf, das Tilly in der ganzen Aufregung versehentlich auf den Boden gerutscht war.

Die Seite, die sie gerade gelesen hatte, war ganz zerknittert. Als sie umblätterte und versuchte, das Papier glatt zu streichen, wurde sie plötzlich ganz blass. Auf der folgenden Seite war die Zeichnung eines tiefen, dunklen Waldes, der sich bis zu den Seitenrändern erstreckte. Es sah aus, als versuchte er zu entkommen.

Oskar stellte einen Orangensaft vor sie auf den Tisch und legte zwei fettige Pappteller mit heißem Käsetoast daneben. Der Toast war in zwei Hälften geschnitten. »Ich dachte, wir teilen«, sagte er und schob Tilly die eine Hälfte hin. »Für den Saft hab ich auch noch einen zweiten Strohhalm.« Er sah Tilly fragend an. »Alles okay mit dir? Du siehst ganz schön blass aus – ist dir schlecht?«

»Nein, alles in Ordnung, danke«, erwiderte Tilly, die keine Lust hatte, Oskar zu erzählen, was passiert war. Sie war es leid, dass sie dauernd merkwürdige Dinge erlebte, und wollte nicht länger über die Sache nachdenken. Vorsichtig nahm sie sich den heißen Toast. »Ich dachte, ich hätte etwas Seltsames gesehen, aber es war wohl bloß eine optische Täuschung.«

»Aha«, sagte Oskar wenig überzeugt, während er zwei Strohhalme in die Saftpackung schob. »Moment mal.« Er beugte sich vor und zupfte Tilly etwas aus dem Pony. »Du hast was in den Haaren!«

»Merkwürdig«, antwortete Tilly, während sie Oskar ein vertrocknetes Blatt aus der Hand nahm und es zwischen den Fingern zerbröselte.

Zweieinhalb Stunden später fuhr der Eurostar in den Gare du Nord in Paris ein. Tilly und Oskar hievten ihre

Koffer auf den überfüllten Bahnsteig, der sich in einer riesigen Halle befand, deren hohe Decke von einem Gerüst aus grünen verschnörkelten Eisensäulen getragen wurde.

»Da!«, rief Oskar und stieß Tilly den Ellbogen fester in die Seite, als er eigentlich beabsichtigt hatte. Er zeigte auf einen Mann, der am anderen Ende des Bahnsteigs wartete. »Komm!«

Als der Mann sie entdeckt hatte, lächelte er breit und lief ihnen entgegen. Sie trafen sich auf halbem Weg, und er umarmte Oskar lange.

»Du musst Matilda sein«, sagte er dann in perfektem Englisch mit französischem Akzent. Er war groß, hatte dunkle Haare und einen Dreitagebart, und er trug eine schmal geschnittene Hose, Oxford-Schuhe und einen eleganten schwarzen Mantel. »Ich bin Gabriel, Oskars Vater«.

»Guten Tag«, sagte Tilly, die plötzlich ganz verlegen war. »Eigentlich Tilly, nicht Matilda. Also, ich heiße schon Matilda, aber alle nennen mich Tilly.«

»Herzlich willkommen, Tilly!« Gabriel lächelte sie an. »Wir freuen uns sehr, dass du da bist.«

»Danke für die Einladung«, sagte Tilly höflich.

»Es ist uns ein Vergnügen!« Gabriel nahm die beiden Koffer. »Es ist wirklich schön, dass du Oskar begleiten konntest – er und Mary erzählen immer unheimlich viel von dir. So, jetzt lasst uns nach Hause fahren und etwas zu Mittag essen. *On y va*!«

Sie fuhren mit der Pariser Métro, die der Londoner U-Bahn ein wenig ähnelte. Ihre Haltestelle war nur eine Viertelstunde vom Bahnhof entfernt. Dort stiegen sie eine steile Treppe hoch und kamen inmitten der märchenhaft verschneiten Straßen von Paris heraus.

Die Luft um sie herum war klirrend kalt. Über ihren Köpfen befand sich ein grünes Eisenschild, auf dem in verschnörkelter schwarzer Schrift *Métropolitain* stand; auf der anderen Straßenseite sah man dicht gedrängt ein Cafè neben dem anderen. Unter gestreiften, schneebedeckten Markisen hatte man trotz der Kälte einige Tische und Stühle aufgestellt, und vor einem der Cafés saß ein elegantes französisches Paar und trank heiße Schokolade.

Sie folgten einer schmalen Straße bis zum Ende und bogen auf einen kleinen Platz ab. An hellen Steingebäuden rankten dunkle Kletterpflanzen empor, die sich im Sommer in blühenden Blauregen verwandeln würden. Sie überquerten den Platz und gingen durch eine große altmodische Holztür, die sie zu einem Treppenaufgang führte.

»Kein Fahrstuhl, leider«, sagte Gabriel. »Aber wir wohnen im zweiten Stock, da ist es nicht so schlimm. Willkommen, Tilly, und willkommen zu Hause, Oskar – lasst uns reingehen und uns aufwärmen.«

Sie stiegen die steinerne Treppe bis zu einer lavendelblauen Tür auf einem kleinen Treppenabsatz hinauf. Als Gabriel sie öffnete, zog ihnen der köstliche Duft von Zimt und Nelken entgegen, vermischt mit dem Tannenduft eines Weihnachtsbaums. Aus einem der Zimmer war Händels *Messias* zu hören.

»Hereinspaziert, hereinspaziert«, sagte Oskar aufgeregt. Er ging voran in den Flur und legte seine Schuhe auf einem bereits vorhandenen Schuhstapel unter dem Spiegel ab.

Tilly tat es ihm nach und versuchte, ihre halbwegs ordentlich darauf zu platzieren, während Gabriel ihren Mantel und ihren Schal nahm und an einen der Haken an der gegenüberliegenden Wand hängte.

»Herzlich willkommen!« Eine zierliche Frau mit freundlichem Lächeln erschien in der Wohnzimmertür. »Oskar, was bist du groß geworden!«, rief sie und nahm Oskar in den Arm. »Und das muss Matilda sein! Wie schön, dich kennenzulernen; danke, dass du uns besuchen kommst. Ich bin Marguerite, Gabriels Frau.« Sie beugte sich vor und küsste Tilly auf beide Wangen. Sie roch nach einem teuren Parfum.

»Danke für die Einladung«, antwortete Tilly. »Sie können Tilly zu mir sagen.«

»Tilly, wie hübsch! Nun kommt erst mal richtig rein. Eure Koffer tragen wir später nach oben, sobald ihr euch aufgewärmt und zu Mittag gegessen habt.«

Die drei folgten Marguerite ins Wohnzimmer, das eine hohe Decke hatte und in einem bunten Mix aus Farben und Materialien gestaltet war. Riesige Fenster mit Blick auf Paris dominierten den Raum, davor standen zwei Sessel mit farbigen Decken über den Lehnen und in der Ecke ein Weihnachtsbaum, über und über mit hell leuchtenden Lichterketten und Silberschmuck dekoriert. Und jetzt sah Tilly auch, woher die klassische Musik kam, die sie gehört hatte. Auf einem Schrank voller Schallplatten stand ein Plattenspieler.

Sie gingen weiter bis in die Küche, von wo aus eine Glastür auf einen kleinen Balkon führte, auf dem man bei sonnigerem Wetter sitzen konnte. An der Wand stand ein Tisch mit leckerem Essen: frisches, in dicke Scheiben geschnittenes Baguette, eine Platte mir drei verschiedenen Sorten Käse, eine große Schüssel Salat und eine dazu passende Schale mit grünen und schwarzen Oliven. Sie setzten sich alle und fingen an, sich über Züge, Käse und Weihnachten zu unterhalten. Und Tilly dachte, wie schön es doch sein würde, zwei ganze Tage lang nicht ans Buchwandeln, an gesicherte Bücher oder Magie zu denken.

11

Was soll schon passieren?

»... Und deshalb traue nie einem Schafzüchter aus Marseille«, beendete Gabriel triumphierend eine ziemlich lange, konfuse Geschichte über Milchviehhaltung in Frankreich. »Aber nun genug von Käse. Jetzt zeige ich euch beiden eure Zimmer. Meine Camembert-Erkenntnisse hebe ich mir für morgen auf.«

Tilly gab sich Mühe, zu lächeln und höflich zu nicken. Noch nie hatte sie jemanden so lange über Käse reden hören. Sie gingen in den Flur, wo Gabriel ihre Koffer nahm und ihnen zwei geschlossene Türen zeigte. »Das da ist das Bad«, sagte er und wies auf die eine. »Und das da ist normalerweise unser Arbeitszimmer, zurzeit wohnt meine Mutter darin und erholt sich von ihrer Operation. Sie schläft gerade, aber sie wird euch sicher bald begrüßen.«

Tilly und Oskar folgten Gabriel die schmale Treppe zum Zimmer von Oskars älterer Schwester hinauf. Dort würde Tilly schlafen. Es war ein kleiner quadratischer Raum, in dem sich eine Lichterkette von einer Ecke bis zur anderen spannte und Plakate und ausgeschnittene

Zeitschriftenartikel über Philosophie, Feminismus und Dichtkunst beleuchtete. Zwei hohe, vollgestopfte Bücherregale nahmen den größten Teil der Wand ein. Über dem Bett, auf dem sich bunte Decken stapelten, hing ein riesiges Poster von Simone de Beauvoir. Tilly war ein bisschen enttäuscht, dass sie von dem Zimmer aus keinen Blick auf den Eiffelturm hatte. Aber man konnte ja auch nicht in der Erwartung nach London kommen, aus jedem Fenster den Big Ben zu erblicken.

»Wir sollten uns mal Emilies Bücher anschauen«, sagte Oskar, als Gabriel fort war. »Vielleicht ist eins dabei, in das wir buchwandeln können.«

»Nein.« Tilly hatte immer noch Mühe, ihr Erlebnis aus dem Zug zu verdrängen. »Das funktioniert doch von hier aus gar nicht, schon vergessen? Man kann nur von einer Buchhandlung oder einer Bibliothek aus buchwandeln. Außerdem hat Grandma es mir sicherheitshalber verboten.«

»Ach komm schon«, erwiderte Oskar. »Wir werden schon nicht gleich Chalk in die Arme laufen, oder?«

»Wer weiß«, antwortete Tilly. »Wir wissen nur, dass die Erwachsenen sich um dieses Problem kümmern wollen. Auch wenn sie ihre Sache wahrscheinlich nicht besonders gut machen werden.«

»Wer soll schon Wind davon kriegen, wenn wir in Paris ein bisschen buchwandeln?« Oskar versuchte, möglichst überzeugend zu klingen. »Wir können uns ja irgendwohin lesen, wo es lustig und weihnachtlich ist! Und total ungefährlich. Ich wette, Mamie weiß, wo wir einen guten Buchladen finden. Was hältst du davon, wenn wir noch mal versuchen, nach Narnia zu kommen?«

»Narnia? Ist das deine Vorstellung von lustig, weihnachtlich und ungefährlich?«

»Na ja, festlich ist es. Und lustig auch, wenn wir an den richtigen Stellen bleiben.«

»Ich hab wirklich keine Lust, der weißen Hexe zu begegnen«, sagte Tilly. »Und ich mag nicht mal Süßigkeiten.«

»Nie willst du in eine spannende Geschichte wandeln«, beklagte sich Oskar. »Wir können doch nicht dabei stehen bleiben, mit Wasserratte und Maulwurf in *Der Wind in den Weiden* zu picknicken.«

»Warum denn nicht?«, erwiderte Tilly. »Das ist nett und lustig und vor allem: ungefährlich.«

Oskar ließ nicht locker. »Was soll schon passieren?«

»Vor gerade mal sechs Wochen musstest du über die Planke gehen, weißt du das nicht mehr?«

»Aber das ist gut ausgegangen!«

»Und was ist mit dem, was gerade in der Underlibrary passiert?«, fragte Tilly.

»Okay, aber das betrifft nur die Märchen, oder?«, antwortete Oskar. »Ich weiß, die Sache mit dem Büchersichern ist auch nicht ohne, bloß wird dadurch das Buchwandeln an sich doch nicht gefährlicher. Bücher sind immer noch unbedenklich, und wir sind nicht markiert.

Man *könnte* es auch so sehen: Wir sollten buchwandeln, solange es noch geht. Falls Underwood es Kindern irgendwann verbietet …«

»Das ist das erste gute Argument«, gab Tilly zu. »Trotzdem, Chalk geistert da draußen noch rum. Und wir wissen nicht, wo er lauert und was er plant. Er könnte ein Buch zur Falle machen.«

»Wenn wir Underwood glauben dürfen, sitzt Chalk in der Märchenwelt fest«, erwiderte Oskar. »Und außerdem können wir ja deswegen nicht komplett mit dem Buchwandeln aufhören. Ist das nicht genau das, was Chalk will? Und Underwood auch?«

»Ja … kann sein.« Tilly nickte zögerlich.

»Wir bleiben einfach die ganze Zeit zusammen und behalten immer die letzte Seite im Auge. Komm schon, Tilly, wir wissen doch, was wir tun!«, drängte Oskar. »Wir halten uns von Märchen fern, und alles ist paletti!«

»Du hast ja recht. Ich bin im Moment bloß ein bisschen nervös.«

»Schon gut. Wir wissen ja, dass du die Klügere und Vernünftigere von uns beiden bist und ich der coole Abenteurer.«

»He!«, protestierte Tilly.

»Stimmt.« Oskar grinste. »Ich bin auch ganz schön clever.«

Als sie wieder hinunter ins Wohnzimmer kamen, saß eine zierliche, elegante Dame in einem der Sessel vor dem Fenster und blickte hinaus auf die verschneiten Dächer. Ihr schneeweißes Haar war zu einem vornehmen Knoten gesteckt, und an ihren Ohren hingen zarte Brillantohrringe. Sie trug eine schmale schwarze Hose, eine teuer aussehende Seidenbluse und einen himbeerrosa Pashminaschal, passend zu ihrem Lippenstift.

»Mamie!«, rief Oskar und rannte zu ihr, um ihr einen Kuss auf jede Wange zu geben.

»So förmlich, *mon cher.*« Sie lächelte und umarmte Oskar innig. »Und das muss Matilda sein!«

Tilly ging zu ihr und blieb ein bisschen verlegen stehen. Sie war sich nicht sicher, ob sie sie auf die Wange küssen, sie umarmen oder ihr die Hand geben sollte. Schließlich entschied sie sich für ein kurzes Zuwinken.

»*Bonjour*, äh, Madame?«, sagte sie.

»Sehr lieb von dir, dass du versuchst, ein bisschen Französisch zu sprechen, Matilda«, antwortete Mamie. »Aber keine Sorge, nachdem ich jahrelang mit englischen Autoren und Verlagen zusammengearbeitet habe, spreche ich ganz gut Englisch. Und du darfst mich Clara nennen.«

»Du darfst mich Tilly nennen.«

»Großartig, dann sind wir ja schon beinah Freundinnen.«

»Du hast mit englischen Autoren zusammengearbeitet?«, fragte Tilly neugierig.

»Aber ja, viele der Bücher, die ich illustriert habe, kamen aus England«, antwortete Clara. »Wenn du hinter dich schaust, siehst du ein Bild, das ich für ein Märchenbuch angefertigt habe, als ich noch ganz jung war.«

Als Tilly sich umdrehte, fiel ihr Blick auf das Aquarell eines Märchenschlosses, das sich – von einem dunklen Wald umgeben – vor einem bedrohlich düsteren Himmel erhob. Sofort fühlte sie sich an ihre Zugfahrt erinnert, als sie durch genau so einen Wald gefahren war. Tilly fand das Bild ziemlich furchteinflößend. Sie malte sich aus, dass alle möglichen schaurigen Geschöpfe hinter diesen Bäumen lauerten. »Irgendwie gruselig.« Sie konnte den Blick nicht abwenden.

»Märchen sind häufig gruselig«, stellte Clara fest. »Aber das weißt du sicher. Ich habe gehört, dass du eine Leseratte bist, Tilly. Da kennst du die Märchen doch bestimmt aus Büchern und nicht nur aus den Zeichentrickfilmen.«

»Auf jeden Fall«, antwortete Tilly und starrte in den gemalten Wald, als könnte sich jeden Moment etwas zwischen den Bäumen bewegen. »Obwohl ich Märchen, ehrlich gesagt, nicht besonders mag, nicht so sehr wie einige andere Leute jedenfalls. Sie sind zu vorhersehbar. Böse Stiefmütter, verkleidete Hexen. Die Prinzessin wird immer vom Prinzen gerettet, und am Schluss heiraten die beiden. Ich hab aber gerade erfahren, dass meine Großmutter sie sehr liebt, deshalb will ich ihnen noch eine Chance geben. Vielleicht gefallen mir die alten Versionen ja besser.«

»Das könnte gut sein.« Clara nickte. »Würde mich interessieren, ob du die auch so vorhersehbar findest.«

»Mamie, wir wollten dich fragen, wo die nächste Buchhandlung ist. Wir würden uns da gern ein bisschen umsehen«, meldete sich Oskar zu Wort.

»Also, Buchhandlungen gibt es in Paris jede Menge«, sagte Clara. »Aber da ihr bestimmt etwas zum Lesen sucht, das ihr auch versteht, würde ich euch das Geschäft meiner Freundin Gretchen empfehlen. Sie führt nicht nur französische Titel, sondern auch viele englische. Ich bringe euch morgen früh hin.«

»Ich bin mir nicht sicher, ob das eine gute Idee ist, *Maman*«, wandte Gabriel ein und legte seiner Mutter fürsorglich die Hand auf die Schulter.

»Das schaffe ich schon, *mon cher!*« Clara schob seine Hand sanft, aber entschieden zur Seite. »Ich bestelle uns ein Taxi, das bringt uns hin und mich später wieder zurück. Es ist beschlossene Sache. Jetzt ziehe ich mich wieder ins Arbeitszimmer zurück. Kann ich dort auch zu Abend essen, Gabriel? Und euch zwei sehe ich morgen früh um zehn. *Bonne nuit.*«

Damit erhob sie sich – langsam aber graziös –, gab allen Küsschen auf die Wangen und zog beim Verlassen des Zimmers fest die Tür hinter sich zu.

Den Rest des Abends verbrachten sie fröhlich plaudernd beim Essen. Tilly fühlte sich wohler, als sie es außerhalb von Pages & Co. je für möglich gehalten hätte. Und so war es fast schon Schlafenszeit, als ihr einfiel, dass sie nach ihrer Ankunft weder mit ihren Großeltern noch mit ihrer Mutter telefoniert hatte. Sie sagte Gute Nacht, bedankte sich noch einmal bei Gabriel und Marguerite für die Einladung und ging nach oben. Als sie ihr Handy hervorholte, zeigte das Display mehrere verpasste Anrufe ihrer Großeltern an.

»Hallo? Tilly?«, war die besorgte Stimme ihres Grandads zu hören, als sie zurückrief. »Alles in Ordnung?«

»Ja, ich bin's. Es geht mir gut«, antwortete Tilly mit schlechtem Gewissen. »Tut mir leid, dass ich mich nicht früher gemeldet habe.«

»Alles klar, mein Schatz, aber denk ab jetzt bitte daran, uns regelmäßig anzurufen. Für uns bist du ziemlich weit weg, weißt du.« Grandad gab sich offenbar Mühe, nicht besorgt zu klingen. »Nun erzähl: Wie ist Oskars Familie?«

»Sie sind sehr nett«, berichtete Tilly. »Sie haben mich wirklich freundlich aufgenommen, und wir haben schrecklich viel Käse gegessen. Und ich hab mein eigenes Zimmer, alles ist gut, ehrlich. Clara hab ich auch schon kennengelernt.«

»Wer ist denn Clara?«

»Oskars Großmutter«, antwortete Tilly. »Du weißt

schon, die Großmutter, die vor einiger Zeit krank war. Deswegen hat Oskar doch damals bei uns übernachtet, als … alles passierte.«

»Ach, und ihr seid schon beim Du?«, scherzte Grandad, während die gewohnte Herzlichkeit in seine Stimme zurückkehrte. »Ich hoffe, du bist nicht bereits auf der Suche nach neuen Großeltern.«

»Natürlich nicht!«, rief Tilly. »Ich interessiere mich nur für Großeltern mit eigenem Buchladen. Außerdem ist Clara irgendwie … na ja, wie soll ich sagen. Angst hat sie mir nicht direkt gemacht, aber sie ist irgendwie streng. Sie trägt Lippenstift!«

»Ich trage auch manchmal Lippenstift!«, meldete sich in dem Moment Grandma zu Wort.

»Du bist auf Lautsprecher«, erklärte Grandad.

»Ist Mum auch da?«, fragte Tilly.

»Hier bin ich«, antwortete Bea. »Ich freue mich, dass du Spaß hast. Ist es schön festlich in Paris? Ich bin schon, seit ich ein Teenager war, nicht mehr dort gewesen.«

»Vielleicht sollten wir nächstes Jahr mal alle zusammen hinfahren?«, schlug Grandma vor.

»Ja, vielleicht«, sagte Bea leise.

»Also, was habt ihr morgen vor?«, erkundigte sich Grandad bei Tilly.

»Clara nimmt uns mit in eine Buchhandlung«, erzählte Tilly. »Wenn ich darf?«

»Natürlich darfst du«, antwortete Grandad. »Aber sei

vorsichtig, Tilly. Wir verlassen uns drauf, dass du und Oskar vernünftig seid.«

Tilly reagierte mit einem vagen »Hm« und hoffte, das würde so etwas wie unverbindliche Zustimmung ausdrücken. »Glaubt ihr, in dem Laden sind irgendwelche Buchwandler?«, fragte sie.

»Ich kann mal bei Aria im Kartenraum nachfragen«, bot Grandma an. »Weißt du, wie die Buchhandlung heißt?«

»Ach, ähm … nein.« Tilly seufzte. »Das hat Clara nicht erwähnt. Ich sag es dir morgen, wenn wir wieder zurück sind, dann kannst du nachfragen.«

»Aber pass auf dich auf, Liebling«, bat Grandma. »Tu nichts Unüberlegtes. Ach, übrigens, weißt du eigentlich, wo mein Märchenbuch geblieben ist, das ich dir vor deiner Abreise gezeigt habe? Ich kann es nicht finden.«

»Ach«, sagte Tilly und überlegte, was sie antworten sollte. »Es ist, ähm, ich glaube, ich hab es auf Grandads Schreibtisch gelegt.«

»Ah gut.« Grandma klang kein bisschen misstrauisch. Tilly bekam sofort ein schlechtes Gewissen und versuchte, das Thema zu wechseln. »Gibt's irgendwas Neues aus der Underlibrary?«, fragte sie.

»Mach dir darüber mal keine Gedanken«, erwiderte Grandad. »Darum kümmern wir uns schon. Am besten, wir reden gar nicht darüber.«

Es entstand eine Pause, und Tilly spürte förmlich, wie die beiden ihre Tochter anstupsten, damit sie etwas sagte.

»Pass gut auf dich auf, mein Schatz«, sagte Tillys Mum leise.

»Keine gefährlichen Unternehmungen!«, bekräftigte Grandad. »Wir haben dich sehr lieb.«

»Versprochen«, antwortete Tilly. Doch sie merkte, wie sich unter das schlechte Gewissen, das sie plagte, weil sie ihre Großeltern wegen des Märchenbuchs angelogen hatte, noch etwas anderes mischte: ein rebellisches Kribbeln, das sich einfach nicht unterdrücken ließ.

Am nächsten Morgen begann ein perfekter Wintertag. Der Himmel war so blau, als könnte man darauf segeln, die kalte Luft war frisch, aber nicht schneidend, und der sanft rieselnde Schnee ließ alles so aussehen, als wäre es mit Puderzucker bestäubt. Tilly wünschte, Anne wäre da, um die Freude mit ihr zu teilen.

Als sie nach unten kamen, war Clara schon auf. Heute trug sie eine hellblaue Zigarettenhose, einen schwarzen Rollkragenpullover und schwarze Stiefel und sah wieder aus wie aus dem Ei gepellt. Sie trank Espresso und las Zeitung. Für Tilly und Oskar gab es warme Croissants und heiße Schokolade, und Oskar war ganz aus dem Häuschen vor Aufregung wegen des bevorstehenden Ausflugs in die Buchhandlung.

Nachdem sie sich in Mäntel, Mützen und Schals warm eingepackt hatten, folgten sie Clara die Treppe hinunter auf die Straße, wo schon eine schwarze Limousine auf sie wartete. Ein adrett gekleideter Mann stieg aus und hielt Clara die Beifahrertür auf, während Tilly und Oskar auf den Rücksitz kletterten. Die Fahrt durch die Straßen von Paris war zwar nur kurz, aber es gab viel zu sehen: modisch gekleidete Paare, die Hand in Hand spazierten, hübsche kleine Patisserien, in denen sich prachtvoll verzierte Torten in den Schaufenstern türmten, und den wunderbaren Ausblick, während sie die Seine überquerten und Tilly sich fühlte, als wäre sie in einem Film. Nur fünf Minuten später hielten sie in einer ruhigen, schmalen Gasse an, in der allerdings keine Buchhandlung zu sehen war, und stiegen aus.

»Hier entlang«, sagte Clara und steuerte auf eine unscheinbare Tür zu.

An der Hauswand daneben befanden sich eine Klingel und ein dezentes Schild aus Messing, auf dem eine zarte Feder in einem Kreis eingraviert war. Darüber der Schriftzug »*Le Cabinet des Fées*«. Clara schob die Tür auf und trat ein. Tilly und Oskar folgten ihr, gespannt, in welche Zauberwelt sie wohl gelangen würden.

Sie kamen in einen kleinen Raum, in dem ein Schreibtisch stand, auf dem sich hohe Bücherstapel türmten, zwischen die eine Ladenkasse gezwängt war. Gänge und Treppen führten in verschiedene Richtungen, und an den

LE CABINET
• DES FÉES •

Wänden standen unzählige Regale. Außerdem war jede freie Stelle mit Fotos lächelnder Menschen, mit Postkarten und Notizzetteln bedeckt. In der Ecke lehnte eine Leiter, die schon bessere Tage gesehen hatte, und auf der anderen Seite eines Durchgangs direkt vor ihnen konnte Tilly einen weiteren deutlich größeren Raum erkennen. An einigen der Regale waren handgeschriebene Schilder angebracht, die unterschiedliche Literaturgattungen kennzeichneten. Im Hintergrund war leise Jazzmusik zu hören. Hinter dem Schreibtisch stand ein zerschlissener Sessel, auf dem eine Frau mit kurzen grauen Haaren und riesiger Hornbrille saß und in ein Buch vertieft war. Als Clara höflich hüstelte, blickte sie auf.

»Clara! *Quelle surprise*!«, rief sie und erhob sich, wobei sie mehrere Bücher herunterwarf, die sie auf der Sessellehne abgelegt hatte. »*Et qui est-ce?*«, fragte sie und lächelte Tilly und Oskar an, die sie verwirrt anstarrten.

»Keine Franzosen, wie ich sehe«, fuhr sie in akzentfreiem Englisch fort. »Dein Enkelsohn?«

»Ja, genau.« Clara schob Oskar nach vorn, um der Frau die Hand zu geben.

»Sehr erfreut, Oskar«, sagte sie. »Ich heiße

Gretchen. Wie schön, dich endlich mal kennenzulernen. Und wer ist das?«

»Das ist meine Freundin«, erklärte Oskar. »Sie besucht uns vor Weihnachten für ein paar Tage.«

»Guten Tag«, sagte Tilly. »Ihre Buchhandlung ist aber ganz schön ... voll.«

Gretchen lachte lauthals drauflos. »Da hast du nicht unrecht, Mädchen. Oskar hat mir deinen Namen gar nicht verraten. Wie soll ich dich nennen?«

»Ich heiße Matilda«, antwortete Tilly. »Matilda Pages. Aber alle sagen Tilly zu mir.«

»Matilda Pages«, wiederholte Gretchen und sah sie eindringlich an. »Schön, dich kennenzulernen. Mein Name ist Gretchen Stein. Du darfst mich Gretchen nennen. Willkommen im *Cabinet des Fées*.«

»Ach, und Gretchen«, sagte Clara. »Um die Sache noch ein bisschen aufregender zu machen, ich glaube, mein Enkelsohn und seine Freundin sind Buchwandler.«

»*Was?*«, platzte Oskar heraus. Er wirbelte zu seiner Großmutter herum. »Woher weißt du überhaupt, was das ist?«

»Na, was denkst du wohl, von wem du das geerbt hast, *mon cher*?«, antwortete Clara mit einem verschmitzten Lächeln.

12

Selbst seinen Weg finden

Oskar starrte Mamie verdutzt an. »Echt? Du bist eine Buchwandlerin?«

»Aber ja«, antwortete sie.

»Dad etwa auch?«

»Ich glaube, leider nicht. Wenn es so was wie Kunstwandeln gäbe, dann wäre er sicher großartig darin, aber Bücher, nein. Vielleicht existiert ja eine geheime Gemeinschaft solcher Menschen, von der wir nichts ahnen.«

»Seit wann weißt du, dass ich auch buchwandeln kann?«

»Ich war mir nicht sicher.« Clara lächelte. »Dann habe ich von deinen Großeltern gehört, Matilda. Und ich fand es äußerst interessant, dass mein Enkel sich ausgerechnet mit dir angefreundet hat. Als ihr dann nach einer Buchhandlung gefragt habt, wurde ich ein bisschen nervös, weil ich vermutete, dass es womöglich stimmt. Und ich bin überglücklich, dass ich richtiglag!«

»Dann bist du also auch eine Buchwandlerin?«, fragte Tilly Gretchen.

»Richtig vermutet.«

»Kennst du meine Großeltern?«

»Ja, ich kenne sie«, antwortete Gretchen. »Allerdings meide ich die Gesellschaft anderer meistens. Und diese ganzen Regeln und Vorschriften der Unterbibliotheken waren sowieso noch nie mein Ding… ich bin eher ein Freigeist. Und wo wir gerade davon reden, ihr beide solltet losziehen und ein bisschen Spaß haben! Sucht euch ein Buch aus, in das ihr gern wandeln wollt.«

»Ich kann mich nicht erinnern, wann mir das letzte Mal jemand Spaß beim Buchwandeln gewünscht hat.« Tilly überkam plötzlich wieder dieses rebellische Gefühl. Vielleicht hatte Oskar ja recht, und sie war übervorsichtig gewesen. Clara und Gretchen waren Erwachsene, noch dazu Buchwandlerinnen, und sie vertrauten ihnen offensichtlich. Ihre Großeltern ängstigten sich bloß wegen der Sache, die ihrer Mum zugestoßen war, und das war auch verständlich. Aber sie waren ja nicht hier, und wie sagte Grandma immer: Was ich nicht weiß, macht mich nicht heiß. Tilly holte tief Luft. »Sollen wir Bescheid sagen, wenn wir uns für ein Buch entschieden haben?«, fragte sie.

»Wozu denn das?«, erwiderte Gretchen.

»Na ja, falls irgendwas schiefgeht«, antwortete Tilly. »Meine Großeltern wollen immer wissen, wo ich gerade bin, für alle Fälle. Da draußen gibt es schließlich Menschen mit bösen Absichten, auch unter den Buchwandlern.«

»Das ist wohl wahr«, meinte Gretchen. »Doch die gibt's überall, selbst in der Underlibrary. Weißt du eigentlich …«

»Ach komm, Gretchen«, unterbrach Clara sie und lachte. »Nur weil du dich mit der Underlibrary nicht anfreunden konntest, bedeutet das nicht, dass sie nicht gut für Tilly und Oskar ist. Jetzt ist auch nicht der richtige Zeitpunkt für Verschwörungstheorien. Überlassen wir es den beiden lieber selbst, ihren Weg zu finden, ja?«

»Meine Rede!«, rief Gretchen. »Sucht euren eigenen Weg! Folgt nicht einfach blind dem, der vor euch liegt.«

»Aber ich dachte, wir müssen uns an die Vorschriften der Underlibrary halten?«, fragte Oskar.

Gretchen verdrehte die Augen. »Das müsst ihr nicht. Nicht in dieser Buchhandlung. Sie ist auf keiner Underlibrary-Karte verzeichnet und unterliegt deshalb auch nicht ihren Vorschriften. Die einzige Autorität, die ich anerkenne, ist die der Archivare – die sich wenigstens nicht in das Leben anderer Leute einmischen.«

»Die mischen sich momentan allerdings in gar nichts ein«, sagte Clara. »Ob wir es wollen oder nicht.«

»Ist das mit den Archivaren nicht bloß eine Legende?«, fragte Tilly.

»Das haben dir garantiert diese bornierten Strickjackenträger in der Underlibrary erzählt«, schimpfte Gretchen, und Clara legte ihr besänftigend die Hand auf den Arm.

»Die Archivare kümmern sich seit vielen Jahren nicht

mehr ums Buchwandeln«, erklärte Clara. »Da brauchen wir uns nicht zu wundern, wenn viele Buchwandler den Glauben an sie verloren haben. Aber ich vertraue immer noch darauf, dass sie uns helfen, wenn wir in Not sind.«

»Wie würden sie denn davon erfahren?«, fragte Tilly und dachte an Melville Underwood. »Kann man ihnen ... eine E-Mail schicken oder so was?«

»E-Mail haben sie wahrscheinlich nicht.« Clara lächelte. »Angeblich existiert eine Karte, mit deren Hilfe man sie finden kann. Aber ich bin mir nicht sicher, ob das stimmt und ob heute noch jemand weiß, wo diese Karte ist.«

»Irgendwer muss es doch wissen«, antwortet Tilly enttäuscht. »Was hat es sonst für einen Sinn, eine Karte zu haben? Und wozu haben wir Archivare, wenn wir sie nicht finden können?«

Clara zuckte mit den Schultern. »Darauf weiß ich leider auch keine Antwort. Jetzt macht ihr beide euch erst mal auf den Weg, *oui*? Wohin möchtet ihr wandeln?« Sie ließ kurz den Blick schweifen und zog das nächstbeste Buch aus einem Regal. »Hier hinein vielleicht?«

»Aber das ist eine Märchensammlung!«, protestierte Tilly.

»Hast du nicht gesagt, du würdest gerne ein paar von diesen alten Geschichten lesen?«, erwiderte Clara.

»Ja, aber damit meinte ich lesen im herkömmlichen Sinn, nicht mich hineinlesen«, antwortete Tilly. »Meine

Grandma hat uns verboten, in Märchen zu wandeln. Sie sagt, die sind gefährlich.«

»Nun ja, Oskars *grand-mère* ist der Ansicht, dass ihr das schon hinkriegt«, sagte Clara.

Tilly und Oskar wechselten einen Blick.

»Wenn Mamie meint, es geht klar …«, meinte Oskar.

»Dann sind Märchen also nicht wirklich gefährlich?«, versicherte sich Tilly.

»Mag sein, dass sie ein bisschen unberechenbarer sind als Geschichten, die von Anfang an schriftlich überliefert wurden«, erklärte Gretchen. »Genau das macht sie aber so schön und aufregend! Ihr werdet sicher euren Spaß haben – behaltet nur immer das Buch bei euch, bleibt zusammen und vermeidet gefährliche Situationen. Verlasst euch einfach auf euren gesunden Menschenverstand.«

»Bist du sicher?«, fragte Oskar, der seiner Mamie nur zu gerne vertrauen wollte. »Man hat uns gesagt, dass in Märchen ziemlich abgefahrene Dinge passieren.«

»*Abgefahrene* Dinge passieren an vielen Orten, Oskar«, antwortete Clara. »Dadurch wird das Leben erst interessant, finde ich. Aber es ist natürlich eure Entscheidung.« Sie streckte die Hand nach dem Buch aus, doch Oskar hielt es fest.

»Abgesehen von den üblichen Merkwürdigkeiten«, wandte Tilly ein, »soll es momentan schlimmer sein als gewöhnlich.«

»Wie meinst du das?«, fragte Gretchen ein bisschen barsch. »Wo habt ihr denn das gehört?«

»In der Underlibrary«, antwortete Tilly. »Man hat uns gesagt, die Lage sei unsicherer als je zuvor. Wusstest du das?«

»Das scheint mir ziemlich übertrieben«, erwiderte Gretchen. »Ich war erst kürzlich in *Die goldene Gans*, da war alles in Ordnung – völlig harmlos.«

»Hast du ein goldenes Ei mitgebracht?«, fragte Oskar mit leuchtenden Augen.

»Schön wär's!« Gretchen lachte. »Man kann nichts aus den Büchern mit herausnehmen, das weißt du doch.«

»Aber wir haben einen Hut gesehen, der…« Oskar hielt kurz inne. »Wir haben mit eigenen Augen einen Gegenstand gesehen, den jemand aus einem Buch mitgebracht hat.«

»Und meine Mum hat auch etwas mit nach Hause gebracht«, sagte Tilly und dachte an die Kette mit dem Bienenanhänger, die sie jeden Tag trug. Die gleiche, die ihr Vater Bea in *Sara, die kleine Prinzessin* geschenkt hatte.

»Also, was deine Mutter da mit nach Hause gebracht hat und wie sie das gemacht hat, weiß ich nicht.« Gretchen sah Tilly eindringlich an. »Genauso wenig wie ich weiß, wo der Hut herkommt, über den ihr offenbar nicht reden wollt. Aber

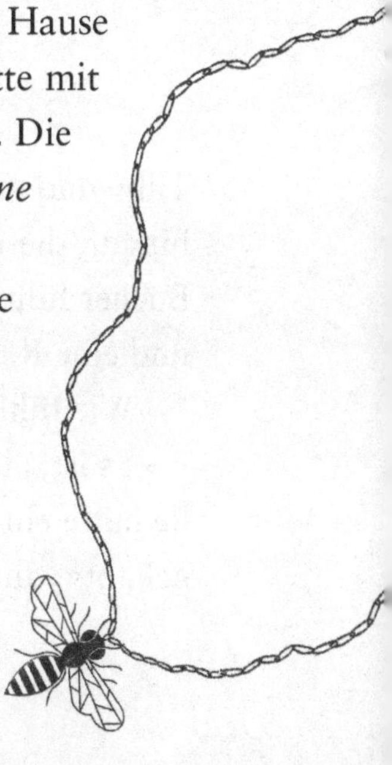

die Regeln besagen, dass man nichts, was zu einer Geschichte gehört, mitnehmen darf. Abgesehen von den Kleidern und den Sachen, die man am Leib trägt, natürlich – stellt euch vor, jedem würde seine Brille fehlen, sobald er ein Buch wieder verlässt. Die Gegenstände, die ihr gesehen habt, stammen demnach ursprünglich nicht aus den Geschichten, aus denen sie gekommen sind. Deshalb gab es leider keine goldenen Eier für mich.«

»Du bist also in dieses Buch hier gewandelt?«, fragte Oskar, um die Unterhaltung von Melville wegzulenken. Er hielt die Märchensammlung hoch, die Clara ihm gegeben hatte.

»In genau das«, antwortete Gretchen. »Ihr könnt mir also vertrauen. Es ist gerade mal ein paar Tage her. Was soll sich seitdem schon verändert haben?«

Tilly und Oskar stiegen eine steile, wackelige Treppe hinauf, die in ein weiteres Labyrinth aus Räumen voller Bücher führte. In einem der Zimmer sahen sie ein Klavier und eine Katze und gingen hinein.

»Wie fühlst du dich?«, erkundigte sich Tilly vorsichtig.

»Es ist, als ob … Stell dir vor, jemand aus deiner Familie hätte ein Leben lang ein so riesiges Geheimnis vor dir gehabt«, antwortete Oskar immer noch schockiert.

Tilly sah ihn stirnrunzelnd an.

»Ach stimmt«, sagte er, »das kennst du ja.«

»Das erklärt allerdings einiges«, meinte Tilly. »Zum Beispiel die Tatsache, dass du so einfach mit mir buchwandeln konntest. Du bist schon immer ein Buchwandler gewesen.«

Oskar nickte. »Echt cool. Jetzt bin ich nicht mehr bloß der Freund, der dich begleitet, sondern hab selber magische Kräfte. Ganz offiziell sozusagen.«

»Du hattest schon immer magische Kräfte.« Tilly zwinkerte Oskar zu, und er grinste verlegen.

Dann setzte er sich ans Klavier und gab eine ziemlich falsche Version des Flohwalzers zum Besten.

Während er spielte, schlenderte Tilly an den Regalen entlang, zog wahllos hier und da ein Buch heraus und blätterte durch die Seiten, bis sie plötzlich etwas bemerkte. »Weißt du was«, sie sah sich noch einmal um, »die meisten der Bücher hier sind Märchensammlungen. Ist dir das schon aufgefallen?« Sie schlug das Buch, das sie gerade in der Hand hielt, an einer willkürlichen Stelle auf und kam bei *Rotkäppchen* heraus. Schon wieder. Komisch, dachte sie. Dieselbe Geschichte, die ich im Zug gelesen habe.

»Wahrscheinlich sammelt Gretchen die«, sagte Oskar. »Der Buchladen heißt schließlich auch *Le Cabinet des Fées*. Außerdem sind Märchen nicht unbedingt selten. Was glaubst du, wie gefährlich sie wirklich sind?« Er hielt das Buch in die Höhe, das seine Großmutter ihm unten gegeben hatte.

»Nicht, dass ich Clara oder Gretchen nicht vertrauen würde«, antwortete Tilly ein bisschen besorgt, »aber Chalk versteckt sich irgendwo in einem Märchen, und Underwood war jahrelang in einem verschollen, und seine Schwester wurde im Märchenland getötet.«

»Wir wissen nicht, ob das wirklich passiert ist«, erwiderte Oskar. »Melville glaube ich kein Wort.«

»Na schön, aber Grandma und Grandad glaube ich«, sagte Tilly. »Und die sind sich ziemlich sicher. Grandma hat früher in der Märchenwelt gearbeitet. Also weiß sie, wovon sie spricht.«

»Kann schon sein«, stimmte Oskar zu. »Ich denke bloß, wenn Mamie einverstanden ist und wir von hier aus starten, dann ist das Risiko doch eher gering, oder? Schließlich hab ich gerade erfahren, dass ich ein echter Vollblutbuchwandler bin. Da will ich auch ein bisschen buchwandeln! Wir können ja gleich wieder zurückkommen, versprochen. Und wir nehmen einfach ein ganz langweiliges Märchen, nur zum Ausprobieren. Was hältst du von *Rotkäppchen*?

»Klar, das ist bestimmt total ungefährlich, abgesehen davon, dass der Wolf alle auffressen will«, antwortete Tilly.

»Die Stelle lassen wir eben aus«, sagte Oskar. »Wir wandeln einfach zum Anfang der Geschichte – und sehen uns nur mal kurz um.«

Tilly zuckte nervös mit den Schultern, dann fasste sie sich ein Herz. »Meinetwegen, aber wirklich nur ganz an den Anfang.« Sie dachte einfach daran, was Anne wohl jetzt tun würde, und fühlte sich sofort ein bisschen mutiger.

Es war einmal ein kleines, wunderhübsches Mädchen, das hatte jedermann lieb. Am allerliebsten aber hatte es seine Großmutter. Die wusste gar nicht, was sie dem Kind alles schenken sollte. Einmal machte sie ihm ein Käppchen aus rotem Samt. Und weil ihm das so gut stand und es nichts anders mehr tragen wollte, hieß es von da an nur noch Rotkäppchen.

UM SIE HERUM MACHTE ES KLICK-KLACK,

WÄHREND DIE BUCHHANDLUNG und die wirkliche Welt unter ihren Füßen weggesaugt wurden,

ALS HÄTTE JEMAND

darunter einen Stöpsel gezogen.

Plötzlich standen Tilly und Oskar neben einer hübschen strohgedeckten Hütte am Rand eines Waldes. Die Tür ging auf, und ein kleines Mädchen mit einem Korb in der Hand kam heraus. Sie trug ein leuchtend rotes Käppchen auf dem Kopf. Tilly und Oskar beobachteten, wie sie fröhlich in Richtung der Bäume davonsprang.

»Sieht alles ziemlich normal aus«, sagte Tilly und versuchte, nicht daran zu denken, wie das Mädchen vom Weg abkommen und sich in dem gefährlichen Wald verlaufen würde. »Genug gesehen?«

»Na ja«, antwortete Oskar. »Ich weiß, wir hatten abgemacht, uns auf jeden Fall von Wölfen fernzuhalten, aber ich komme mir schlecht vor, Rotkäppchen einfach so gehen zu lassen. Du weißt, was mit ihr passiert.«

»Ist nicht ein Holzfäller in der Nähe, der ihr hilft?«, fragte Tilly, die sich selbst ebenso wie ihren Freund beruhigen wollte.

»In dieser Version der Geschichte nicht.« Oskar zeigte ihr die Seite, wo er gerade nachgesehen hatte. »Sie wird komplett verspeist.«

»Aber sie ist doch sowieso nicht real.« Tilly beobachtete, wie das Mädchen zwischen den dunklen Bäumen verschwand. Das Problem war nur: Wenn Rotkäppchen nicht real war, dann war Tillys Vater es auch nicht. Und was war dann mit ihr selbst? Tilly wurde plötzlich eiskalt. Wenn das alles hier nicht doch irgendwie real war, existierte sie dann gar nicht? Tilly seufzte. »Ich komm dir aber nicht zu Hilfe, wenn der Wolf dich frisst«, warnte sie Oskar, als sie sich

auf den Weg

in den Wald

machten.

13

Was hast du für grosse Zähne

Also gut, wir versuchen einfach, sie zum Umkehren zu bringen oder davon zu überzeugen, dass sie nicht auf den Wolf hört, ja?«, schlug Tilly vor, während sie dem Mädchen folgten.

»In Ordnung«, antwortete Oskar, der sich bemühte, die Geschichte weiter vorzulesen, und dabei immer wieder über Baumwurzeln stolperte. »Hier steht bloß: ›Als es so durch den Wald lief, begegnete ihm der Wolf‹. Siehst du irgendwas?«

»Nein, nur das Mädchen.« Tilly spähte angestrengt zwischen den Bäumen hindurch.

»Okay. Der Wolf hat zu viel Angst, sie zu fressen, weil er denkt, dass irgendwo Holzfäller in der Nähe sind. Deshalb läuft er vor, frisst die Großmutter und wartet anschließend auf Rotkäppchen. Dann frisst er sie.«

»Mir scheint, das ist eins der grausigeren Märchen, von denen Clara sprach«, meinte Tilly. »Ich kann verstehen, warum sie das in den anderen Versionen geändert haben.«

»Wäre wohl besser, Rotkäppchen zu warnen«, sagte Oskar. »Sollen wir ihr vielleicht folgen und mit ihr reden?«

»Das hier war deine Idee«, antwortete Tilly. »Deine Idee – dein Plan.«

»Gut, dann laufen wir ihr nach«, beschloss Oskar, doch bevor sie Rotkäppchen eingeholt hatten, kam ein großer Wolf zwischen den Bäumen hervor und lief vor dem Mädchen auf den Weg. Sie blieb stehen. Oskar zog Tilly schnell hinter einen Baum, aber Rotkäppchen schien sich überhaupt nicht zu fürchten und begrüßte den Wolf höflich,

während er es umkreiste.

»Wohin des Weges, junge Dame?«, fragte der Wolf gespielt freundlich.

»Ich will meine Großmutter besuchen«, antwortete Rotkäppchen. »Und ihr einen Kuchen und ein Töpfchen Butter bringen, die meine Mutter mir mitgegeben hat.«

»Wohnt sie denn weit von hier?« Der Wolf leckte sich hungrig das Maul.

»Ach, geht so«, sagte das Mädchen. »Es ist hinter der Mühle, die du da hinten siehst, gleich das erste Haus im Dorf.«

»Dann will ich sie auch besuchen. Nimm du diesen Weg, ich nehme den da drüben, und dann sehen wir, wer als Erster da ist.« Damit lief der Wolf los und war in Sekundenschnelle verschwunden.

»Also, ich will ja nicht unhöflich sein, aber wie blöd ist die?«, flüsterte Oskar Tilly zu. »Kapiert sie nicht, dass er sie fressen will?«

»Offenbar nicht«, antwortete Tilly. »Also komm, wir müssen sie warnen und dann alle zum Haus der Großmutter rennen, damit wir vor dem Wolf da sind.« Sie gingen zurück auf den Weg und holten Rotkäppchen rasch ein, die gemütlich schlendernd vor sich hin sang, am Wegesrand Blumen pflückte und den vorbeiflatternden Schmetterlingen nachsah. »'tschuldigung«, sagte Tilly und klopfte ihr auf die Schulter.

Das Mädchen drehte sich um und schien, genau wie beim Zusammentreffen mit dem sprechenden Wolf, weder überrascht noch beunruhigt. »Ach, guten Tag, willst du wissen, wo ich hingehe?«

»Du solltest lieber aufhören, das jedem auf die Nase zu binden«, sagte Oskar. »Kleiner Tipp.«

»Ich will meine Großmutter besuchen. Sie wohnt bei der Mühle, die ihr da hinten seht. Es ist gleich das erste Haus«, plapperte Rotkäppchen weiter.

»Dürfen wir mitkommen?«, fragte Tilly.

»Aber natürlich. Es ist ein wunderschöner Tag für einen Waldspaziergang.«

»Sollten wir nicht einen Schritt zulegen?«, schlug Oskar vor. »Immerhin hast du gerade einem Wolf erzählt, wo deine Großmutter wohnt.«

»Ja, er hat gesagt, wir wollen sehen, wer zuerst da ist. Was für ein Spaß!«

»Er will sicher dafür sorgen, dass er der Schnellere ist«, antwortete Tilly und versuchte, möglichst ruhig zu bleiben. »Ich will dir ja keine Angst machen, aber ich bin mir nicht sicher, ob der Wolf deiner Großmutter wirklich nur mal Guten Tag sagen will. Sie könnte in Gefahr sein.«

»Meinst du, der Wolf ist gefährlich?«, erwiderte Rotkäppchen erstaunt. »Warum glaubst du das?«

»Na ja, er ist ein Wolf, und Wölfe fressen Menschen ...«

»Ihr glaubt, er will meine Großmutter fressen?« Rotkäppchen schlug sich erschrocken die Hand vor den Mund.

»BINGO!«, rief Oskar, der langsam die Geduld verlor. »Genau das machen Wölfe.«

»Du lieber Himmel!« Rotkäppchen schleuderte den Strauß Blumen über die Schulter. »Dann mal los. Das hier ist der direkte Weg zum Dorf. Hoffen wir, dass der Wolf unterwegs irgendwie aufgehalten wird.«

»Endlich«, murmelte Tilly. »Wie heißt du übrigens?«

Rotkäppchen sah sie verständnislos an. »Alle nennen mich Rotkäppchen, wegen meiner schönen roten Kappe.« Sie blieb kurz stehen und wirbelte einmal im Kreis.

Tilly und Oskar warfen sich einen ungläubigen Blick zu. »Wirklich hübsch, deine Kappe«, sagte Tilly, »aber wir müssen weiter.«

»Und wir meinten deinen richtigen Namen«, ergänzte

Oskar. »Wie haben deine Eltern dich genannt, bevor du die rote Kappe bekamst?«

»Hm, ich glaube, mich hat noch nie jemand anders genannt«, antwortete Rotkäppchen leicht verwirrt. »Wahrscheinlich muss ich irgendwann mal einen anderen Namen gehabt haben, aber ich erinnere mich nicht mehr daran. Seltsam.« Sie zuckte mit den Schultern, und ihr verwirrter Gesichtsausdruck verschwand.

Tilly bezweifelte langsam, dass sie eine Chance hatten, vor dem Wolf bei der Großmutter anzukommen, doch da lichtete sich schon der Wald. Sie sahen eine Mühle, und direkt dahinter stand ein kleines Häuschen.

»Da ist es!«, rief Rotkäppchen. »Oh, und da ist auch der Wolf!«

Der Wolf strich langsam um das Häuschen herum.

»Oskar, schnell!«, rief Tilly. »Lenk ihn ab, bevor er an die Tür klopft.«

»*Was*?!«, erwiderte Oskar erschrocken. »Wie soll ich das denn machen?«

»Wenn wir doch irgendwie reinkommen könnten, um sie zu warnen«, sagte Rotkäppchen, die immer noch nicht sonderlich besorgt klang.

»Super Idee«, antwortete Tilly, der plötzlich klar wurde, dass genau das die Lösung war. Sie suchte die Textstelle in der Geschichte, an der der Wolf anklopfte, und fasste Oskar und Rotkäppchen bei der Hand. »Springen wir ein bisschen vorwärts …«

Plötzlich standen sie im Häuschen und hörten, wie draußen jemand an die Tür klopfte. Im Kamin knisterte ein behagliches Feuer, und aus dem Bett blickte sie eine schwächliche alte Frau an. Gerade wollte Tilly erklären, wie es kam, dass sie auf so magische Weise im Zimmer erschienen waren, da fing die Frau an zu sprechen.

»Rotkäppchen! Wie schön, dass du deine kranke Großmutter besuchst.«

»Warum wundert sich keine von beiden über die merkwürdigen Dinge, die hier passieren?«, flüsterte Oskar Tilly zu.

»Meine Lieben, wäre einer von euch so freundlich, die Türe zu öffnen? Ich glaube, da möchte noch jemand herein. Vielleicht ist es der stattliche Holzfäller, der mich hin und wieder besuchen kommt.«

»Wir sollten lieber erst fragen, wer da ist, bevor wir die Tür aufmachen«, schlug Tilly schnell vor. »Wer ist denn da?«, rief sie.

»Deine Enkeltochter, Rotkäppchen«, war eine seltsam hohe Stimme zu hören, die kein bisschen nach Rotkäppchen klang. »Ich bringe dir Kuchen und einen Topf Butter.«

»Wie merkwürdig«, sagte die Großmutter. »Du bist doch hier drin. Wer kann das nur sein? Gehst du mal nachsehen, Rotkäppchen?«

»Nicht zu fassen, diese Leute«, stöhnte Tilly und stellte sich Rotkäppchen in den Weg. »Das ist der Wolf. Er will reinkommen und uns alle fressen. Wir dürfen die Tür nicht aufmachen!«

Oskar stellte sich neben sie, und gemeinsam spähten sie durch einen Gardinenspalt nach draußen. Vor der Tür schritt der Wolf auf und ab und sah immer wieder über die Schulter. Wahrscheinlich hielt er Ausschau nach Rotkäppchen.

»Meinst du, er gibt bald auf und verschwindet einfach?«, fragte Oskar hoffnungsvoll.

»Das glaube ich nicht«, antwortete Tilly. »Er sieht ziemlich ausgehungert aus. Er denkt bestimmt an nichts anderes als daran, die beiden zu vertilgen. Weißt du noch, was in den anderen Versionen der Geschichte passiert?«

»Irgendwo werden mal Holzfäller erwähnt. Wir könnten uns rausschleichen und einen suchen.«

»Vielleicht, obwohl…«

Ihre geflüsterten Überlegungen wurden plötzlich von einem Sausen, einem Schlag und einem Aufheulen unterbrochen. Und als Oskar und Tilly wieder aus dem Fenster sahen, war da ein Mädchen mit einer Axt in der Hand, das sich über einen offenbar ziemlich toten Wolf beugte. Das Mädchen schien kaum älter zu sein als sie und trug eine schwarze Hose aus grobem Wollstoff, die es in seine hohen Lederstiefel gesteckt hatte, und eine derbe Jacke. Sie hatte nicht nur eine Axt in der Hand, sondern auch noch ein Messer im Gürtel stecken. Ihre schwarzen Haare waren zu festen Zöpfen geflochten, und auf dem Kopf trug sie eine rote Kappe.

»Wenn sie nicht hier drin bei uns wäre…«, begann Oskar.

»…würdest du sagen, sie sieht aus wie Rotkäppchen«, beendete Tilly den Satz, und sie drehten sich zu dem Mädchen im Zimmer um, das sich gerade zu ihrer Großmutter ans Bett gesetzt hatte.

»Großmutter, was hast du für starke Arme.«

»Damit ich dich besser drücken kann«, antwortete die Großmutter und umarmte Rotkäppchen innig.

»Und was hast du für große Ohren!«

»Damit ich dich besser hören kann, mein Kind.«

Tilly und Oskar sahen sich ungläubig an. »Sie hat ganz normal große Ohren!«, rief Tilly hinüber. »Und ihre Arme wirken eigentlich ziemlich schwächlich.«

Sie ging zum Bett und schwenkte die Hand zwischen den beiden. »Na schön, Leute. Es war … sehr interessant, euch kennenzulernen, aber das Wolf-Problem ist ja nun gelöst, also verabschieden wir uns jetzt.«

»Dann lebt wohl, meine Lieben«, sagte die Großmutter, und Rotkäppchen schien nicht einmal zu merken, dass sie das Haus verließen.

»Was hast du für große Zähne!«, sagte sie fröhlich zu ihrer Großmutter, und beide kicherten drauflos.

Tilly und Oskar schoben vorsichtig die Tür auf. Immerhin stand ein Mädchen mit einer Axt davor.

»Hallo«, begrüßte sie die beiden vergnügt, während sie Wolfsblut von der Klinge wischte.

»Hallo«, antwortete Tilly. »Wer bist du, wenn ich fragen darf?«

»Ich bin Rotkäppchen.« Das Mädchen streckte Tilly die freie Hand entgegen. »Hier gab's offenbar ein Problem mit einem Wolf.«

14

Traumprinz, zu Diensten!

Tilly sah auf den toten Wolf am Boden, und ihr wurde ein bisschen schlecht.

»Danke«, antwortete sie nervös. »Aber …«

»Aber in dem Haus ist noch jemand anderes, der sich Rotkäppchen nennt«, übernahm Oskar. »Wohnst du auch da?«

»Pah, nein!« Das zweite Rotkäppchen verdrehte die Augen. »Ich kann dieses Mädchen nicht ausstehen. Sie ist so ein Dummkopf. Bringt sich ständig in Schwierigkeiten – kein bisschen Selbstschutz.«

»Ihr könnt doch nicht beide Rotkäppchen sein«, sagte Oskar.

»Sorry, würdest du mich bitte nicht so nennen«, erwiderte das Mädchen und warf Oskar einen vernichtenden Blick zu. »Das ist ein Spitzname aus meiner Kindheit, den will ich nicht mehr hören.«

»Geht klar, natürlich, tut mir leid«, antwortete Oskar mit Blick auf die Axt. »Mein Fehler.«

»Gut. Also wenn ihr alles wieder im Griff habt, mach

ich mich mal auf den Weg«, sagte Rotkäppchen. »Nicht weit von hier wohnt ein Holzfäller, den ich ein bisschen im Umgang mit der Axt unterrichte – da will ich mich nicht verspäten.« Mit diesen Worten drehte sie sich um und stapfte Richtung Wald davon.

»Sehr seltsam.« Oskar blickte ihr nach.

»Aber genau davon haben Grandma und Grandad doch gesprochen, oder?«, fragte Tilly. »Von Märchen, in denen etwas schiefläuft, von Figuren, die am falschen Ort auftauchen. Wir müssen zurück ins *Cabinet des Fées*, bevor etwas noch Merkwürdigeres passiert. Wir können froh sein, dass wir über nichts Gefährlicheres gestolpert sind.«

»Einverstanden.« Oskar schlug das Buch auf und fing an zu lesen. Kurz darauf standen sie neben einer ziemlich heruntergekommenen Hütte mit verwitterten Wänden und etlichen Löchern im strohgedeckten Dach.

»Oha. Also… das ist jedenfalls nicht die Buchhandlung«, stellte Tilly fest. »Was hast du gemacht?«

»Ich hab bloß die letzte Zeile gelesen«, antwortete Oskar und zeigte Tilly die Stelle.

»Aber das ist nur die letzte Zeile von *Rotkäppchen* nicht vom ganzen Buch«, sagte sie und wies mit dem Finger darauf. »Dann sind wir jetzt wahrscheinlich am Anfang der nächsten Geschichte gelandet, und das ist…« Tilly blätterte um, doch bevor sie den Titel finden konnte, sprach Oskar ihn schon aus. *Hans und die Bohnenranke*.

»Stimmt. Woher weißt du das?«, fragte Tilly und sah hoch.

Oskar zeigte hinter die Hütte. So etwas Seltsames hatte sie noch nie gesehen – nicht einmal im Wunderland. Da war eine gigantische grüne Bohnenranke offenbar so schnell aus dem Boden geschossen, dass der Boden um sie herum ganz aufgewühlt war. Risse und Furchen erstreckten sich etliche Meter weit in alle Richtungen, entwurzelten andere Pflanzen und Bäume und warfen Hecken und Zäune um. Die Ranke war so dick wie ein Londoner Doppeldecker-Bus und hatte eine unnatürlich hellgrüne Farbe. Es sah aus, als hätte ein Kind sie mit Wachsmalkreide grün ausgemalt.

Noch seltsamer war die Art, wie die Pflanze gewachsen war. Sie schien wie dafür gemacht, um an ihr hochzuklettern. Ein holpriges Gebilde wand sich um den Stengel wie eine Wendeltreppe. Daraus wuchsen in regelmäßigen Abständen kleine Schösslinge, die sich zu Griffen und einem provisorischen Geländer verbanden. Einen Augenblick standen Tilly und Oskar nur da und blickten völlig baff daran empor, bis sie durch lautes Fluchen und Schreien aus ihrem Bann gerissen wurden. Plötzlich kam ein Junge die letzten paar Meter der Stengel-Treppe heruntergerutscht, holperte durch die unteren Blätter und landete unsanft auf dem Boden.

»Sollen wir hingehen und ihm helfen?«, flüsterte Oskar. »Das muss Hans sein, oder?«

»Ich glaub schon«, antwortete Tilly. »Der ist doch harmlos, also können wir nichts falsch machen.«

Als sie sich Hans näherten, drang plötzlich ein lautes Gegacker unter ihm hervor. Er winkte ihnen fröhlich zu und drehte sich zur Seite. Eine ziemlich platt gedrückte Henne kam zum Vorschein.

»Es ist wirklich kein Kinderspiel, einen riesigen Bohnenstengel runterzuklettern und dabei eine Henne mitzunehmen«, erklärte er und las sich eine Feder von der Hose. »Aber es geht ihr offenbar gut.« Die Henne sah ihn an und gab ein missbilligendes Gackern von sich. »Ich bin Hans.« Er streckte ihnen eine ziemlich schmutzige Hand entgegen.

»Tilly«, sagte Tilly und schüttelte sie.

»Ich heiße Oskar«, sagte Oskar. »Und du bist *der* Hans, aus *Hans und die Bohnenranke*?«

»Na ja, ich heiße Hans, und ich habe diese Bohnenpflanze gezogen – wenn auch versehentlich. Also bin ich das wohl«, antwortete der Junge. »Klingt ziemlich gut, findet ihr nicht? *Hans und die Bohnenranke.*« Er schwenkte den Arm durch die Luft, als stellte er sich die Worte in leuchtenden Lettern am Himmel vor. »Habt ihr beide Hunger?«, fragte er dann. »Wollt ihr reinkommen und … Hm, ich weiß nicht, was wir im Haus haben, vielleicht auch nur Wasser, aber ihr seid herzlich eingeladen. Ich muss meiner Mutter erzählen, was ich gefunden habe – damit werden wir reich!« Er hielt die etwas mitgenommene Henne in die Höhe. »Ihre Eier bringen uns ein Vermögen ein.«

»Sind Eier hier ... besonders teuer?«, fragte Oskar verwirrt.

»Ihre schon«, erklärte Hans selbstzufrieden, und da fiel bei Tilly der Groschen.

»Stimmt ja«, sagte sie. »Du hast die Henne dem Riesen gestohlen, der ganz oben auf der Bohnenranke wohnt.«

»Woher weißt du das?«, fragte Hans und schaute nervös an der riesigen Pflanze hinauf, die bis in die Wolken reichte.

»Ach, nur so eine Vermutung«, antwortete Tilly rasch. »Ich hab davon gehört, dass es in der Gegend Riesen gibt, die, du weißt schon, verzauberte Sachen besitzen.«

Hans sah sie misstrauisch an. »Behalt das aber für dich. Sonst versucht am Ende noch jeder, so eine Henne in die Finger zu kriegen. Also gut, kommt ihr jetzt? Meine Mutter wird staunen, wenn sie es erfährt.«

Tilly und Oskar wechselten einen Blick.

»Es wird schon nicht schaden. Jetzt, wo wir sowieso hier sind«, flüsterte Oskar. »Außerdem bin ich am Verhungern. Wir essen schnell 'ne Kleinigkeit, und dann geht's nach Hause.«

»Also gut«, sagte Tilly, und sie folgten Hans zu seiner Hütte.

Die Eingangstür sah aus, als wäre sie einmal blau gewesen, doch die Farbe war abgeblättert, und sie hing ganz schief in den Angeln.

»Nicht gerade ein Schloss, aber mein Zuhause«, sagte Hans und schob die Tür auf.

Sie folgten ihm in einen dunklen, feuchten Raum mit einem tristen, leeren Kamin an der Wand. Möbel gab es kaum.

An einem groben Holztisch saß eine Frau, die Hans ungeduldig entgegensah. »Wo warst du schon wieder?«, fragte sie. »Und was sind das für Kinder? Du weißt, dass wir nichts haben, was wir ihnen zu essen geben können. Ich hoffe, ihr seid nicht hier, um zu betteln«, fuhr sie an Oskar und Tilly gewandt fort und kniff die Augen zusammen. »Und zum Stehlen gibt's hier auch nichts, falls ihr das denkt.«

»Das sind Freunde von mir, Mutter«, erwiderte Hans. »Und warte, bis du siehst, was ich mitgebracht habe – damit wird sich unser Schicksal wenden!«

Seine Mutter wirkte nicht überzeugt. »Ich hab wenig Vertrauen in deine Pläne, mein Sohn«, sagte sie, bevor sie sich wieder an Tilly und Oskar wandte. »Seht ihre dieses Ungetüm da draußen in unserem Garten?«

»Das ist kaum zu übersehen«, antwortete Tilly.

»Genau!«, rief Hans' Mutter. »Und wisst ihr, woher diese Bohnenranke kommt? Das will ich euch sagen«, fuhr sie fort. »Nachdem wir gestern Morgen unsere letzten Kanten trockenes Brot zum Frühstück gegessen hatten, wusste ich, dass die Zeit gekommen war. Wenn wir es durch den nächsten Winter schaffen wollten, blieb uns nur eine Wahl: Ich musste Hans zum Markt schicken, um unsere einzige Kuh zu verkaufen. Unsere geliebte Kuh.«

»Jetzt mach aber mal halblang, Mutter!«, sagte Hans. »Du konntest sie gar nicht leiden.«

»Mag sein, dass sie ein mürrisches Biest war, aber sie gab uns Milch«, antwortete sie. »Und ich hätte mich nie von ihr getrennt, wenn unsere Lage nicht so aussichtslos gewesen wäre. So oder so, der da«, fuhr sie fort und nickte Richtung Hans, »führt sie in aller Frühe zum Markt, und ich sag noch zu ihm: ›Sieh zu, dass du einen guten Preis dafür bekommst. Lass dich nicht übers Ohr hauen.‹ Also zieht er los, und noch bevor er es überhaupt bis zum Markt hätte schaffen können, ist er schon wieder zurück. Keine Kuh mehr zu sehen. Und wisst ihr, was er stattdessen hatte? Nicht etwa Geldstücke. Nein, er hatte Bohnen. Getrocknete Bohnen! Der Junge hatte unsere letzte Chance auf etwas zu essen und ein Auskommen für eine Handvoll Bohnen eingetauscht.«

»Es waren verzauberte Bohnen!«, rief Hans. »Aber du hast mir nicht geglaubt, und jetzt siehst du, was daraus geworden ist.«

»Wer will schon einen Zauber, der eine Riesenpflanze in seinem Garten wachsen lässt, die man nicht mal essen kann?«, erwiderte seine Mutter. »Zugegeben, ich hab nicht geglaubt, dass die Bohnen verzaubert waren. Ich wollte sie schon zum Abendessen kochen, da hab ich gemerkt, dass sie nicht mal dafür gut waren. Also hab ich sie aus dem Fenster geworfen, und dann das: eine verzauberte Bohnenranke.« Sie verdrehte die Augen. »Wie wär's stattdessen mit einem verzauberten Geldbaum gewesen oder mit einem verzauberten Brot, das nie ausgeht, oder mit einer verzauberten Kuh? Aber nein.«

»Und wie wär's mit einer verzauberten Henne?«, fragte Hans mit einem Augenzwinkern.

»Ja, natürlich«, spottete seine Mutter. »Und was würde die tun? Verzauberte Eier legen?«

Wie aufs Stichwort ließ die Henne ein lautes Gackern los, erhob sich auf ihre dünnen Beine, und zum Vorschein kam ein goldenes Ei.

»Wie hast du denn das gemacht?«, wollte Hans' Mutter wissen. »Ist das ein Trick?«

»Nee.« Hans schüttelte den Kopf. »Ich bin bloß die Bohnenranke raufgeklettert, um zu sehen, was da oben ist, und ...«

»Was?!«, rief seine Mutter entsetzt. »Und was hätte ich tun sollen, wenn du da runtergefallen wärst und dir den Hals gebrochen hättest?«

»Also, ich bin hochgeklettert, und da hab ich sie gefunden«, beendete Hans seinen Bericht.

»Du hast sie da oben gefunden?«, fragte seine Mutter. »Wie sie fröhlich durch die Wolken spaziert ist, oder was?«

»Im Prinzip ja«, antwortete Hans.

»Du willst mir also weismachen, sie ist mutterseelenallein da herumspaziert? Und sonst war da nichts, nur du, die Wolken und diese eine Henne?«

»Ja, sie war die einzige Henne dort, wenn du das meinst.«

»Und sie hat niemandem gehört? Nicht dass mir ein verärgerter Bauer aufs Dach steigt, weil er seine verzauberte Henne zurückwill.«

»Einem Bauern bin ich nicht begegnet«, erklärte Hans vorsichtig.

Seine Mutter tappte ungeduldig mit dem Fuß auf und wartete darauf, dass er mit der ganzen Wahrheit herausrückte.

»Es war eher … ein Riese.«

»Ein Riese!?«, kreischte Hans' Mutter. »Du hast einem Riesen seine verzauberte Henne gestohlen? Was ist bloß in dich gefahren, mein Sohn? Eins sag ich dir: Wenn der an die Tür klopft, bist du derjenige, der aufmacht.«

»Das tut er nicht«, sagte Hans, klang jedoch ein bisschen unsicher. »Wahrscheinlich hat er mich nicht mal gesehen.«

»Wahrscheinlich!«, wiederholte seine Mutter hysterisch. »Sicher ist er sich zwar nicht, aber wahrscheinlich hat der Riese nicht mitgekriegt, wie sein Eigentum gestohlen wurde. Da können wir ja nur hoffen, dass der gute Mann Vegetarier ist.«

»Ähm, genau genommen hat er durchblicken lassen, dass er gern Fleisch isst«, räumte Hans ein. »Er hat sogar ein Lied darüber gesungen.«

»Ach, dann haben wir's mit einem musikalischen, fleischfressenden Riesen zu tun?! Das entspannt die Lage natürlich enorm.«

»Beruhig dich, Mutter!«, rief Hans. »Er weiß doch gar nicht, wer ich bin.«

»Nein, wieso sollte er? Wo uns die Bohnenpflanze, die direkt bis in unseren Garten führt, auch kein bisschen verrät«, erwiderte sie. »Da wollen wir mal hoffen, dass Musik seine einzige Begabung ist und nicht sein Orientierungssinn. Und was hab ich dir schon so oft gesagt?! Ich will von dir nicht hören, dass ich mich beruhigen soll!«

Tilly hatte angefangen, hektisch in dem Märchenbuch zu blättern, um Oskar und sich von dort wegzubringen, doch das Rascheln der Seiten erregte die Aufmerksamkeit der Frau, und sie kam einen Besen schwingend auf sie zu.

»Ihr zwei da, in euren merkwürdigen Kleidern, habt ihr ihn etwa zu diesem Unsinn mit der Henne angestiftet?«

»Nein!«, rief Oskar. »Wir waren noch nicht mal dabei, ich schwöre.«

Hans' Mutter sah sie argwöhnisch an. »Er ist vielleicht ein gutgläubiger Junge, aber er ist nicht dumm. Einen Riesen zu bestehlen, auf so was kommt er nicht von alleine.« Sie sah aus, als würde sie jeden Moment einem von ihnen mit dem Besen eins überziehen, da hörten sie plötzlich ein Geräusch, als würde sämtliche Luft aus dem Zimmer gesogen. Tilly und Oskar pressten sich die Hände auf die Ohren, in denen es *plopp* machte, wie wenn man mit einem Flugzeug startet.

Als sie sich wieder von dem Schrecken erholt hatten, stellten sie entsetzt fest, dass etwas äußerst Seltsames mit Hans und seiner Mutter passierte. Die beiden sahen plötzlich aus wie Figuren in einem Computerspiel. Sie zuckten und flimmerten, als wären sie gar nicht richtig da, obwohl Oskar, als er Hans anstupste, den rauen Wollstoff seiner Kleider fühlen konnte.

»Hast du so was schon mal gesehen?«, fragte Oskar Tilly nervös.

»Noch nie«, antwortete sie.

In dem Moment erstarrte Hans plötzlich einen Moment, bevor er in tausend winzige Teile zersprang, wie eine gläserne Vase, die auf den Boden fällt.

Tilly wurde bleich und trat an die Stelle, wo Hans gerade noch gestanden hatte.

»Das hier war eben noch nicht da, oder?« Sie berührte mit der Schuhspitze vorsichtig eine kleine schwarze Pfütze.«

»Was ist das?«, fragte Oskar und stellte sich neben sie. »Geschmolzene Buchfigur?«

»Sieht aus wie Tinte«, antwortete Tilly.

»Stimmt.« Oskar nickte.

Tilly hockte sich hin, um sich die Sache näher anzusehen, doch gerade als sie den Finger danach ausstrecken wollte, verschwand die Flüssigkeit plötzlich, als hätte der Steinboden sie mit einem Schlag verschluckt. Im selben Moment flog die Tür auf, und Hans kam freudestrahlend herein, mit einer Henne unter dem Arm. Als er die Hütte betrat, wurden auch die Konturen seiner Mutter wieder deutlicher. Sie hatte immer noch den Besen in der Hand und schimpfte in Richtung der Stelle, wo Tilly und Oskar vorher gestanden hatten.

»Also, wenn ihr beide …« Als sie merkte, dass sie nur die Luft anschrie, hielt sie inne. Verwirrt wirbelte sie herum.

»Mutter!«, rief Hans. »Du errätst nie, was ich mitgebracht habe!«

»Was macht ihr hier?«, fragte die Frau und sah Tilly und Oskar misstrauisch an.

»Oh, hallo«, sagte Hans zu ihnen. »Seid ihr Freunde meiner Mutter?«

»Nee, das ist irgendwelches Gesindel, das sich hier reingeschlichen hat, während ich damit beschäftigt war, das Haus in Ordnung zu halten.« Sie kam wieder mit dem Besen auf sie zu. »Raus! Raus mit euch, bevor ich die Polizei rufe.

Tilly und Oskar ließen sich bereitwillig vor die Tür setzen. Sie waren froh, aus der Hütte zu entkommen. Hans folgte ihnen.

»Tut mir leid«, sagte er. »Mutter ist manchmal ein bisschen … übervorsichtig.«

»So kann man es auch ausdrücken«, murmelte Oskar.

»Na ja, wir sollten jetzt jedenfalls gehen.« Tilly lächelte höflich. »Entschuldige, dass wir dir zur Last gefallen sind.«

»Moment mal«, antwortete Hans. »Nicht so eilig, wir

haben uns doch gerade erst kennengelernt. Wie heißt ihr denn? Kommt ihr hier aus dem Dorf? Ich hab euch vorher noch nie gesehen.«

»Hatten wir das alles nicht schon?«, fragte Oskar.

»Was hatten wir?«, fragte Hans.

»Nichts, mein Freund ist nur ein bisschen, ähm, in der Zeit hinterher«, antwortete Tilly. »Jetlag, verstehst du? Ich bin Tilly – und er heißt Oskar.«

»Jetlag?«, wiederholte Hans.

»Wir sind ziemlich weit gereist«, erklärte Oskar, um das Gespräch wieder in die richtige Bahn zu lenken. »Und jetzt wird es wirklich Zeit, dass wir wieder nach Hause kommen.«

»Und wo ist euer Zuhause?«, wollte Hans wissen. »Soll ich euch begleiten?«

»Sehr freundlich von dir.« Tilly wich einen Schritt zurück. »Aber wir kommen schon allein zurecht.«

»Warte!«, rief Hans und kam näher.

»Nein, wirklich, wir kriegen das schon hin«, sagte sie und bewegte sich weiter rückwärts mitten auf den Weg.

»Nein, ich meine bloß …«, fuhr Hans fort, doch in dem Moment hörten sie lautes Hufgetrappel, und ein Pferd jagte direkt an ihnen vorbei. Tilly musste schnell zur Seite springen und fiel dabei hin. »… du solltest auf vorbeireitende Prinzen aufpassen«, beendete Hans seinen Satz. Dann hastete er zu ihr, um nachzusehen, ob ihr auch nichts passiert war.

»Alles in Ordnung«, versicherte sie außer Atem. Sie hatte sich ziemlich erschrocken, war aber bis auf ein aufgeschrammtes Knie und einen Riss in der Strumpfhose unversehrt. »Er hat mich nicht erwischt.«

Der Reiter hielt sein Pferd an und wendete. »He, mein Fräulein, warum stehst du mitten auf meinem Weg?«, fragte er. Mit seiner perfekt geformten Nase und seinen schokoladenbraunen Augen sah er einfach umwerfend aus. Er trug auffällig teure Samtkleider, und sein Hut war mit etlichen großen Federn prächtig verziert.

»Tut mir leid«, entschuldigte Tilly sich automatisch. »Ich hab dich nicht kommen sehen.«

»Du solltest aufpassen, wo du langreitest«, sagte Oskar. »Und das ist nicht dein Weg.«

»Doch, irgendwie schon«, antwortete der Mann. »Alle Straßen und Wege in diesem Königreich sind im Besitz meines Vaters, des Königs. Und wenn ich heirate und ihn beerbe, gehören sie mir.«

»Okay, so gesehen ist es tatsächlich dein Weg«, murmelte Oskar. »Du solltest aber trotzdem aufpassen, wo du langreitest.«

»Junger Mann, mich beschäftigt wirklich Wichtigeres, nämlich die Frage, wie man die Liebe findet, die bedeutendste Aufgabe überhaupt. Ich bin gerade auf der Suche nach einer sagenumwobenen Prinzessin, deren Hand ich durch meine Tapferkeit und meinen Charme gewinnen möchte.« Er zog mit einer wirbelnden Handbewegung seinen Hut. »Traumprinz auf dem weißen Pferd, zu euren Diensten. Also nicht wirklich zu Diensten, das sagt man nur so. Schließlich bin ich ein Prinz – ich hab nicht vor, euch mit irgendetwas zu dienen.«

»Alles klar«, antwortete Oskar. »Viel Glück bei der Suche.«

»Ich muss den Turm finden, in dem die Prinzessin von einer fiesen Hexe gefangen gehalten wird«, sagte der Prinz. »Hat von euch vielleicht schon mal jemand von diesem geheimnisvollen Ort gehört, an dem meine Liebste mit dem glänzenden Haar eingesperrt ist?«

»Ach, du suchst nach Rapunzel!«, rief Oskar.

Der Prinz ließ sein Pferd näher an Oskar herantrotten und sah zu ihm hinunter. »Du kennst sie, mein Junge?«, fragte er.

»Nicht persönlich.« Oskar zögerte. »Aber ich hab… na ja, ich hab von ihr gehört.«

»Willst du damit sagen, die Kunde von ihrer Schönheit und Güte und der Gefahr, in der sie schwebt, ist weit und breit bekannt?«, fragte der Prinz erschrocken.

»Ich glaube, es hat sich rumgesprochen, ja«, antwortete Oskar, der sich nicht verkneifen konnte, den ahnungslosen Prinzen ein bisschen aufzuziehen. »Kann sogar sein, dass ich was über sie gelesen habe.«

»Es gab eine öffentlich Bekanntmachung über ihr Martyrium?!«, rief der Prinz. »Ich muss von dannen, es gibt keine Zeit zu verlieren. Ich darf nicht riskieren, dass ein anderer Prinz ihre Zuneigung gewinnt, bevor ich Gelegenheit hatte, mich zu beweisen und sie zu retten.« Er zeigte mit dem Finger auf Oskar. »Du scheinst mir noch mehr über ihr Schicksal zu wissen. Du kommst mit.«

»Oh nein, vielen Dank«, sagte Oskar entschieden. »Ich weiß wirklich nichts, was dir nützen könnte. Ich hab keine Ahnung, wo sie ist. Außerdem will ich dir nicht helfen.«

»Abgesehen davon müssen wir nach Hause«, erklärte Tilly und trat einen Schritt näher zu Hans.

»Du verstehst mich offenbar falsch, Knappe!« Der Prinz packte Oskar am Kragen und hob ihn mit Schwung vor sich aufs Pferd. »Du bist mein Untertan, und ich brauche deine Hilfe. Also wirst du mir beistehen.«

»Jetzt warte doch mal!« Oskar versuchte, wieder vom Pferd zu gleiten.

Der Prinz aber hielt ihn mit starkem Arm fest und trieb das Tier energisch an, das sofort losgaloppierte. Und bevor Tilly noch richtig begriff, was passierte, war nichts mehr von ihnen zu sehen außer einer Staubwolke.

15

Die drei Bären

Tilly hatte Mühe, ruhig zu bleiben, während sie Oskar in der Ferne verschwinden sah. Hans jedoch schien nicht sonderlich besorgt zu sein.

»Na dann, viel Glück«, sagte er und winkte den beiden hinterher. »Netter Kerl, was? Ich hab vorher noch nie einen Prinzen getroffen.«

»Er war schrecklich«, erwiderte Tilly. »Und hast du nicht gemerkt, dass Oskar gar nicht mitwollte? Ich muss ihn unbedingt zurückholen, Hans. Ohne ihn kann ich nicht nach Hause.«

»Oha«, antwortete Hans ernüchtert. »Soll ich dir bei der Suche helfen?«

»Ja, bitte!«, rief Tilly. »Lass uns gleich anfangen. Weißt du, wo Rapunzels Turm ist?«

»Leider nein«, sagte Hans. »Aber ich kenne jemanden, der es vielleicht… Am besten wir schauen mal bei den drei Bären rein.«

Die beiden machten sich sofort auf den Weg. An einer Kreuzung bogen sie Richtung Dorf ab und gelangten kurz darauf zu einem hübschen, strohgedeckten Häuschen mit gepflegtem Garten. Auf der Veranda standen drei Schaukelstühle in unterschiedlichen Größen. Eine kleine Rauchfahne kräuselte sich aus dem Schornstein, und der Duft von frisch gebackenem Brot lag in der Luft. Hans schob das weiße Tor auf, und Tilly folgte ihm einen Gartenweg entlang, der mit blühendem Lavendel gesäumt war, in dem überall Bienen summten.

»Die Bären sind nett«, erklärte Hans. »Nur Fremden gegenüber sind sie manchmal ein bisschen schreckhaft. Hier in der Gegend wohnt nämlich ein Mädchen, das irgendwann anfing, sich in ihr Haus zu schleichen, wenn sie fort waren. Zuerst schnüffelte sie nur in ihren Sachen

herum und aß ihre Vorräte auf, aber inzwischen geht sie einfach ein und aus, als wäre es ihr Haus.«

»Das Mädchen ist blond, stimmt's?«, fragte Tilly, die genau wusste, von wem er sprach.

»Keine Ahnung, ich bin ihr nie begegnet – kennst du sie etwa?«, antwortete Hans verdutzt. »Ich dachte, du bist nicht von hier. Na ja, rühr jedenfalls nichts an, dann ist alles gut.«

Er klopfte an die hellrosa Haustür, die wenige Sekunden später von einer großen braunen Bärin in geblümter Schürze und mit einer rosa Brille auf der Nase geöffnet wurde. »Hans, mein Lieber«, sagte sie mit hoher Brummstimme und gab ihm einen Kuss auf beide Wangen. »Und du hast Besuch mitgebracht, wie … schön.« Sie musterte Tilly argwöhnisch von oben bis unten.

Tilly folgte Jack über die »Willkommen«-Fußmatte in eine schmucke Küche, die an ein kleines Wohnzimmer grenzte. Alles war in Rosa- und Weißtönen gehalten, bis auf ein paar goldene Farbtupfer hier und da, und das ganze Haus duftete nach frisch gebackenem Brot und sauberer Wäsche.

Die Bärin streckte die Pfote aus und schüttelte Tilly höflich die Hand. »Willkommen in unserem Zuhause! Bitte zieh die Schuhe aus und mach es dir bequem. Aber komm nicht auf die Idee, etwas essen zu wollen. Oh, entschuldige, ich sollte mich wohl etwas bremsen.« Sie kicherte nervös. »Ich bin Mama Bär. Ich setz uns mal ein bisschen Teewasser auf.« Die Bärin ging zum Herd und stellte einen rosa Kessel mit Wasser darauf. »Also, Hans, mein Lieber, bist du in letzter Zeit mal im Dorf gewesen? Hast du davon gehört, dass die alte Dame am Ende der Straße – du weißt schon, die Dame, die in dem Schuh wohnt – sich mit dem Holzfäller angefreundet hat? Sie wurden gestern dabei gesehen, wie sie zusammen zu Abend gegessen haben. Stell dir nur vor! Aber genug davon, du weißt ja, wie ich Klatsch hasse. Was gibt's bei dir Neues?«

»Ach weißt du«, antwortete Hans und breitete die Arme aus. »Ich hab Mutters Kuh gegen ein paar Zauberbohnen eingetauscht, versehentlich eine gigantische Bohnenpflanze gezogen und einem Riesen seine verzauberte Henne gestohlen. Nichts Besonderes also.«

»Du bist mir einer!« Mama Bär sah ihn liebevoll an. »Hab ich euch schon erzählt, dass am Schloss angeblich ein Wettbewerb stattfindet, weil der König nicht weiß, wohin seine zwölf Töchter jede Nacht verschwinden? Er verspricht demjenigen, der das Rätsel löst, eine davon zur Braut. Stellt euch das vor!«

»Haben die Töchter da auch ein Wörtchen mitzureden?«, konnte Tilly sich nicht verkneifen zu fragen, obwohl sie die Geschichte mit den zwölf tanzenden Prinzessinnen kannte und wusste, dass sie das nicht hatten.

»Wie kommst du denn darauf?« Mama Bär lächelte Tilly an. »Was für ein abwegiger Gedanke! Eine Prinzessin, die selbst ihren Ehemann auswählt. Ist das denn die Möglichkeit!«

»Was höre ich da von Ehemännern?«, polterte in dem Moment jemand mit tiefer Stimme, und ein noch größerer Bär kam die Treppe herunter. Er trug eine Krawatte, die mit einer Krawattennadel an sein Fell geklemmt war, und eine große goldene Uhr. Er gab Hans einen Klaps auf den Rücken, sodass ihm beinah die Luft wegblieb, und Mama Bär einen Kuss auf die Nase. Sie kicherte.

»Leute«, hörte man da die piepsige Stimme eines kleinen Bären, der hinter seinem Papa die Treppe heruntерhüpfte. Er trug ein Tutu und hatte eine Hornrille auf der Nase. »Ihr seid echt peinlich.«

»Entschuldige, Baby Bär«, sagte Papa Bär und kitzelte Mama Bär ein bisschen.

»Oh nein!« Baby Bär stöhnte genervt und zottelte mit den Tatzen auf den Ohren wieder davon.

»Aber ich bin ein schlechter Gastgeber.« Papa Bär ging auf Matilda zu, die unwillkürlich ein Stück zurückwich. Er war wirklich riesig. »Kein Grund, Angst zu bekommen«, brummte er. »Nicht solange du deine Finger von unserem Porridge lässt. Kleiner Scherz, kleiner Scherz!«

»Ich bin Tilly«, sagte Tilly und streckte etwas bang die Hand aus.

»Und was führt dich her?«, fragte Papa Bär, während er ihr die Hand möglichst vorsichtig schüttelte.

»Wir hatten gehofft, ihr könntet uns bei der Suche

nach jemandem helfen«, antwortete sie. »Die beiden, um die es geht, sind vor Kurzem hier vorbeigekommen.«

»Haben wir irgendwen gesehen?«, fragte Papa Bär Mama Bär.

»Ich weiß von nichts«, sagte Mama Bär. »Für wen hältst du mich? Glaubst du etwa, ich lauere am Fenster, für den Fall, dass draußen irgendwas Aufregendes passiert? Das käme mir nie in den Sinn!« Sie zog unauffällig die Spitzengardinen zu, die ein wenig offen gestanden hatten.

»Also, ich hab jemanden gesehen!«, ertönte da eine helle Stimme. Und als sie sich umdrehten, stand da, umrahmt vom goldenen Sonnenlicht, eine wunderhübsche junge Frau im Türrahmen.

Hans starrte sie an, als bestünde sie aus verzauberten Bohnen. Die Bären hingegen schienen weniger erfreut.

»Du schon wieder, Goldlöckchen.« Mama Bär seufzte.

»Hast du einen Mann und einen Jungen auf einem Pferd gesehen?«, fragte Tilly sie.

»Hm, könnte sein«, antwortete Goldlöckchen. »Ehrlich gesagt, hab ich nicht richtig aufgepasst. Ich glaube, es war ein Pferd. Oder vielleicht ein Esel. Oder ein Hase. Aber wen interessiert das schon?«

»Mich!«, rief Tilly. »Es ist sogar ziemlich wichtig, wenn du also versuchen könntest, dich zu …«

»Vielleicht fällt's mir wieder ein, nachdem ich mich ein bisschen erfrischt und ausgeruht habe.« Goldlöckchen setzte sich aufs Sofa. Sie verzog das Gesicht, erhob sich und ließ sich auf einen Zweisitzer fallen, wo sie jedoch sogleich die Stirn runzelte und von dort auf einen weichen Sessel umzog. »Der ist perfekt«, stellte sie zufrieden fest.

»Was genau hast du denn nun gesehen?«, drängte Tilly. »Könntest du dir bitte mal Mühe geben, dich zu erinnern. Da war ein Prinz und …«

»Ein Prinz?!«, kreischte Goldlöckchen. »Warum hast du das nicht gleich gesagt? Wenn ich das gewusst hätte, hätte ich viel besser aufgepasst.«

»Der hat aber schon ein Auge auf Rapunzel geworfen«, sagte Hans, der den Blick gar nicht von Goldlöckchen abwenden konnte. »Deshalb steht er wohl nicht zur Verfügung.«

Goldlöckchen schmollte.

»Rapunzel, sagst du?«, fragte Mama Bär.

»Ja«, antwortete Tilly, die froh war, die Unterhaltung wieder aufs richtige Thema zu lenken. »Weißt du, wo sie wohnt?«

»Na ja, vielleicht habt ihr dasselbe gehört wie ich?«, antwortete Mama Bär geheimnisvoll. »Ich gebe ja nichts auf Klatsch und Tratsch, doch mir ist zu Ohren gekommen, dass sie durch den Riss im Himmel verschwunden ist. Aber das stammt vom kleinen Däumling, und der hat es vom Rumpelstilzchen, wer weiß also, ob es stimmt.«

»Weißt du, wo das ist?«, wandte sich Tilly an Hans. »Dieser Riss im Himmel?«

»Schon«, antwortete Hans zögerlich. »Ich bin aber noch nie durchgegangen.«

»Er sieht schrecklich gefährlich aus«, warnte Mama Bär. »Seid bloß vorsichtig.«

»Versprochen«, sagte Hans. »Wir werfen nur mal kurz einen Blick drauf und sehen, ob wir irgendwelche Hinweise finden.«

»Prima!« Tilly sprang auf. »Jetzt gleich?«

Von Mama Bär kam ein kaum zu überhörendes missbilligendes Brummen.

»Tut mir leid, dass wir so überstürzt aufbrechen müssen«, sagte Tilly, um sie zu besänftigen. »Aber mein bester Freund ist verschwunden, und sein Vater macht sich riesige Sorgen, wenn wir ihn nicht bis zum Abendessen zurückbringen. Vielen Dank, dass wir euch besuchen durften – euer Haus ist ganz entzückend.«

Tilly warf Hans einen auffordernden Blick zu, der den Wink zum Glück verstand. Er machte einen Schritt auf Goldlöckchen zu und wollte sich verabschieden, die ignorierte ihn jedoch und konzentrierte sich stattdessen auf ihre makellos lackierten Fingernägel.

»Du bist hier jederzeit willkommen«, meinte Mama Bär. Es klang aber nicht besonders ehrlich. »Und erzähl mir von Rapunzel, Hans. Man sagt, ihr Haar sei so schön wie gesponnenes Gold. Stellt euch nur vor!«

»Pfft«, meldete sich Goldlöckchen zu Wort. »Wer's glaubt. Ich hab gehört, es ist eher wie Stroh.«

Nach einer Runde Umarmungen machten sich Hans und Tilly wieder auf den Weg.

»Also, was soll das sein, dieser merkwürdige Riss im Himmel?«, fragte Tilly.

»Genau das, wonach es klingt«, antwortete Hans. »Er ist gar nicht weit von hier. Ach verflixt, ich hab mein goldenes Ei bei den Bären vergessen. Ich muss noch mal kurz zurück«

»Brauchst du es denn im Augenblick?«, fragte Tilly, die unbedingt weiterwollte.

»Ja«, antwortete Hans. »Es ist mein Glücksbringer. Ganz abgesehen davon, dass es vielleicht das einzige ist, das die Henne jemals legt.«

»Na, gut, meinetwegen«, sagte Tilly, und sie drehten um. »Aber wir müssen uns beeilen.«

Sie kehrten im Dauerlauf zum Haus der Bären zurück, und Hans klopfte wieder an. Niemand öffnete.

»Komisch.« Hans zuckte mit den Schultern. »Es ist doch höchstens fünf Minuten her, dass wir weg sind.« Er klopfte noch einmal fester. Dann versuchte er, durchs Fenster zu schauen. »Ich kann nichts erkennen«, stellte er fest. »Es ist stockdunkel da drin, als wären alle Lichter aus.« Besorgt kam er wieder zur Tür. Er drehte den goldenen Knauf und schob sie einen Spaltbreit auf. »Jemand zu Hause?«, rief er. »Hier sind Hans und Tilly. Oh …!« Er verstummte abrupt und öffnete die Tür ganz.

Als Tilly hineinsah, war da: Leere. Nur Dunkelheit,

kein Licht,

kein Schatten,

keine Umrisse.

Nichts.

16

Der Riss im Himmel

»Was … was ist das?«, flüsterte Tilly. Ihr wurde plötzlich ganz anders. »Wo sind sie hin?«

»Keine Ahnung«, antwortete Hans, dem schlagartig sämtliche Farbe aus dem Gesicht gewichen war. »Hoffentlich ist alles in Ordnung mit ihnen. Denkst du, es ist ihnen etwas passiert?«

Er klang leicht panisch, und Tilly versuchte, ihn zu beruhigen, aber auch sie hatte keine vernünftige Erklärung für das, was hier vorging. Es sah jedenfalls nicht gerade gut aus für die drei Bären. Und angesichts der merkwürdigen Vorkommnisse in diesem Märchenland schien es immer unwahrscheinlicher, dass sie Oskar finden, geschweige denn, dass sie beide unversehrt nach Hause kommen würden. Warum hatte sie bloß nicht auf ihre Großeltern gehört? Die hatten sie schließlich davor gewarnt, dass Märchen gefährlich sind. Doch dann erinnerte sie sich daran, was Clara und Gretchen ihnen gesagt hatten, und nahm sich ein bisschen zusammen. Wenn ihre Großeltern glaubten, dass sie hier nicht zurechtkam, dann war es an ihr, ihnen das Gegenteil zu beweisen. Sie wusste schließlich, wie Buchwandeln funktionierte, und sie hatte das Buch aus dem *Cabinet des Fées* bei sich. Jetzt musste sie nur noch Oskar irgendwo finden.

»Also gut«, sagte sie entschieden, sowohl zu sich selbst als auch zu Hans. »Wir brauchen einen Plan. Ich schaue mal rasch in mein Buch ...«

»Und was willst du da finden?«, fragte Hans, während er nervös auf und ab schritt.

»Bücher sind immer eine gute Orientierung«, antwortete Tilly. »Normalerweise eher im übertragenen Sinn, aber in dieser Situation finden wir vielleicht auch etwas praktische Hilfe. Hoffe ich jedenfalls ...« Sie trat ein paar Schritte zurück und fuhr mit dem Finger über die Titel im Inhaltsverzeichnis. »Aha, hier ... *Goldlöckchen und die drei Bären*, Seite 84. Mal sehen, was da steht.«

Als sie das Buch jedoch in der Hoffnung auf einen nützlichen Hinweis an der entsprechenden Stelle aufschlug, herrschte dort gähnende Leere. Oben auf der Seite stand zwar der Titel der Geschichte, aber sonst war da nichts. Und auch die folgenden drei Seiten waren leer. Tilly begann, das Buch durchzublättern. Größtenteils sah alles normal aus, doch es fehlte noch eine weitere Geschichte. An der Stelle, wo *Schneewittchen und die sieben Zwerge* hätte stehen sollen, waren auch nur leere Seiten.

Tilly wandte sich an Hans. »Du weißt nicht zufällig, wo eine Gruppe von sieben Zwergen wohnt? Es könnte sein, dass sie eine Frau mit Haut so weiß wie Schnee, Lippen so rot wie Blut und Haaren so schwarz wie Ebenholz bei sich haben.«

»Meinst du etwa Schneewittchen?«, fragte Hans. »Die kennst du auch? Echt merkwürdig, dass wir uns noch nie begegnet sind – wo wir so viele gemeinsame Freunde haben.«

»Ich kenne Schneewittchen nur vom Hörensagen«, antwortete Tilly. »Aber ich glaube, sie könnte etwas darüber wissen, was hier vor sich geht. Kannst du mich zu ihr bringen?«

»Das darf ich nicht!« Hans wurde schon wieder ganz nervös. »Ich hab's versprochen. Sie versteckt sich vor ihrer bösen Stiefmutter, die sie töten will. Kaum jemand weiß, dass sie bei den sieben Zwergen wohnt. Nicht mal Mama Bär. Hast du es etwa sonst noch jemandem erzählt?«

»Keiner Menschenseele«, versicherte Tilly. »Aber ich glaube, wenn wir Oskar finden wollen – und die drei Bären –, dann müssen wir bei ihr anfangen.«

»Bist du sicher?«

»Es ist im Moment der beste Anhaltspunkt, den wir haben«, antwortete Tilly entschlossen. »Einen Versuch ist es auf jeden Fall wert.«

Kaum waren sie ein paar Minuten unterwegs, stürzten

plötzlich Hand in Hand zwei Kinder zwischen den Bäumen hervor. Der kleine Junge schrie erschrocken auf, als er Tilly sah, und das Mädchen hob abwehrend die Fäuste und versuchte, die Angst in seinem Gesicht zu verbergen.

»Ich tue euch nichts«, beruhigte Tilly sie. »Alles in Ordnung? Habt ihr euch verlaufen?«

»Jetzt nicht mehr.« Das Mädchen war den Tränen nahe und hielt immer noch halbherzig die kleinen Fäuste in die Höhe.

»Wir gehen nach Hause«, erklärte der Junge und zog das Mädchen mit sich. »Komm, Gretel.«

»Lauft ihr durch den Wald?«, fragte Gretel und wischte sich mit dem Handrücken den Schleim von der Nase.

Hans nickte.

»Dann könnt ihr die hier haben«, sagte das Mädchen und schob Tilly einen kleinen Leinenbeutel in die Hand, bevor sie sich von dem Jungen Richtung Dorf fortziehen ließ.

»Gretel? Wie in *Hänsel und …?*«, fragte Tilly.

»Die beiden kennst du auch?«, fiel Hans ihr ins Wort. »Ziemlich merkwürdig, findest du nicht? Wie ihr Vater ständig versucht, sie loszuwerden, und sie immer wieder nach Hause finden, meine ich. Das wird langsam schon ein bisschen peinlich.«

»Aber sie sind doch noch so klein«, antwortete Tilly entsetzt.

»Lass dich durch ihre Tränen mal nicht täuschen«, erwiderte Hans. »Die beiden haben's faustdick hinter den Ohren. Die haben mehr Tricks auf Lager, als sie zugeben. Man munkelt, sie hätten eine Hexe in einen Ofen geschubst. Und sie finden wirklich immer wieder nach Hause. Warum sie allerdings ständig zu ihrem nutzlosen Vater zurückwollen, soll einer verstehen.«

Als Tilly den kleinen Beutel in ihrer Hand öffnete, fand sie darin, wie vermutet, noch ein paar Brotkrumen. Sie ließ den Beutel in ihre Tasche gleiten.

❄

»Also gut, ich hab's«, sagte Hans. Er hatte Bäume und Büsche abgezählt und versucht, sich zu erinnern. »Ich glaube … ich bin zu achtzig Prozent sicher, dass ich es wieder weiß. Der zehnte Baum vom Brombeerbusch aus und dann vier Fliegenpilze nach links. Oder war es vielleicht vier Bäume vom Stechpalmenbusch aus und acht vierblättrige Kleeblätter nach rechts? Nein, zehn Bäume …« Er murmelte weiter vor sich hin, während er auf ein dichtes Brombeergestrüpp zulief, das mit kleinen gelben Blüten übersät war. »Ja, jetzt hab ich's«, sagte er nun deutlich überzeugter zu Tilly.

Nachdem er zehn Bäume weiter in den Wald hinein gezählt hatte, wurde es beängstigend schnell dunkler, und

unheimliche Eulenrufe hallten durch die Zweige. Am zehnten Baum angekommen, sah Hans nach unten, wo eine Gruppe weiß getupfter Fliegenpilze stand.

Von da aus verlief eine ungewöhnlich direkte Linie von weiteren Pilzen in den Wald hinein. Nachdem sie dieser bis zum vierten Fliegenpilz gefolgt waren, standen sie am Fuß einer dicken, knorrigen Eiche. Ihre Wurzeln drückten sich ringsum aus dem Boden nach oben und wanden sich über- und untereinander, und ihr gewaltiger Stamm erstreckte sich bis weit hinauf ins Blätterdach des Waldes.

»Hier ist es!«, verkündete Hans, als hätte er nie eine Sekunde daran gezweifelt, den richtigen Weg zu finden.

Er führte Tilly um den Baumstamm herum zu einer kleinen roten Tür, die sich fast ganz hinter dem Wurzelwerk verbarg. Dort bückte er sich und klopfte drei Mal. »Hallo!«, rief er. »Chef? Jäger? Schlafmütze? Ist jemand zu Hause?« Diesmal schwand seine Zuversicht schneller als am Häuschen der drei Bären, und mit besorgtem Blick drückte er fest gegen die Tür. Sie schwang auf und offenbarte dieselbe dunkle Leere wie im Bärenhaus.

Tilly schluckte nervös.

Hans hob einen Stein vom Boden und warf ihn in die Dunkelheit. Er wurde sofort von ihr verschluckt, ohne dass irgendein Laut zu hören gewesen wäre. »Das klingt nicht gut«, sagte Hans. »Ich glaube, wir sollten schnellstens deinen Freund und den Prinzen suchen. Vielleicht können wir ihn fragen, ob der König oder die Königin wissen, was hier abläuft. Und dann muss ich nach Hause zu meiner Mutter. Falls sie überhaupt noch da ist.«

»Bestimmt ist ihr nichts passiert.« Tilly versuchte, Hans zu beruhigen, obwohl sie selber keineswegs beruhigt war.

Hans nickte und lächelte tapfer. »Na, dann los«, antwortete er. »Auf zum Riss im Himmel.«

Sie schlossen die kleine rote Tür wieder sorgfältig und liefen durch die Bäume zurück.

Kurz darauf überquerten sie abermals die sonnigen Felder und Wiesen. Tilly folgte Hans über einen Zaun auf ein goldenes Weizenfeld, dessen Halme sanft im Wind raschelten.

»Da ist es!« Ihr Begleiter zeigte auf eine Stelle nicht weit von ihnen entfernt.

Und wirklich, was Tilly da erblickte, ließ sich nicht anders als ein Riss im Himmel beschreiben. Die schmale Lücke war bestimmt zwei Meter lang, und es sah aus, als wäre das Himmelsgewebe längs eingerissen. Auf der einen Seite flatterte der blaue Himmelsrand in der Luft wie eine zerrissene Tapete, auf der anderen sah er aus wie zerbrochenes Porzellan mit scharfen Zacken und Kanten. Die Öffnung war gerade breit genug, dass ein Erwachsener sich seitwärts hindurchzwängen konnte, und die Luft davor flimmerte leicht, als würde die Öffnung von einem dünnen Schleier verdeckt. Es war also nicht zu erkennen, was sich auf der anderen Seite verbarg. Direkt neben dem Riss stand das Pferd des Prinzen. Es war an einem Zaunpfosten angebunden.

»W-was? …«, begann Tilly völlig baff. »War dieser Riss … schon immer da?«

»Weißt du, es ist merkwürdig«, antwortete Hans. »Wenn ich so recht überlege, kann ich gar nicht genau sagen, wann er aufgetaucht ist. Erst war noch alles normal, und am nächsten Tag war er plötzlich da. Anfangs haben sich alle davor gefürchtet, aber dann sind ein paar Leute durchgegangen, und die meisten sind wieder zurückgekehrt.«

»Die meisten?«

»Jepp« Hans grinste. »Wahrscheinlich hat es einigen auf der anderen Seite besser gefallen, und sie sind einfach dort geblieben. Also, was jetzt? Ich komme mit dir rüber, wenn du willst.«

»Bist du sicher?«, fragte Tilly erleichtert. »Da wäre ich dir echt dankbar.«

»Klar«, antwortete Hans ritterlich, sah dabei jedoch ein bisschen blass aus. »Ich kann dich schließlich nicht einfach durchschubsen und hoffen, dass alles gut geht. Soll ich zuerst?«

»Nein, ich mache den Anfang.« Tilly holte tief Luft. Sie musste ziemlich den Bauch einziehen, während sie sich durch die schmale Öffnung zwängte, deren scharfe Kante sich in ihrem Pullover verhakte.

»Och«, sagte Hans, nachdem er ihr gefolgt war und sie auf der anderen Seite standen. »Sieht ja genauso aus wie zu Hause.«

»Du klingst enttäuscht.«

»Na ja, bin ich auch ein bisschen«, gab Hans zu. »Bei einem so riesigen Riss im Himmel hofft man irgendwie schon auf ein bisschen mehr Zauberei. Du etwa nicht?«

»Ich bin nur froh, dass hier nicht noch mehr von diesem schwarzen Nichts ist«, antwortete Tilly, und Hans schauderte bei dem Gedanken daran, was mit den Behausungen seiner Freunde passiert war.

Dort, wo sie sich jetzt befanden, sah es fast genauso aus wie da, wo sie hergekommen waren: Grüne, sonnenbeschienene Wiesen erstreckten sich vor ihnen unter einem strahlend blauen Himmel. In einiger Entfernung erhob sich ein Hügel, auf dem ein hoher, schmaler Turm stand.

»Ich glaube, da müssen wir hin«, sagte Hans.

Tilly nickte, und sie machten sich auf den Weg.

Während des Aufstiegs war ein Tumult vom Fuß des Turmes her zu hören. Wütendes Schreien und Schimpfen schallte den Hügel herab. Bald schon sahen sie, dass der Krawall von einer Ansammlung von ungefähr fünfzig Männern herrührte. Einige von ihnen waren noch junge Burschen mit schlaksigen Gliedern und unverbrauchten Gesichtern, andere waren mindestens schon sechzig Jahre alt. Einer kämpfte sich sogar mit einem Gehstock durchs hohe Gras. Alle, auch die älteren, sahen halbwegs gut aus und trugen teure Kleider. Und allesamt schienen äußerst aufgebracht.

Als Tilly und Hans die letzten Meter zum Turm zurücklegten, stürmte einer an ihnen vorbei, während er versuchte, die Tränen zu verbergen..

Tilly bat ihn, kurz stehen zu bleiben. »Entschuldigung«, fragte sie vorsichtig. »Was ist denn hier los?«

»Papa hat gesagt, ich muss nichts weiter machen, als herzukommen und einen bestimmten Spruch aufzusagen, dann würde eine schöne Dame ihr Haar herunterlassen, damit ich daran hochklettern kann. Und dann könnte ich sie heiraten. Aber sie weigert sich nicht nur, ihr Haar runterzulassen, da sind auch noch diese ganzen anderen Prinzen, die sie ebenfalls heiraten wollen.« Er schneuzte sich. »Habt ihr das etwa auch vor?«

»Wir?«, erwiderte Tilly verdutzt. »Äh, nein.«

»Dein Vater hat dir also gesagt, du müsstest einfach nur herkommen?«, fragte Hans.

»Ja«, antwortete der Prinz. »Er hat von dieser Sache mit dem Turm und der Prinzessin gehört und gedacht, es wäre einen Versuch wert. Aber es hat sich wohl irgendwie rumgesprochen, und obwohl ich als Erster hier war, drohen die anderen sich jetzt gegenseitig damit, aufeinander loszugehen. Und sie redet nicht mal mit uns. Dabei muss sie doch einen auswählen! Und uns ihr Haar zum Hinaufklettern runterlassen.«

»Muss sie das wirklich?«, fragte Tilly.

»Natürlich muss sie das«, entgegnete der Prinz, als hätte sie gerade eine selten dumme Frage gestellt. »Wie soll sie denn sonst gerettet und verheiratet werden?«

»Na ja, eigentlich …«, begann Tilly, aber Hans zog sie mit sich fort.

»Ich glaube, wir sollten uns die Sache selber mal ansehen«, meinte Oskar, und damit ließen sie den schluchzenden Prinzen stehen.

Sie liefen weiter bis zum Turm, wo gerade einige harmlose Handgemenge unter den versammelten Prinzen ausbrachen. Ein paar von ihnen versuchten es immer noch damit, zum Turmfenster hinaufzurufen.

»Komm schon! Lass dein Haar herunter! Du hast es versprochen!«

»Ich besitze ein riesiges Schloss. Wenn du runterkommst, kann ich es dir zeigen!«

»Hör nicht auf ihn! Sein Schloss hat gerade mal drei Ställe!«

»Meine Mutter hat einen Zauberspiegel, den kannst du jederzeit ausleihen.«

Und so ging es weiter und weiter. Inmitten des ganzen Durcheinanders suchten Tilly und Hans vergeblich nach Traumprinz und Oskar, während das Geschrei immer lauter wurde, bis schließlich jemand den Kopf aus dem Fenster streckte. **»ES REICHT!«,** brüllte Rapunzel.

17

Eine bessere Story überlegen

Schlagartig verstummten die Prinzen und starrten zu der jungen Frau hinauf, die wütend hinunter auf die Menschenmenge blickte.

»Würdet ihr mich bitte alle einfach in Ruhe lassen?!«, rief sie.

Es folgte eine weitere Sekunde Stille, dann fingen alle wieder an durcheinanderzurufen: »Rapunzel, Rapunzel, lass dein Haar herunter!«

»Nein!«, brüllte Rapunzel. »Ich kenne keinen einzigen von euch. Warum sollte ich euch meine Haare raufklettern lassen?«

»Damit wir dich retten können!«, rief einer der Prinzen.

»Und heiraten!«, fügte ein anderer hinzu.

»Ihr seid Fremde!«, wiederholte Rapunzel. »Ich will keinen von euch heiraten. Abgesehen davon bin ich erst 17. Ich will überhaupt nicht heiraten, schon gar nicht jemanden, der älter ist als mein Vater.«

»Aber Prinzessinnen heiraten Prinzen!«, entgegnete einer der Anwesenden. »So gehen Märchen immer aus.«

»Also, dieses Märchen geht nicht so aus, das versichere ich euch! Hiermit beschließe ich offiziell, mein glückliches Ende abzuändern. Und jetzt verschwindet bitte.«

»Wie du willst«, antwortete einer der Prinzen beleidigt. »Ich gehe.« Er entfernte sich langsam. »Das ist deine letzte Chance. Ich gehe wirklich. Ich bin ziemlich reich. Und ich werde es nicht mehr mitbekommen, wenn du deine Meinung änderst, falls du noch länger wartest.«

Als Antwort flog eine Bananenschale aus dem Fenster und traf einen anderen Prinzen mitten ins Gesicht.

Der Prinz, der Rapunzel hatte herausfordern wollen, stampfte trotzig mit dem Fuß auf. »Ich wollte sie sowieso nicht heiraten«, verkündete er lautstark, damit die anderen Prinzen es auch hörten. »Ich werde Papa bitten, mir eine Bessere zu suchen.« Und damit machte er auf dem Absatz kehrt und zog schmollend von dannen.

»Einer weniger!«, schallte es aus dem Fenster. »Ich hab alle Zeit der Welt und noch jede Menge Bananen.«

Als die Prinzen merkten, dass Rapunzel es ganz und gar ernst meinte, dauerte es nicht lange, bis sie anfingen, sich in alle Winde zu zerstreuen. Tilly überflog die Gruppe rasch noch einmal, aber nirgends eine Spur von Traumprinz oder Oskar. Und es dauerte nicht lange, bis nur noch ein einziger Prinz übrig war. Er lag schlafend auf dem Boden und nuckelte am Daumen. Es war wohl alles ein bisschen zu viel für ihn gewesen.

»Wo sind die beiden bloß?« Tilly schwebte irgendwo zwischen Verzweiflung und Panik.

»Wir könnten sie fragen«, antwortete Hans und deutete zaghaft nach oben.

Rapunzel streckte gerade wieder vorsichtig den Kopf aus dem Fenster, um die Lage zu peilen, da entdeckte sie Tilly und Hans. »Manno, ihr seid ja immer noch da«, stellte sie genervt fest.

»Wir gehören nicht zu den anderen!«, rief Hans nach oben. »Wir wollen dich nicht heiraten, Ehrenwort! Wir sind nur auf der Suche nach unserem Freund. Einer von den Prinzen hat ihn entführt.«

»Puh, das ist wirklich die schlimmste Bande eingebildeter Lackaffen, denen ich je begegnet bin«, antwortete Rapunzel. »Ist da etwa immer noch einer übrig?« Sie zeigte auf den Schlafenden.

»Jepp. Ich werd ihn verscheuchen.« Hans stupste den Prinzen mit der Schuhspitze an.

»W-w-was? Ich war's nicht!«, stotterte der Prinz, als er wach wurde. »Wo sind denn alle hin?«

»Sorry, die Vorstellung ist zu Ende, Kumpel«, sagte Hans entschieden, aber freundlich. »Sie hat sich einen von den Prinzen ausgesucht und ist mit ihm in den Sonnenuntergang geritten. Und alle anderen sind nach

Hause. Du wirst dir eine andere Jungfrau in Not suchen müssen.«

»Uff«, stöhnte der Prinz. Er stand auf und strich sich seine üppigen Spitzenrüschen glatt. »Wisst ihr, ich bin mir gar nicht sicher, ob ich diesen ganzen Erobere-dir-eine-Prinzessin-Quatsch überhaupt gut finde. Eigentlich steh ich schon immer auf Eliza aus der Dorfbäckerei. Sie backt das leckerste Brot, und wir bringen uns gegenseitig zum Lachen. Vielleicht vergesse ich den Prinzessinnenkram einfach und frage sie, ob sie mal ein Glas Met mit mir trinkt.«

»Klingt nach einem vernünftigen Plan, finde ich«, antwortete Hans und klopfte ihm auf die Schulter. »Aber vielleicht trennst du dich vorher noch von ein paar Rüschen?«

Der Prinz trottete lächelnd davon und murmelte dabei die ganze Zeit etwas von Eliza und den wunderbaren Cupcakes, die sie backt.

»Die Luft ist rein!«, rief Tilly zu Rapunzel hinauf, woraufhin die wieder den Kopf herausstreckte.

»Danke!«, rief sie zurück. »Bin gleich unten.«

Plötzlich wurde ein meterlanger Strang geflochtenes Blondhaar aus dem Fenster geworfen, und das Ende dieses dicken, ziemlich verfilzten Zopfes, in dem Moos, kleine Zweige und sogar etwas, das aussah wie ein Vogelnest, hingen, landete direkt vor ihnen auf dem Boden.

Als Rapunzel sich anschließend aus dem Fenster schwang und anfing, an ihren eigenen Haaren herunterzuklettern, wurde ihnen klar, dass kein einziges davon an ihrem Kopf festgewachsen war. Ihre echten Haare waren zu einem strengen Pagenkopf mit exaktem Pony geschnitten. Die letzten paar Meter rutschte sie mit einer Leichtigkeit herunter, die zweifelsfrei verriet, dass sie den Turm nicht zum ersten Mal auf diese Weise verließ.

»Hallöchen«, sagte sie unten angekommen und strich sich das Kleid glatt. »Ich heiße Rapunzel, freut mich, euch kennenzulernen. Danke für eure Hilfe. Ich bin euch was schuldig.«

»Gern geschehen«, antwortete Hans und machte eine unbeholfene Verbeugung.

»Dann kannst du also einfach so kommen und gehen, wann du willst?«, fragte Tilly und deutete auf den verfilzten Berg Haare.

»Klar«, erklärte Rapunzel. »Das Gerücht, dass mich eine böse Hexe gefangen hält, verbreite ich bloß, um mir die Prinzen vom Leib zu halten. Offensichtlich eine Fehleinschätzung meinerseits – stattdessen lockt das sämtliche nervigen Exemplare hinterm Ofen vor. Ich muss mir unbedingt eine bessere Story überlegen. Oder eine echte Hexe engagieren …«, fügte sie nachdenklich hinzu. »Das würde sie abschrecken, die Menge ein bisschen ausdünnen, versteht ihr. Also, ihr habt gesagt, ihr seid auf der Suche nach eurem Freund? Ich hab einen ziemlich guten Überblick von da oben. Wie sieht er denn aus?«

»Er ist ungefähr so groß wie ich. Er hat hellbraune Haut und schwarze, kringelige Haare, und er heißt Oskar«, antwortete Tilly. »Und er ist mit einem Prinzen unterwegs, der ziemlich genau so aussieht wie all die anderen, nur ohne Pferd. Er hat Oskar einfach mitgenommen, um dich zu suchen … deshalb sind wir hier. Aber offenbar haben die beiden es nicht bis hierher geschafft.

»Aus welcher Richtung kamen sie denn?«, fragte Rapunzel.

»Von da hinten.« Hans zeigte in die Richtung, aus der sie gekommen waren. »Durch den Riss im Himmel.«

»Den Riss im Himmel?«, fragte Rapunzel erstaunt. »Was soll das denn sein?«

»Er ist kaum zu übersehen«, erklärte Hans. »Es ist ein großer, länglicher … na ja … Riss im Himmel, unten im Tal. Oben von deinem Turm kannst du ihn bestimmt erkennen. Eigentlich komisch, dass er von hier aus nicht …« Hans verstummte, während er den Hügel hinunterblickte, wo absolut nichts Ungewöhnliches zu erkennen war.

»Zeigst du ihn mir?«, fragte Rapunzel neugierig.

»Klar doch«, antwortete Hans bereitwillig.

»Und was wird aus Oskar?«, erinnerte Tilly ihn.

»Wir suchen unterwegs nach Spuren. Irgendwas muss zwischen dem Riss und dem Turm schiefgelaufen sein. Wir haben ja das Pferd da unten gefunden, das der Prinz zurückgelassen hat.«

»Na schön«, willigte Tilly ein, »aber wir müssen ihn finden, bevor dieses schwarze Nichts noch irgendwas anderes verschluckt.«

»Sorry, was verschluckt irgendwas?«, fragte Rapunzel »Ich hab offensichtlich zu lange in meinem Turm gesessen, ich bin nicht auf dem Laufenden.«

»Ich erklär's dir unterwegs«, sagte Hans und begann sofort eine lebhafte Unterhaltung mit Rapunzel, als sie losgingen, während Tilly ihnen mit ein paar Schritten Abstand folgte. »Gib acht auf die Pfützen!«, rief Rapunzel irgendwann über die Schulter.

»Welche Pfützen?«, fragte Tilly verwundert, denn der Boden war ganz trocken. Rapunzel zeigte nach links, wo Tilly tatsächlich eine Pfütze entdeckte, nur keine aus Wasser. Diese bestand aus … Nichts. Demselben Nichts, das sich im Häuschen der drei Bären und hinter der Tür der sieben Zwerge befunden hatte. Noch mehr von diesem merkwürdigen, nicht vorhandenen Etwas. Eine Art schwarzes Loch, das im Gras klaffte und das Licht in sich aufsog, ohne es zu reflektieren. Man konnte weder den Grund noch irgendwelche Seitenwände erkennen. Es war einfach nichts als Leere.

»Weißt du, was das ist?«, fragte Tilly.

»Ich hab keine Ahnung«, antwortete Rapunzel. »Es war auf einmal da. Vorige Woche ist ein Prinz reingefallen und einfach verschwunden. Ich hab ihn von meinem Fenster aus noch weggehen sehen. Er hatte einen Moment nicht aufgepasst, wo er hintrat, und plötzlich, *zack!*, weg war er. Ich würde mich also lieber davon fernhalten, wenn ich du wäre.«

»Gibt's hier noch mehr von diesen ›Pfützen‹?«, fragte Tilly.

»Nicht dass ich wüsste. Die hier wird aber auf jeden Fall größer.«

»Total normal«, murmelte Tilly vor sich hin und entfernte sich vom Rand der nicht vorhandenen Pfütze. »Bloß ein großes schwarzes Loch mitten auf einer Wiese, das Prinzen verschluckt.«

Je weiter sie den Hügel herunterkamen, umso klarer wurde ihnen, dass der Riss im Himmel nicht mehr an seinem Platz war. Sie sahen nur noch Wiesen, Felder und Bäume. Absolut nichts Außergewöhnliches. Tilly und Hans wurden ziemlich nervös, und Rapunzel beäugte sie, als bedauerte sie langsam, mitgekommen zu sein.

»Ich schwöre, es war genau hier.« Hans blickte sich

panisch um. »Wie soll ich denn jetzt bloß nach Hause kommen?«

»Vielleicht ist der Riss geschrumpft?«, überlegte Tilly laut, während ihr schon wieder leicht übel wurde. »Lasst uns mal ein Stückchen weitergehen, womöglich suchen wir an der falschen Stelle.«

»Nee, es war ganz sicher hier«, antwortete Hans und deutete auf den Zaun. »Seht mal da.«

Sie folgten seinem Zeigefinger und entdeckten eine kleine graue Fluse, die sich am Zaun verfangen hatte und im Wind flatterte. Sie hatte genau dieselbe Farbe wie Tillys Pullover.

»Hier war etwas, ehrlich«, versicherte Tilly Rapunzel. »Es sah aus wie ein Riss im Gewebe, das die Welt umgibt. Vielleicht hat es sich wieder geschlossen?«

»Ich behaupte ja nicht, dass ihr das erfindet, ich sage ja nur …« Doch bevor sie ihren Satz beenden konnte, wurde sie unterbrochen.

18

Nach Hause führt immer ein Weg

»Ist da wer?«, rief jemand verzweifelt. »Hilfe! Hilfe!«

»Wo bist du?«, rief Tilly zurück. »Wir können dich nicht sehen!«

»Tilly? Bist du das?«, fragte jemand anderes und klang noch verzagter. »Ich bin's, Oskar! Ich war noch nie so froh, deine Stimme zu hören!«

»Gott sei Dank!«, antwortete Tilly erleichtert. Wenigstens hatte sie Oskar gefunden. Und er war am Leben.

»Wo bist du, Kumpel?«, rief Hans.

»Keine Ahnung!«, brüllte Oskar. »Wir können nichts sehen!«

Tilly, Hans und Rapunzel drehten sich langsam im Kreis. Nirgends eine Menschenseele. Nur Felder, Wiesen und Wald erstreckten sich um sie herum.

»Sprich weiter!«, rief Rapunzel. »Dann folgen wir deiner Stimme!«

Oskar fing an zu rufen: »Tilly! Tilly! Tilly!« Und von der ersten Stimme, die wahrscheinlich Traumprinz gehörte, ertönte ein anhaltendes Jammern. Sie folgten den Rufen, bis ans Ende der Wiese, wo es sich anhörte, als stünden sie direkt über den beiden.

»Hier unten!«, rief Oskar.

»Aber Vorsicht!«, kam es vom Prinzen.

Da entdeckten sie nur ein paar Meter entfernt ein riesengroßes Loch im Boden. Darin fanden sie in bestimmt vier Meter Tiefe Traumprinz und Oskar, die beide ziemlich genervt und verschmutzt aussahen. Und vom Rand der riesigen Öffnung tropfte dieselbe schwarze Flüssigkeit, die inzwischen immer öfter im Märchenland auftauchte.

Tilly dachte fieberhaft nach. Sie hatte das Gefühl, einen Karton mit Puzzleteilen vor sich zu haben, aber keine Zeit, sie ordentlich auszubreiten und zusammenzusetzen. Vorausgesetzt, dass überhaupt alle zum selben Puzzle gehörten.

»Tilly.« Oskar atmete erleichtert auf. »Ich dachte schon, ich müsste den Rest meines Lebens in diesem Erdloch verbringen, zusammen mit diesem… diesem…« Er suchte offenbar vergeblich nach einer passenden Bezeichnung für den Prinzen. Entnervt warf er die Hände in die Luft und blitzte Traumprinz an, der ihm als Antwort die Zunge herausstreckte. Oskar warf Tilly einen verzweifelten Blick zu. »Siehst du, was ich meine.«

»Es ist doch nicht meine Schuld, dass irgendwer ein riesiges Loch mitten auf der Wiese hinterlassen hat«, knurrte Traumprinz. »Der zuständige König hier ist aber auch wirklich etwas nachlässig, was die Instandhaltung seiner Ländereien betrifft.«

Keiner hörte ihm zu.

»Wie seid ihr bloß da hineingeraten?«, fragte Hans und sah beunruhigt in die schmale Öffnung.

»Wir sind durch den Riss im Himmel gestiegen«, antwortete Traumprinz. »Und mussten mein prächtiges Pferd zurücklassen und zu Fuß gehen. Zu Fuß!«

»Dass wir laufen mussten, war aber nicht das Problem«, erzählte Oskar weiter. »Kaum waren wir auf der anderen Seite, wurde plötzlich alles total verrückt. Nichts ergab mehr Sinn. Der Himmel flimmerte auf einmal in allen möglichen Farben, wie bei einem Sonnenuntergang im Zeitraffer, und dauernd sind irgendwelche Leute verschwunden – direkt vor unseren Augen. Und dann tauchte wie aus dem Nichts plötzlich ein Wolf auf und fragte uns, ob wir wüssten, wo die drei kleinen Schweinchen wären. An dem Punkt wollte ich abhauen und zu euch zurückrennen … dabei hab ich das Loch übersehen und bin reingefallen, und diese erbärmliche Figur hier ist einfach hinter mir hergeplumpst.«

»Wenn mein Knappe aufgepasst hätte, wohin er tritt …«, begann Traumprinz.

»Ich bin nicht dein Knappe!«, schnitt Oskar ihm das Wort ab, und es klang, als wäre es nicht das erste Mal, dass er das sagte.

Rapunzel gähnte. »Ich kann nicht behaupten, dass es mich sonderlich interessiert, wie ihr dahin gekommen seid«, sagte sie. »Aber die beiden hier wollen euch offenbar zurückhaben. Sollen wir uns also mal drauf konzentrieren, wie wir euch da wieder rauskriegen?«

»Vielleicht könnten wir ihnen irgendwas runterwerfen, woran sie hochklettern können?«, schlug Tilly vor und sah sich suchend um.

»Sekunde«, antwortete Rapunzel. Sie trat einen Schritt zurück, schloss die Augen und machte ein konzentriertes Gesicht. Sogleich stellten sich ihre Haare auf, als hätte sie sich mit einem Luftballon über den Kopf gerieben, und dann fingen sie an, mit rasanter Geschwindigkeit zu wachsen. Bald schon reichten sie bis zum Boden und wuchsen weiter und weiter. Wie durch Zauberhand flochten die Haare sich dabei zu einem Zopf. Irgendwann schlug Rapunzel die Augen auf und nickte zufrieden, bevor sie eine Schere aus ihrer Schürzentasche zog und sich diesen im Nacken abschnitt. Mit geübter Hand knotete sie alles am oberen Ende zusammen, nahm das so entstandene Haarseil und warf es in das Loch hinunter.

Oskar kletterte mühelos daran hoch und in Freiheit, während Traumprinz die Haare mit gerümpfter Nase beäugte.

»Nun mach schon«, sagte Rapunzel. »Wir haben nicht den ganzen Tag Zeit.«

»Heißt das, ich kann dich heiraten?«, fragte der Prinz hoffnungsvoll. »So funktioniert das doch, oder? Wenn ich an deinem Haar hinaufgeklettert bin, heiraten wir.«

Rapunzel verdrehte die Augen. »Wenn du nicht willst, dass ich dich da unten versauern lasse, würde ich an deiner Stelle lieber aufhören zu quatschen und losklettern«, antwortete sie und wich vorsichtshalber einen Schritt zurück, während Traumprinz unbeholfen nach oben kraxelte und sich erschöpft ins Gras fallen ließ. Verschwitzt, verklebt und zerknittert schleppte er sich anschließend zu Rapunzel, fiel vor ihr auf die Knie und versuchte, ihr die Hand zu küssen.

»Holde Maid, nun, nachdem ich dich gerettet habe, bitte ich dich demütigst…«

»Moment mal«, fiel Rapunzel ihm ins Wort. »Ich hab gerade dich gerettet, du Trottel.«

»Wie man's nimmt«, erwiderte Traumprinz und setzte ein möglichst charmantes Lächeln auf. Doch Rapunzel riss ihre Hand einfach weg, lief davon und ließ ihn schmollend auf einem Knie zurück.

»Oskar, wir müssen los«, sagte Tilly und schlug das Märchenbuch auf. »Sofort! Also, wo waren wir?« Sie fuhr mit dem Finger über das Inhaltsverzeichnis. »Hm, hier steht nichts von *Rapunzel.*« Sie schluckte nervös. »Was hat das zu bedeuten? Ihre Geschichte ist nicht aufgeführt.«

»Das bedeutet wohl, dass wir uns nicht mehr in diesem Buch befinden«, murmelte Oskar. »Ich hab das ungute Gefühl, dass der Riss im Himmel eine Art Tor zwischen verschiedenen Büchern ist. Ich meine, er kommt schließlich in keiner einzigen Geschichte vor, oder? Ich hab jedenfalls noch nie was von *Hans und dem seltsamen Riss in der Gegend* gelesen.«

»Und was machen wir jetzt?«, fragte Tilly. »Meinst du, wenn wir einfach eine von diesen Geschichten lesen, kommen wir vielleicht wieder in unser Buch zurück?«

»Einen Versuch ist es wert«, antwortete Oskar. »Aber weißt du noch, was deine Grandma auf dem Weg zu Melvilles Amtseinführung im Taxi gesagt hat? Es ist gefährlich, sich von einem Buch in ein anderes zu lesen.«

»Stimmt, du hast recht«, sagte Tilly resigniert. »Das hat sie tatsächlich gesagt. Dass es so ist, als würde man eine Landkarte benutzen, ohne zu wissen, wo der Ausgangspunkt ist. Jetzt fällt's mir wieder ein.«

»Aber haben wir eine Wahl?«, fragte Oskar beunruhigt. »Was könnte denn schlimmstenfalls passieren?«

»Na ja.« Tilly begann verschiedene Möglichkeiten an den Fingern abzuzählen. »Wir könnten aufhören zu existieren, oder uns könnte dasselbe zustoßen wie Hans in seiner Hütte, oder wir könnten in einer Art Endlosschleife in der Geschichte hängen bleiben oder schlicht und einfach auf grausame Weise sterben. Unter Umständen werden wir auch in die Nachsatzblätter gesaugt und... Moment mal...« Tilly hielt inne, um die Sache zu durchdenken. »Also gut, hör zu«, sagte sie langsam zu Oskar. »Könnten wir vielleicht dasselbe machen, was wir in *Alice im Wunderland* gemacht haben? Durch die Nachsatzblätter in eine Unterbibliothek wandeln?«

»Aber dann kämen wir doch in London raus, oder?«

»Das glaub ich nicht«, antwortete Tilly. »In Frankreich muss es doch auch irgendwo eine geben. Wahrscheinlich in Paris? Dieses Buch stammt schließlich aus einer französischen Buchhandlung. Und selbst wenn wir nicht in der Unterbibliothek landen, irgendwo im realen Frankreich festzustecken, ist mir immer noch lieber als hier.«

»Okay.« Oskar nickte. »Ich vertrau dir. Und ich verspreche, dich nicht dafür verantwortlich zu machen, wenn wir auf grausame Weise zu Tode kommen. Pfadfinderehrenwort.«

»Bist du überhaupt bei den Pfadfindern?«, fragte Tilly.

»Das ist jetzt nicht der Punkt.« Oskar hob die Hand zu einer Geste, die seiner Meinung nach einem Pfadfinderehrenwort nahekam, aber eher nach *Star Trek* aussah. Es gelang ihm jedoch, Tilly zum Lachen zu bringen.

»Sollen wir uns von ihnen verabschieden?«, fragte Oskar und nickte in Richtung der Märchenfiguren.

»Wenigstens von Hans und Rapunzel«, antwortete Tilly.

Traumprinz saß schmutzig und schmollend auf einem Stein, während Rapunzel und Hans sich unterhielten und ihn völlig ignorierten.

»Also, wir machen uns jetzt auf den Weg«, sagte Oskar. »Danke für eure Hilfe.«

»Ich hoffe, du kommst gut nach Hause, Hans«, ergänzte Tilly.

»Ich hab beschlossen, noch eine Weile hierzubleiben.« Hans grinste Rapunzel an. »Kann sein, dass wir noch unseren Spaß mit ein paar von den Prinzen haben. Rapunzel braucht eine Hexe, und ich hab Lust, mich ein bisschen zu verkleiden. Und hoffentlich taucht der Riss im Himmel irgendwann wieder auf. Sonst muss ich mir was anderes ausdenken. Nach Hause führt immer ein Weg.«

»Und was wird aus mir?«, jammerte Traumprinz. »Wie

komme ich jetzt heim? Ich hab noch nicht mal mehr ein Pferd.«

»Wieso machst du dich nicht auf die Suche nach einem anderen herumirrenden Prinzen?«, schlug Hans freundlich vor. »Vielleicht kann er dir helfen oder nimmt dich mit zu sich.«

Traumprinz zeigte wenig Begeisterung. »Hey du.« Er stupste Oskar an. »Bist du wirklich sicher, dass du nicht als Knappe bei mir anfangen willst? Bei der Suche nach dem Turm hast du dich ja ziemlich dumm angestellt, aber vielleicht kannst mir helfen, den Weg nach Hause zu finden. Oder wenigstens zu einem anderen Schloss. Oder einer anderen Prinzessin.«

Oskar strafte ihn als Antwort nur mit einem vernichtenden Blick.

»Kommt mal vorbei, wenn ihr wieder in der Gegend seid«, sagte Rapunzel zu Tilly und Oskar. »Wenn ihr am Turm einen Eulenruf nachahmt, wissen wir, dass ihr es seid. Dann lass ich mein Haar hinunter. Und ihr müsst mich nicht mal heiraten.«

Nachdem sich alle vier zum Abschied umarmt hatten, schlug Tilly das Märchenbuch auf. »Na schön, halt dich gut fest«, sagte sie, bevor Oskar ihre Hand nahm und sie die letzte Zeile auf der letzten Seite vorlas. Sie hoffte, dass ihr Plan funktionieren würde.

19
Ein Körnchen Wahrheit …

Tilly und Oskar versuchten, möglichst ruhig zu bleiben, während sie von Dunkelheit umhüllt wurden und das Märchenland langsam verschwand. Dann passierte eine gefühlte Ewigkeit nichts, bevor sich das Dunkel allmählich lichtete, wie wenn morgens die ersten Sonnenstrahlen ins Schlafzimmer fallen. Nach und nach konnten sie Umrisse erkennen und spürten eindeutig festen Boden unter den Füßen.

»Na schön, wir sind irgendwo angekommen«, sagte Tilly. »Im Gegensatz zu nirgendwo. Das ist schon mal ein guter Anfang.«

Um sie herum wurde es immer heller, und einen Augenblick später standen sie in einem richtigen Zimmer zwischen zwei Schreibtischen, die dummerweise beide mit Personen besetzt waren. Ein schlanker, gut gekleideter Mann und eine freundlich aussehende Frau starrten sie verblüfft an. Der Mann stand so abrupt auf, dass er das Glas Wasser umstieß, das vor ihm stand.

»*Qui êtes-vous*?!«, rief er. »*Dites-moi! Maintenant*!«,

während die Frau am anderen Schreibtisch sie nur weiter mit offenem Mund ansah.

»*Äh, je ne … je suis anglais*«, stammelte Oskar.

»Ihr seid Engländer?«, erwiderte der Mann, als würde die Tatsache, dass sie Engländer waren, so einiges erklären. Er hatte einen ausgeprägten französischen Akzent.

»*Oui*, ja«, sagte Tilly, die froh war, dass sie wenigstens in derselben Sprache kommunizieren konnten. »Es tut mir sehr leid, dass wir einfach so, äh, hereinplatzen. Können Sie uns vielleicht sagen, wo wir hier sind?«

»Ihr seid in der *Sous-Bibliothèque de France*«, antwortete der Mann, als wäre das offensichtlich.

Tilly ließ erleichtert die Schultern sinken. Sie waren also in einer Unterbibliothek, und in Frankreich. »Dann sind wir also in Paris?«, fragte sie zur Sicherheit noch einmal nach.

»*Mais oui!«*, bestätigte der Mann. »Wo solltet ihr denn sonst sein? Ihr zwei seid offenbar Buchwandler. So sagt man es doch in eurer Sprache, nicht wahr? Aber wie kommt es, dass ihr einfach so in unserem Büro auftaucht?«

»Seid ihr etwa in Gefahr?« Die Frau sagte zum ersten Mal etwas, und Tilly sah sie dankbar an.

»Nein, aber es ist nett, dass Sie nachfragen«, antwortete sie. »Wir haben nur … in einem Buch festgesteckt.«

Sie versuchte es mit einer etwas verkürzten Version der Wahrheit, um zu sehen, wie es aufgenommen wurde.

»Kommt ihr etwa direkt aus England?«, fragte die Frau besorgt.

»Nee, so heftig ist es nicht«, erklärte Oskar. »Wir sind gerade in Paris zu Besuch und in einem Buch stecken geblieben, das wir hier gelesen haben.«

»Das ist gut«, sagte die Frau. »Besser, als im falschen Land gelandet zu sein. Aber entschuldigt unsere Unhöflichkeit. Ich heiße Colette Zhou, und das hier ist Marcel Petit.« Der Mann nickte kurz.

»Ich bin Oskar«, antwortete Oskar. »Und das ist Tilly. Wir kommen aus dem *Cabinet des Fées*. Kennen Sie das? Es gehört Gretchen … Gretchen … Wie war noch mal ihr Nachname, Tilly?«

»Du meinst doch nicht etwa Gretchen Stein?«, wollte Colette wissen und warf Marcel einen beunruhigten Blick zu.

»Doch, genau die!« Oskar sah Colette erstaunt an. »Kennen Sie sie?«

»Aber ja!«, rief Colette. »Jeder hier in der Bibliothek kennt sie.«

Marcel kam hinter seinem Schreibtisch hervor. »Seid ihr etwa vom *Cabinet des Fées* aus buchgewandelt?«, fragte er streng, und es blieb ihnen nichts anderes übrig, als zu nicken. »Dann müsst ihr jetzt sofort mitkommen.«

»Halt, Marcel«, sagte Colette. »Warte einen Moment.

Wir wissen doch noch gar nicht, was passiert ist. Ist es klug, sie nach oben zu bringen, bevor wir nicht etwas mehr über die Sache gehört haben?«

Marcel hielt inne. »Wie meinst du das?«

»Woher kennt ihr Gretchen denn?«, fragte Colette Oskar und Tilly. Sie war immer noch deutlich freundlicher als Marcel.

»Eigentlich kennen wir sie nicht wirklich«, erklärte Tilly. »Wir haben sie heute zum ersten Mal getroffen. Wir sind in den Ferien bei Oskars Vater zu Besuch, und ihr Laden war einfach die nächstgelegene Buchhandlung. Also sind wir zum Buchwandeln dorthin gefahren.«

»Gut. Siehst du Marcel«, sagte Colette. »Sie arbeiten nicht mit ihr zusammen. Sie hat euch beiden doch nicht aufgetragen, hierherzukommen, oder?«

»Nein, natürlich nicht«, antwortete Tilly. »Wir hatten auch überhaupt nicht vor, hierherzukommen. Wir wollen im Grunde einfach nur nach Hause.«

»Warum sollte sie uns denn mit so was beauftragen?«, fragte Oskar.

»Das geht dich nichts an«, erwiderte Marcel. »Woher sollen wir wissen, ob ihr die Wahrheit sagt?«

»Ich heiße Matilda Pages«, entgegnete Tilly. »Ich wohne mit meinen Großeltern Archie und Elsie Pages in Pages & Co. in London.«

»Du bist die Enkelin von Archibald Pages?« Marcel ließ die Hand vom Türknauf sinken.

»Ja«, antwortete Tilly stolz.

»Und du bist mit der Familie Pages befreundet?«, fragte er Oskar.

»Jepp!« Oskar lächelte. »Eng befreundet sogar.«

»Siehst du. Wir können ihnen trauen!« Colette erhob sich und deutete auf ein kleines Sofa am anderen Ende des Raumes. »Setzt euch doch, dann können wir über alles reden, ja?«

»Gerne«, antwortete Tilly. »Sie kennen also meinen Großvater?«

»Nicht persönlich«, erklärte Colette. »Aber wir haben natürlich schon von ihm gehört. Und von seiner Liebe zu Büchern und Lesern. Du hast wirklich großes Glück, so einen Großvater zu haben und in seiner Buchhandlung zu wohnen.«

»Ich weiß«, antwortete Tilly.

»Meiner Meinung nach war es nicht in Ordnung, ihn damals zum Aufhören zu zwingen, als…« Colette hielt plötzlich inne. »Ähm… du bist Archie Pages' Enkeltochter, sagst du?«

Tilly nickte. Ihr war klar, welchen Zusammenhang Colette im Geist gerade hergestellt hatte.

»Deine Mutter ist also Archies Tochter?«

»So läuft das normalerweise«, murmelte Oskar.

»Beatrice ist meine Mum, ja«, bestätigte Tilly.

»Und… inzwischen geht es ihr gut?«, erkundigte Colette sich taktvoll.

»Ja«, antwortete Tilly. Dass ihre Mutter versucht hatte, den Text einer Primärausgabe zu verändern, hatte sich natürlich in den anderen Unterbibliotheken herumgesprochen. »Es geht ihr gut … Aber, na ja, wissen Sie von dieser üblen Sache mit Enoch Chalk?«

»Der Name sagt mir etwas, glaube ich. Er arbeitet doch in der Underlibrary, *non*?«, fragte Marcel. »Aber von irgendeinem Problem mit ihm haben wir hier in Paris nichts gehört. Hat man uns vielleicht etwas vorenthalten?«

»Ich möchte niemanden in Schwierigkeiten bringen.« Tilly zuckte mit den Schultern, es war ihr ein bisschen unangenehm. »Er war der Referenzbibliothekar in der Underlibrary in London, und es stellte sich heraus, dass er … na ja, dass er eine erfundene Figur war. Er war aus einer Primärausgabe geflohen und hatte jahrelang in der wirklichen Welt gelebt und nach einem Weg gesucht, selbst real zu werden. Enoch Chalk war es, der meine Mutter zwölf Jahre lang in ein Buch gesperrt hat, damit sie keinem die Wahrheit über ihn erzählt.«

»Wie furchtbar. Kaum vorzustellen, wie schlimm das für sie gewesen sein muss.« Colette ergriff Tillys Hand. »Inzwischen ist sie aber wieder zu Hause, sagst du?«

»Ja«, antwortete Oskar stolz. »Wir haben sie gerettet.« Colette schenkte ihm ein herzliches Lächeln.

»Und wo ist dieser Chalk jetzt?«, fragte Marcel. »Haben sie ihn zurück in seine Primärausgabe gesteckt und das Buch gesichert?«

»Na ja, nein. Er konnte an einen unbekannten Ort flüchten, und unsere Bibliotheksdirektorin Amelia Whisper hat sogar ihren Posten verloren, weil sie anfangs keinem davon erzählt hat«, erklärte Tilly. »Sie hat versucht, alles selber in Ordnung zu bringen. Aber jetzt behauptet der neue Bibliotheksdirektor Melville Underwood, er wüsste, wo Chalk ist, und würde ihn zurückschaffen. Aber in Wirklichkeit ist Mr Underwood ganz schrecklich und überhaupt keine Hilfe, und er will Kindern das Buchwandeln verbieten, und …« Während das alles aus ihr heraussprudelte, begriff Tilly erst richtig, in was für einen Schlamassel sie da hineingeraten waren.

»Das klingt nicht gut, was da in eurer Unterbibliothek passiert«, sagte Colette. »Hier kursieren ein paar Gerüchte über diesen Underwood, und was man so über ihn munkelt, gefällt mir gar nicht. Wir sollten unseren Direktor informieren, dann kann er mal auf dem Dienstweg mit ihm sprechen.«

»Ich hab echt *kein* gutes Gefühl bei dem Mann«, erklärte Oskar mit Nachdruck.

»Ihr beide kennt ihn persönlich?«, fragte Colette überrascht.

»Ja«, antwortete Tilly. »Wir waren vor Kurzem bei seiner Amtseinführung … Beziehungsweise eigentlich erst vorgestern. Während seiner Rede schien er noch ganz freundlich, aber danach hat er uns zu sich gerufen und gesagt, dass er Kindern das Buchwandeln verbieten will.«

»Und er will anfangen, die Bücher sichern zu lassen«, ergänzte Oskar. »Und die Leute sollen jedes Mal um Erlaubnis bitten müssen, wenn sie buchwandeln wollen.«

»Das ist ja entsetzlich!«, rief Marcel. »Das darf man doch nicht zulassen. Was wird denn unternommen, um den Mann in seine Schranken zu weisen?«

»Ziemlich wenig«, antwortete Oskar. »Viele Bibliothekare sind seiner Meinung. Er hat die ganze Zeit was vom Schutz des britischen Buchwandelns und so geschwafelt, und am Ende haben alle geklatscht.«

»Das darf doch nicht wahr sein!«, schimpfte Colette. »Wohin soll das noch führen?«

»Wer ist denn hier der Bibliotheksdirektor?«, fragte Tilly. »Vielleicht kann er ja etwas tun?«

»Ein großartiger Mann namens Jean-Paul«, sagte Marcel. »Wir sind sehr froh, dass wir ihn haben. Er würde solche Informationen wie die Sache mit diesem Chalk nie vor anderen Unterbibliotheken geheim halten.«

Colette wandte sich an Oskar. »Und du kommst auch aus einer Buchwandlerfamilie?«, erkundigte sie sich freundlich.

»Ja, genau«, antwortete Oskar stolz. »Komme ich. Meine Großmutter ist Clara Roux.«

»Ach, Clara«, sagte Colette. »Ich bin ihr schon ein paarmal begegnet, eine sehr nette Frau. Und eine wirklich talentierte Künstlerin. Wir haben ein paar Primärausgaben in unserem Bestand, die sie illustriert hat.«

»Cool!« Oskar freute sich, dass jemand aus seiner Familie einen so positiven Eindruck hinterlassen hatte.

»Moment mal«, sagte Tilly. »Sie mögen Clara, aber Gretchen, mit der sie befreundet ist, mögen Sie nicht? Warum waren Sie denn so beunruhigt, als wir erzählt haben, dass wir von ihrer Buchhandlung aus gewandelt sind?«

»Weil sie nie tut, was man ihr sagt«, antwortete Marcel. »Sie macht sich über die Unterbibliothek lustig.«

»Sie findet unsere Arbeit hier ziemlich unnütz«, fügte Colette etwas ruhiger hinzu. »Es gefällt ihr nicht, dass die Unterbibliothek Vorschriften erlässt. Gretchen weigert sich, ihre Buchhandlung registrieren zu lassen. Und sie lässt die Leute in ihrem Laden und mit ihren Büchern machen, was sie wollen. Man munkelt, dass sie etliche Romanzen mit Buchfiguren hatte, aber ...« Colette wurde rot und hielt inne. »So etwas sollte ich mit euch Kindern nicht besprechen ... Gretchen ist auf jeden Fall der Ansicht, die ganzen Regeln brächten nur Menschen wie euren Underwood hervor. Und wer weiß, vielleicht liegt sie damit richtiger, als wir glauben. Wenn man so hört, was ihr da über eure Underlibrary erzählt.«

»Nein«, widersprach Marcel entschieden. »Die Sache ist nicht einfach schwarz oder weiß. Gretchen ist auf ihre Art genauso gefährlich wie Underwood. Ich bin mit keinem von beiden einer Meinung. Solche extremen Positionen können wir nicht gebrauchen. Es muss einen Mittelweg geben.«

»Wenn jemand wie dieser Underwood hier das Sagen hätte, wäre ich jedenfalls auch nicht damit einverstanden«, wandte Colette ein.

»Wäre dir Gretchen Stein etwa lieber?«, fragte Marcel.

»Ich weiß nicht.« Colette zuckte mit den Schultern. »Ihr bedeuten Geschichten und Bücher sicher mehr als ihm. Und es geht ihr nicht um Macht, das gefällt mir. Es kommt selten vor, dass die Leute in den höchsten Positionen auch die fähigsten sind.«

»Was ist eigentlich mit denen, die noch höhere Positionen haben? Den Archivaren zum Beispiel?«, fragte Tilly. »Meinen Sie, die könnten wir bitten, uns dabei zu helfen, Underwood loszuwerden?«

Colette runzelte die Stirn. »Hm, vielleicht.«

»Auf keinen Fall!«, rief Marcel. »Von den Archivaren hat seit bestimmt zweihundert Jahren niemand etwas gehört. Womöglich gibt es sie gar nicht mehr, oder es hat sie nie gegeben, und das Ganze war nur ein Märchen. Glaubt ihr nicht, frühere Bibliothekare hätten auch schon versucht, Kontakt mit ihnen aufzunehmen, wenn es Probleme gab? Sie sind nicht mehr als eine Erfindung, damit die Menschen die Hoffnung nicht aufgeben.«

»Sie glauben also auch nicht, dass sie existieren?«, fragte Tilly.

»Das würde ich wirklich gerne«, antwortete Marcel ein bisschen freundlicher. »Aber es gibt keinen Beweis für ihre Existenz, nur Gerüchte. Angeblich gibt es irgendwo eine geheime Karte, mit der man zu ihnen finden kann, das ist allerdings bloß eine Legende, eine hübsche Abenteuergeschichte für kleine Buchwandler. In dieser Situation auf die Archivare zu vertrauen, hat sicher keinen Sinn.«

Tilly war enttäuscht. Ein bisschen hatte sie gehofft, irgendwer würde auftauchen und alles in Ordnung bringen, was gerade schieflief, bevor es noch schlimmer würde.

»Aber …«, sagte Colette und sah Marcel an, der sofort den Kopf schüttelte.«

»Aber was?«, fragte Oskar.

»In jeder Geschichte liegt ein Körnchen Wahrheit«, antwortete Colette. »Und unsere Vergangenheit ist nicht nur ein fernes, unbekanntes Land, sondern auch der Weg in die Gegenwart und zu dem, was wir heute sind.«

»So«, sagte Marcel. »Genug in Rätseln gesprochen. Ihr beide müsst uns jetzt noch ein paar Fragen beantworten, dann entscheiden wir, ob wir euch zu unserem Direktor oder nach Hause bringen. In welchem Buch seid ihr gewesen?«

»Angefangen haben wir in dem hier.« Tilly hielt das Buch in die Höhe, das sie unter den Arm geklemmt hatte.

»Märchen«, stellte Marcel fest. »Wie seid ihr denn gerade darauf gekommen?«

»Gretchen hat gesagt, wir …«

»Natürlich, das hatte ich ganz vergessen, Gretchen

Stein steckt ja hinter der Sache«, unterbrach Marcel sie. »Sie hat euch natürlich gesagt, es sei ungefährlich, da hineinzuwandeln, stimmt's? Das muss man sich mal vorstellen, schickt Kinder allein in die Märchenwelt.«

»Es war eigentlich halb so wild«, versuchte Oskar das Ganze ein bisschen kleinzureden. »Obwohl ein paar ziemlich abgefahrene Sachen passiert sind.«

»Und zwar?«, fragte Colette.

»Ein paar der Geschichten sind irgendwie, na ja, irgendwie verschwunden«, antwortete Tilly, die nicht genau wusste, wie sie es beschreiben sollte. »An einigen Stellen, an denen Märchen oder Figuren hätten sein sollen, war einfach nur dunkle, unendliche Leere. Einen Moment ...« Sie schlug die Seite auf, auf der die Geschichte von den drei Bären hätte stehen müssen, und zeigte sie Colette und Marcel. »Sehen Sie, einfach nichts.«

»Darf ich?« Colette streckte die Hand nach dem Buch aus, und Tilly reichte es ihr.

»Da fehlen ja etliche Märchen«, sagte sie, während sie das Buch durchblätterte. »In welchen seid ihr denn gewesen?«

»Also wir waren auf jeden Fall in *Hans und die Bohnenranke*«, antwortete Oskar.

Colette schlug die entsprechende Stelle auf und runzelte besorgt die Stirn. Als sie ihnen das Buch hinhielt, sahen Tilly und Oskar, dass nun auch diese Seiten leer waren.

20

Der Weg ist das Ziel

Wo ist Hans? Was ist passiert?!«, rief Tilly entsetzt.

»Vielleicht ist die Geschichte weg, weil er mit uns rüber in das neue Buch gewandert ist?«, überlegte Oskar laut. »Und als der Riss verschwunden ist, konnte er nicht mehr zurück?«

»Ein Riss, der verschwunden ist?«, fragte Marcel.

»Ja, da war ’ne ziemlich große Lücke im Himmel«, erklärte Oskar. »Da sind wir durch, und deshalb sind wir wahrscheinlich im falschen Buch rausgekommen.«

»Ihr wollt uns erzählen, alles war nur halb so wild, dabei seid ihr im falschen Buch gelandet?«, erwiderte Marcel. »Und jetzt seid ihr hier? Wie habt ihr das denn hinbekommen? Normalerweise ist das gar nicht möglich.«

»Wir haben den Weg über die Nachsatzblätter genommen«, sagte Tilly, ohne groß nachzudenken.

»Aber das ist so nicht vorgesehen!« Colette sah Tilly eindringlich an. »Wenn Leser in die Nachsatzblätter wandeln, verschwinden sie unter Umständen für sehr lange

Zeit. Wie seid ihr da hingekommen? So etwas passiert vielleicht Romanfiguren, aber nicht euch.«

Tilly zuckte mit den Schultern und versuchte, ein möglichst verwirrtes Gesicht zu machen. »Keine Ahnung«, antwortete sie. »Meine Großeltern haben gesagt, in Märchen gelten andere Regeln. Vielleicht war das der Grund?«

»Kann sein«, murmelte Colette nachdenklich. »Auf jeden Fall sind Märchenbücher seltsame Orte. Und nach allem, was wir hören, werden sie immer seltsamer. Dass Geschichten verschwinden und plötzlich Risse im Himmel auftauchen, klingt gar nicht gut.«

»Wir haben auch gesehen, wie eine Figur immer größer wurde und dann explodiert ist«, erzählte Oskar. »Und kurz darauf spazierte eine neue Version der Figur munter zur Tür herein.«

»Außerdem war da mitten auf der Wiese eine Pfütze Nichts«, fügte Tilly hinzu.

»Ein Pfütze was?«, fragte Marcel. »Ich verstehe nicht ganz.«

»Ich weiß nicht, wie ich es sonst erklären soll«, antwortete Tilly. »Es war einfach … Nichts. Leere. Ein schwarzes Loch. Und Rapunzel hat uns erzählt, ein Prinz wäre darin verschwunden.«

»Der Prinz mit dem weißen Pferd?«, fragte Marcel. »Wann war das?«

»Nein, ein anderer Prinz«, sagte Tilly. »Der mit dem weißen Pferd war bei uns.«

»Also unserer war's jedenfalls nicht«, bestätigte Oskar. »Aber haben die nicht alle weiße Pferde?«

»Da hast du recht«, antwortete Colette. »Die meisten von ihnen schon. Marcel fragt nur, weil wir erst letzte Woche einen Prinzen mit weißem Pferd hierhatten, der sich in die Nachsatzblätter verirrt hatte. Er sagte, er sei einfach nur ein bisschen ausgeritten und plötzlich hier herausgekommen. Wir haben ihn wieder dahin zurückbefördert, wo er hingehört. Ich frage mich nur …«

»Irgendetwas stimmt da nicht«, unterbrach Marcel sie. »Märchen sind schon immer gefährlich, aber was ihr da erzählt, ist etwas anderes. Wir nehmen das alles lieber mal zu Protokoll. Und dann sorgen wir dafür, dass ihr sicher nach Hause kommt. Wo wohnt denn dein Vater, Oskar?«

»Wir müssen zuerst wieder ins *Cabinet des Fées*«, antwortete Oskar, »und Gretchen dieses Buch zurückgeben. Dann können wir nach Hause. Von der Buchhandlung aus ist es nicht weit, das schaffen wir alleine. Aber danke.«

»Wir bestellen euch ein Taxi«, sagte Marcel. »Kommt mal mit.«

Sie verließen nach Marcel das Büro, und während sie ihm durch einen breiten Gang folgten, sprach er ununterbrochen über die französische Unterbibliothek. »Sobald wir nach oben kommen, werdet ihr sehen, dass wir uns unter der alten Nationalbibliothek im Zentrum von Paris befinden. An der Rue de Richelieu, ganz in der Nähe vom Louvre, wo die *Mona Lisa* hängt. 1996 ist der größte Teil der Bibliotheksbestände in ein neues Gebäude am Ufer der Seine umgezogen, aber wir haben beschlossen, hierzubleiben und den frei gewordenen Raum zu nutzen.«

Er schob eine Flügeltür auf, und sie betraten einen gewaltigen Kuppelsaal, nicht unähnlich dem Hauptlesesaal der British Library. Doch statt riesiger Bögen, die sich von einer Seite der Decke bis zur anderen spannten, war das französische Gegenstück mit einer Reihe goldverzierter Nischen ausgestattet. Sie verliefen an den Wänden entlang und wurden von oben beleuchtet, sodass man den Eindruck hatte, es wären Fenster. Links und rechts der Nischen standen creme- und goldfarbene Säulen , die erstaunlich zierlich dafür wirkten, dass sie eine Decke von solcher Spannweite trugen. Hölzerne Wendeltreppen führten bis zu den höchsten Fächern der gewaltigen Bücherregale, die überall in dem riesigen Raum an den Wänden emporragten.

»Na, was meint ihr?«, fragte Marcel und strahlte.

»Das ist wunderschön«, antwortete Tilly.

»Ja, die schönste Unterbibliothek der Welt«, sagte Marcel, und dagegen konnte Tilly nichts einwenden.

Kaum waren sie vor dem Gebäude angekommen, winkte Marcel ein Taxi herbei, und Tilly und Oskar rutschten auf die Rückbank.

Nachdem ihr Begleiter rasch ein paar Worte mit dem Fahrer gewechselt und ihm etwas Geld durchs Fenster gereicht hatte, kam er zur Hintertür und streckte den Kopf herein. »Der Taxifahrer wird euch zurück zur Buchhandlung fahren.«

»Vielen Dank für Ihre Hilfe«, sagte Tilly.

Doch gerade als Marcel vorsichtig die Tür schließen wollte, kam Colette auf die Straße gerannt. Sie hatte ganz rote Wangen, weil sie die vielen Treppenstufen heraufgehastet war. »Wartet einen Moment!«, rief sie außer Atem, und Tilly kurbelte die Scheibe herunter. »Ich hab noch ein Geschenk für euch.« Sie gab Tilly eine braune Papiertüte. »Noch nicht reinschauen – das wäre mir peinlich. Es ist nur eine Kleinigkeit, vielleicht könnt ihr es brauchen, wenn ihr mal das Gefühl habt, euch verirrt zu haben, oder wenn ihr auf der Suche nach dem richtigen Weg seid.«

Marcel sah sie stirnrunzelnd an, aber Colette lächelte nur und tätschelte ihm den Arm.

»Nun ja«, sagte Marcel durch das Wagenfenster. »Ich vermute, hinter eurer Geschichte steckt mehr, als ihr uns berichtet habt, aber dafür gibt es hoffentlich gute Gründe. Vielleicht erzählt ihr Gretchen lieber nicht alles über die Märchen, was ihr uns erzählt habt. Und Matilda, du solltest sie einmal nach ihrer Zeit an der British Underlibrary fragen. Passt auf euch auf, *mes amis.*«

Tilly und Oskar nickten etwas nervös, und Marcel klopfte sachte auf das Dach des Taxis, woraufhin es mit im Schnee knirschenden Reifen davonfuhr.

Es war nur eine kurze Fahrt bis zurück zum *Cabinet des Fées*, und als sie auf Oskars Armbanduhr sahen, stellten sie fest, dass sie in Echtzeit gerade einmal eine Viertelstunde fort gewesen waren.

»Ich glaub, ich werd mich nie daran gewöhnen, wie das mit der Zeit in Büchern läuft«, sagte Oskar.

»Ganz zu schweigen davon, wie es in Märchen läuft«, antwortete Tilly. »Scheinbar gilt da eine Art Negativzeit, und hätten wir nicht den Zwischenstopp in der Unterbibliothek eingelegt, wären wir womöglich wieder zurück gewesen, bevor wir überhaupt gestartet sind.«

»Darüber will ich lieber gar nicht erst nachdenken. Aber zeig mal, was Colette uns da mitgegeben hat.«

Tilly öffnete die Tüte und zog ein Knäuel rotes Garn und ein schmales Büchlein hervor, das den Titel *Kleine Bibliotheksgeschichte* trug.

»Also, ich weiß nicht, was ich erwartet hatte. Das jedenfalls nicht«, sagte Oskar. »Soll das ein Witz sein?«

Tilly war verwirrt und ein bisschen enttäuscht. »Sie hat gesagt, es würde uns helfen, wenn wir auf der Suche nach dem richtigen Weg sind. Das verstehe ich nicht.« Sie blätterte das Büchlein durch. Die Seiten waren mit kleiner, schwer leserlicher Schrift bedruckt, und es stand offenbar genau das darin, was der Titel versprach.

»Buchwandler stehen darauf, in Rätseln zu sprechen, oder?« Oskar verdrehte die Augen. »Warum kann keiner von denen einfach sagen, was er meint? Hätte Colette nicht einfach sagen können: ›Hier, Tilly und Oskar, habt ihr ein Knäuel roten Faden. Der könnte nützlich sein, um etwas zusammenzubinden oder Geschenke zu verpacken.‹? Und mit dem Buch hat sie dein Interesse an Bibliotheken wohl auch reichlich überschätzt. Es sieht ziemlich langweilig aus.«

»Ich heb es mir für einen Regentag auf«, antwortete Tilly. »Und du weißt doch, dass Bibliothekarinnen so was mögen. Versteckte Hinweise und Rätsel und solche Sprüche wie ›Der Weg ist das Ziel‹ – eben das, was die Leute auch in Geschichten von sich geben. Sie wollen, dass wir selber rausfinden, was alles zu bedeuten hat.«

»Schon klar«, sagte Oskar.

Als Tilly das rote Garn und das Büchlein in die Tasche stecken wollte, merkte sie, dass schon etwas darin war. Sie zog den kleinen Leinenbeutel mit Brotkrumen heraus.

»Was ist denn das?«, fragte Oskar.

»Das haben Hänsel und Gretel mir gegeben.« Tilly

starrte auf den Beutel in ihrer Hand. »Als Hans und ich nach dir gesucht haben, sind sie uns im Wald über begegnet.«

»Das Beste verpass ich immer«, sagte Oskar. »Wie hast du es geschafft, es mit herzubringen? Ich denke, man kann nichts aus den Büchern mit in die reale Welt nehmen?«

»Eigentlich nicht.« Tilly sah verdutzt auf den Beutel in ihrer Hand.

»Wahrscheinlich wieder so 'ne verrückte Märchensache«, vermutete Oskar.

Tilly zuckte mit den Schultern und antwortete nicht. *Noch so ein Puzzleteil, das irgendwie nicht passte.*

Kurz darauf hielten sie vor dem *Cabinet des Fées, wo* Gretchen und Clara bei Kaffee und Keksen plauderten und sich offenbar keinerlei Sorgen darüber machten, wo Tilly und Oskar abgeblieben waren.

»Hallöchen«, begrüßte Gretchen sie fröhlich, als sie hereinkamen. »Und, wohin hat euch euer Buchwandelausflug nun geführt?«

»Also, angefangen haben wir mit *Rotkäppchen.*« Tilly versuchte, möglichst locker zu klingen. »Letztendlich haben wir aber eine kleine Rundreise gemacht.«

»Verstehe.« Clara lächelte. »Und woher kommt ihr jetzt?«

»Aus der französischen Unterbibliothek«, antwortete Oskar, worauf Gretchen die beiden verständnislos ansah.

»Aber … wie ist das möglich?«

»Wir sind durch die Nachsatzblätter gewutscht«, gab Oskar bereitwillig Auskunft, bevor Tilly ihn mit dem Ellbogen in die Rippen stieß, um ihn daran zu erinnern, dass das nicht erlaubt war.

»Mamie können wir's doch erzählen«, sagte er.

»Was erzählen?«, fragte Clara.

»Ach, nichts«, antwortete Tilly möglichst beiläufig. »Wir sind unterwegs nur irgendwie in einer anderen Fassung der Märchen gelandet, und da hat das Buch uns in die Unterbibliothek befördert – sicher als Vorsichtsmaßnahme. Ihr hattet auf jeden Fall recht, alles ganz ungefährlich.«

»Und ihr seid über die Nachsatzblätter in die Unterbibliothek gelangt?« Gretchen sah Tilly neugierig an.

»Genau. Du weißt ja, wie Märchen manchmal sind«, antwortete Tilly. »Ziemlich unberechenbar.«

»Und wie hat euch die Unterbibliothek gefallen?«, fragte Clara, um die Unterhaltung voranzutreiben.

»Sie war wunderschön«, antwortete Tilly erleichtert. »Und alle waren sehr freundlich und hilfsbereit.«

»Was du nicht sagst«, knurrte Gretchen.

»Sie haben gesagt, dass du so reagieren würdest«, antwortete Oskar, und Clara fing an zu lachen.

»Warum kannst du die Unterbibliotheken denn nicht leiden?«, fragte Tilly Gretchen.

Gretchen seufzte. »Ich kann mir einfach nichts Schlimmeres vorstellen, als mich den Regeln und Launen einer riesigen Organisation beugen zu müssen, die mich nur überwachen und kontrollieren will. Dagegen hab ich aus Prinzip was.«

»Aber ein paar Regeln brauchen wir doch, oder?«, entgegnete Tilly unsicher.

»Brauchen wir wirklich mehr, als uns der gesunde Menschenverstand vorgibt?«, erwiderte Gretchen. »Glaubst du etwa, es gab schon Unterbibliotheken, als die Menschen merkten, dass sie buchwandeln konnten?«

»Wann war das überhaupt?«, fragte Oskar.

»Das wissen wir nicht genau«, antwortete Clara. »Vor sehr langer Zeit jedenfalls.«

»Ich bin überzeugt, die Menschen wandeln schon in Geschichten, solange man sich Geschichten erzählt«, sagte Gretchen. »Aber die Unterbibliotheken und diese bornierten Bibliothekare, das sind auf jeden Fall neuere Erfindungen.«

»Nicht alle Bibliothekare sind so unnachgiebig«, entgegnete Tilly. »Meine Großeltern haben auch in der Underlibrary gearbeitet, und sie hätten nie gewollt, dass es da so zugeht.«

»Manchmal täuscht man sich sogar in den Menschen, die man liebt«, antwortete Gretchen.

»Jetzt mach aber mal halblang!« Clara sah Gretchen streng an.

»Was soll das denn heißen? Du hast doch gesagt, du kennst sie gar nicht.« Tilly ärgerte sich über Gretchens Bemerkung. »Ich dagegen kenne sie genau, und ich weiß, dass sie nicht so sind, wie du sagst. Sie glauben an genau dasselbe wie du. Und außerdem hast du einen deutlichen englischen Akzent. Das ist doch merkwürdig. Willst du wirklich behaupten, du wärst ihnen noch nie begegnet? Und du hättest nie etwas mit der britischen Underlibrary zu tun gehabt?«

»Tilly«, antwortete Gretchen, ohne ihr dabei richtig in die Augen sehen zu können. »Ich muss dir etwas gestehen.«

»Was für eine Überraschung«, murmelte Tilly leise. Sie hatte jedes Mal, wenn sie mit Gretchen sprach, irgendwie das Gefühl, auf Treibsand zu gehen.

»Ich kenne deine Großeltern doch«, sagte Gretchen.

»Dann hast du also gelogen«, erwiderte Tilly schroff.

»Gretchen!«, rief Clara. »Warum hast du mir das verschwiegen?«

»Und woher kennst du sie?«, fragte Tilly. »Und warum hast du ein Geheimnis daraus gemacht?«

»Na ja, um ehrlich zu sein, war ich mal eng mit deiner Großmutter befreundet.«

»Aber warum solltest du deswegen lügen?«, entgegnete Tilly, die sich getäuscht fühlte.

»Das würde ich auch gerne wissen«, sagte Clara.

»Ich wollte dich erst mal richtig kennenlernen«, antwortete Gretchen. »Und du solltest sie nicht über mich ausfragen, bevor du nicht meine Sichtweise der Dinge gehört hast.«

»Das klingt nicht gut«, meinte Oskar.

»Deine Großmutter und ich haben ein paar Jahre lang in der British Underlibrary zusammengearbeitet«, erklärte Gretchen.

»Dann bist du also die Frau, mit der sie die Märchen erforscht hat?«, fragte Tilly, und die Puzzleteile fügten sich langsam zusammen. »Die, mit der sie sich zerstritten hat?«

»Ja«, antwortete Gretchen. »Siehst du, du hast die Geschichte schon gehört. Das ist der Grund, warum ich nichts gesagt habe. Ich will gar nicht drüber nachdenken, was sie dir über mich erzählt hätten. Bestimmt hätten sie dir verboten, hierherzukommen. Es tut mir leid. Ich hab die Nerven verloren, als mir klar geworden ist, wer du bist.«

»Was ist denn zwischen Elsie und dir passiert?«, wollte Oskar wissen. »Sie hat überhaupt nichts Schlechtes über dich gesagt. Wir wussten nur, dass sie früher mal mit jemandem an einem Märchenprojekt gearbeitet hat. Und dass sie sich mit derjenigen uneinig darüber war, was mit den Ergebnissen passieren sollte.«

»Das stimmt«, sagte Gretchen. »Aber lasst mich rasch einen Kaffee kochen, dann erzähle ich euch alles von Anfang an.«

21

Ein Buch heisst jeden Leser willkommen

Ich bin in England aufgewachsen«, begann Gretchen, die Hände um einen Becher dampfenden Kaffee gelegt. »Auf dem Land, im Norden von Yorkshire. Dass ich buchwandeln konnte, habe ich erst gemerkt, als ich schon erwachsen war. Zu der Zeit habe ich in einer Universitätsbibliothek gearbeitet und beim Lesen Brutus aus *Julius Cäsar* ins Magazin befördert. Er hatte noch Blut an den Händen, und ich bin fast zu Tode erschrocken. Zum Glück war eine der anderen Bibliothekarinnen Buchwandlerin und hat begriffen, was da passiert war. Wir machten einen Ausflug in die Underlibrary, wo man mir erst ein Praktikum und dann eine Stelle anbot. Dort waren mir die gefährlichsten Aufgaben immer besonders lieb, und so landete ich in der Forschungsabteilung und untersuchte unberechenbare und vergriffene Bücher oder Geschichten mit mehreren Fassungen und sonderbaren Handlungen. Ich fand es herrlich. Man wusste nie, was der nächste Tag bringen würde. Nachdem ein paar Jahre vergangen waren, wurde Elsie meine direkte Kollegin, und wir haben uns auf Anhieb gut verstanden. Deine Großmutter ist eine wunderbare Frau, und die Kombination aus meiner Unerschrockenheit und Elsies Verstand machte uns zu einem großartigen Team. Wir bekamen die spannendste Aufgabe der Underlibrary zugeteilt, nämlich die Märchen zu erforschen. Man sagte uns, es ginge darum, einige Karten anzufertigen, um das Märchenland gefahrloser erkunden zu können. Was man uns verschwieg, war die Tatsache, dass sie eigentlich herausfinden wollten, wie Märchen sich von anderen Geschichten unterschieden, um sie besser ihren üblichen Regeln zu unterwerfen. Elsie und ich verbrachten ein gutes Jahr mit Erkundungen und Kartieren. Wir wollten möglichst viel über die wunderbare Ursprünglichkeit dieser Geschichten in Erfahrung bringen. Doch all unsere Ergebnisse wurden ohne unser Wissen analysiert und gegen die Märchen verwandt. Als wir das merkten, protestierten wir, stießen aber auf taube Ohren. Dann erhielten wir den Auftrag, in die Märchenwelt zu wandeln und dort die Grenzen zu sichern, damit möglichst alle Geschichten und Figuren an ihrem Platz blieben. Das brachte für mich das Fass zum Überlaufen. Ich kündigte.«

»Aber Grandma war doch sicher auch nicht damit einverstanden, oder?«, fragte Tilly.

»Nein, ich glaube nicht«, antwortete Gretchen. »Aber

sie war der Meinung, man könnte die anderen nur davon abbringen, indem man mit ihnen zusammenarbeitet und von innen heraus überzeugt.«

»Klingt vernünftig«, bemerkte Oskar, was ihm einen strengen Blick von Gretchen einbrachte.

»Ist doch so«, beharrte er.

»Na ja, Elsie hat gemacht, was sie für richtig hielt, und ich hab getan, was mir das Beste zu sein schien«, sagte Gretchen. »Es ist meine feste Überzeugung, dass jeder seinen eigenen Weg gehen muss. Ich habe kein Problem damit, dass es Unterbibliotheken gibt. Ich hab bloß was dagegen, dass jeder Buchwandler sich bei ihnen registrieren lassen und sich ihren Regeln unterwerfen soll. Das habe ich damals laut und deutlich gesagt, und ich war einverstanden zu kündigen. Das hat denen in der British Underlibrary aber nicht gereicht. Sie haben drauf bestanden, mich auch noch offiziell auszusondern.«

Clara schnappte nach Luft. »Gretchen! Das hab ich ja gar nicht gewusst!« Sie legte ihrer Freundin tröstend die Hand auf den Arm.

»Was bedeutet das denn?«, fragte Oskar.

»*Aussondern* ist ein bibliothekarischer Vorgang, durch den der Betreffende dauerhaft aus einer Bibliothek entfernt wird«, erklärte Gretchen. »Ich darf die British Underlibrary nicht mehr betreten, weil ich, und das ist wirklich lächerlich, als Bedrohung eingestuft wurde. Wie ihr vielleicht wisst, kann einem niemand die Fähigkeit zum Buchwandeln wegnehmen, deshalb ist mir das herzlich egal. Ich hab sowieso nicht vor, je wieder einen Fuß da reinzusetzen. Das Ganze ist also ausgemachter Unsinn.«

»Ich hab ein paar Bibliothekare darüber reden hören, dass sie die Bücher sichern wollen, um die Leute vom Buchwandeln abzuhalten«, sagte Tilly. Sie wählte ihre Worte mit Bedacht, um nicht zu viel zu verraten, denn sie hatte Marcels Warnung vor Gretchen noch im Ohr. »Was bedeutet das? Würde dich das auch betreffen?«

»Bücher interessiert es nicht, wer sie liest«, antwortete Gretchen. »Ein Buch kann jeder lesen. Egal welches Alter, egal welche Stellung, egal welche Ansichten. Büchern ist es gleichgültig, ob du jedes Wort ihrer Geschichten verstehst, ob du Textteile überspringst oder bestimmte Stellen ein zweites Mal liest. Bücher heißen grundsätzlich jeden willkommen, der sie erforschen will, und Gott sei Dank hat noch niemand einen Weg gefunden, das zu ändern. Aber die Menschen müssen einfach an allem herumpfuschen, und irgendwann in der langen Geschichte des Buchwandelns fand ein übereifriger Bibliothekar heraus, dass man Bücher sichern kann, indem man sie komplett einbindet und auf diese Weise verhindert, dass irgendwer hineinwandelt.«

»Was für eine grässliche Vorstellung«, sagte Clara.

»Total ungerecht!«, schimpfte Oskar, den schon allein der Gedanke daran wieder wütend machte.

»Genau das versuche ich euch die ganze Zeit klarzumachen«, antwortete Gretchen. »Der Underlibrary geht's nicht um Gerechtigkeit. Es geht ihr um Macht.«

»Das hat Grandad auch gesagt«, erinnerte sich Tilly.

»Ich hab schon immer gewusst, dass Archie kein übler Kerl ist«, antwortete Gretchen. »Als Elsie anfing, mit ihm auszugehen, fand ich gleich, sie hätte eine schlechtere Wahl unter den Bibliothekaren treffen können.«

»Ist es eigentlich üblich, dass Buchwandler andere Buchwandler heiraten?«, fragte Tilly neugierig.

»Es kommt schon öfter mal vor«, antwortete Gretchen. »Denn es gibt natürlich einen Grund, warum Buchwandler sich häufig ineinander verlieben. Schließlich haben sie etwas sehr Bedeutsames gemeinsam – beziehungsweise verbergen es gemeinsam.«

»Und kommt es auch häufiger vor, dass Buchwandler sich in erfundene Figuren verlieben?«, fragte Tilly und dachte dabei an ihre Mutter.

»Aber ja.« Gretchen nickte. »Es wäre idiotisch zu behaupten, so etwas gäbe es nicht. Ich hatte mehrere romantische Abenteuer mit Figuren aus Büchern. So mancher berühmte Romanheld hat mich zum Essen ausgeführt, als ich noch jung war.«

»Aber hast du dich auch mal richtig verliebt?«, bohrte Tilly weiter, wohl wissend, dass ihre Mutter bis über beide Ohren in Captain Crewe aus *Sara, die kleine Prinzessin* verliebt gewesen war. »Hast du jemals den Wunsch gehabt, bei jemandem zu bleiben?« Oskar warf ihr einen warnenden Blick zu.

»Das eher nicht«, antwortete Gretchen. »Dazu war mir mein Leben hier zu wichtig. Aber was das angeht, sollte jeder seine eigene Entscheidung treffen. Du musst dir nur im Klaren sein, dass du entweder für immer in einem Buch lebst oder nie ein gemeinsames Leben mit der Figur hast, die du liebst. In der Underlibrary sind sie total besessen davon, solche Liebesbeziehungen zu verbieten – aber was ist schon der Unterschied zu den Freundschaften, die wir mit den Romanfiguren aufbauen?«

»Stimmt schon, ich würde allerdings nicht auf die Idee kommen, in *Anne von Green Gables* leben zu wollen«, antwortete Tilly. »So gern ich auch mit Anne befreundet bin.«

»Das sehen sicher die meisten Leute so«, sagte Gretchen. »Aber meinst du nicht, es sollte jedem erlaubt sein, seine eigene Entscheidung zu treffen?« Sie sah Tilly eindringlich an. »Und findest du es in Ordnung, den Leuten Verbote zu erteilen, obwohl sie niemandem schaden?«

»Ich … ich weiß nicht recht«, antwortete Tilly. »Was ist, wenn sie Menschen zurücklassen, von denen sie gebraucht werden? Rein theoretisch.«

»Na ja, rein theoretisch würde ich sagen, es bleibt jedem selbst überlassen, was er zu opfern bereit ist und was es wert ist, diese Opfer zu bringen. Aber zu welcher Entscheidung die betreffende Person auch kommt, sie sollte nicht von einer Gruppe von Leuten dafür bestraft werden, die vorgeben, nur ihr Bestes zu wollen, wenn es ihnen eigentlich darum geht, sämtliche Buchwandler zu kontrollieren.«

»Glaubst du, die Archivare würden diese Person bestrafen?«, fragte Tilly. »Wenn es sie überhaupt gibt?«

»Die Archivare sind dazu da, um zu helfen«, antwortete Clara. »Sie sind keine Bücherpolizei.«

»Du glaubst also, es gibt sie?«

»Ja, das glaube ich«, sagte Clara überzeugt. »Und ich denke, was sie tun, hängt davon ab, um was man sie bittet. Vielleicht sind sie in uralten Geschichten verborgen, oder sie halten sich dort versteckt. Und warten nur auf den richtigen Moment. *Peut-être*. Ich wäre ziemlich enttäuscht, wenn sich nach all der Zeit herausstellen würde, dass sie nicht realer sind als die Märchen.« Clara lächelte Tilly und Oskar an. Sie bemerkte, wie Oskar herzhaft gähnte. »Ich glaube, es wird Zeit, euch beide nach Hause zu schicken«, stellte sie fest.

»Wie kann es sein, dass erst Nachmittag ist?«, fragte Oskar. »Ich könnte auf der Stelle einschlafen.«

»Ihr zwei seid immer willkommen im *Cabinet des Fées*«, sagte Gretchen, während sie ihre Jacken anzogen und sich in ihre Mützen und Schals packten. »Und Tilly, bestimmt wirst du deinen Großeltern von unserem Zusammentreffen erzählen. Vergiss dabei nicht, dass wir alle das getan haben, was wir für richtig hielten. Es gab damals keinen eindeutig richtigen Weg.« Damit schloss sie die Ladentür.

Oskar schob den Arm unter den seiner Mamie, und die drei machten sich durch den leise rieselnden Schnee auf den Heimweg.

»Hattet ihr einen schönen Vormittag?«, fragte Gabriel, als Tilly und Oskar erschöpft die Treppe heraufgekommen waren und ihre dicken Winterjacken ausgezogen hatten.

»Hm-m«, murmelte Oskar. »War ziemlich anstrengend. Ich würd mich am liebsten kurz hinlegen.«

»Ich dachte, ihr seid nur in einer Buchhandlung gewesen«, erwiderte Gabriel verdutzt. »Wieso seid ihr dann so müde?«

»Vielleicht liegt es an der frischen Luft?«, antwortete Tilly, die versuchte, höflich zu sein. »Oder es ist wegen der anstrengenden Reise gestern – noch ein bisschen Jetlag?«

»Ich glaube eher nicht, dass man von der Fahrt von London hierher einen Jetlag bekommt«, sagte Gabriel. »Aber sicher habt ihr am Schuljahresende ein paar anstrengende Tage gehabt und müsst euch noch ein bisschen erholen. Macht doch ruhig ein kleines Nickerchen, und in einer Stunde bringe ich euch eine Limonade rauf, was meint ihr?«

»Danke, Dad«, sagte Oskar und schleppte sich müde die Treppe hinauf.

»*Merci*«, sagte Tilly und folgte ihm. »Tut mir leid.«

»Kein Grund, sich zu entschuldigen.« Gabriel sah ihnen ein wenig perplex hinterher. »Schlaft gut, ihr zwei.«

22

Ein Handlungsloch

Eine Stunde später wurden sie von Gabriel sanft geweckt. Tilly hatte Mühe, wieder richtig munter zu werden, wie das manchmal so ist, wenn man sich tagsüber hinlegt.

»Ihr solltet lieber aufstehen«, sagte Gabriel leise. »Sonst könnt ihr heute Nacht nicht schlafen. Wollt ihr vielleicht nach unten kommen und mit uns gemeinsam überlegen, was es zum Abendessen geben soll?«

»Ja, gern«, antwortete Tilly. »Kann ich vorher noch schnell meine Großeltern anrufen?«

»Natürlich«, antwortete Gabriel. »Aber schlaf mir nicht wieder ein.«

»Versprochen.« Tilly griff nach ihrem Handy und versuchte sich für das Gespräch zu wappnen, das ihr nun bevorstand.

Nach dem dritten Klingeln nahm jemand ab.

»Tilly!«, begrüßte ihre Grandma sie erfreut. »Wie geht's dir? Wir vermissen dich sehr.«

»Mir geht's gut.« Tilly bemühte sich, möglichst fröhlich zu klingen, damit ihre Großeltern nicht misstrauisch wurden.

»Was habt ihr beide heute angestellt?«, meldete sich Grandad zu Wort. »Irgendwelche tollen Museen besucht? Unglaublich leckere Croissants gegessen?«

»Ähm, nicht ganz«, antwortete Tilly. »Wir sind in einer Buchhandlung gewesen und haben uns mit der Besitzerin unterhalten. Und es hat sich rausgestellt, dass sie eine Buchwandlerin ist.«

»Ach, wie schön«, freute sich Grandma. »Wer ist sie?«

»Sie heißt... Gretchen Stein«, erklärte Tilly etwas unsicher, woraufhin am anderen Ende der Leitung einen Moment Schweigen eintrat.

»Aha«, sagte Grandad dann bedächtig. »Und... hat sie uns erwähnt?«

»Schon gut, wir brauchen nicht drum rumzureden, ich weiß, wer sie ist«, antwortete Tilly.

»Na schön.« Grandad sprach immer noch sehr langsam. »Was genau hat sie gesagt?«

»Mach dir bitte keine Gedanken, falls sie etwas gesagt hat, was dich erschreckt hat«, redete Grandma aufgeregt dazwischen. »Über die Zeit, als wir zusammengearbeitet haben. Sie hat sicher eine etwas andere Sicht der Dinge als wir.«

»Keine Sorge«, antwortete Tilly. »Sie hat nichts Schlimmes gesagt. Sie war sogar sehr nett und hatte eigentlich eher Angst, *ihr* könntet etwas Hässliches über *sie* sagen.«

»Bist du etwa mit ihr zusammen buchgewandelt?«, fragte Grandad.

»Nein«, antwortete Tilly, was ja nicht gelogen war.

»Da bin ich aber froh«, sagte Grandma. »Das Buchwandeln sollst du in Paris ja auch lassen.«

»Na ja, mit ihr sind wir zwar nicht buchgewandelt ...«, begann Tilly kleinlaut.

»Aha, verstehe«, fiel Grandad ihr ins Wort. »Also, ich muss schon sagen, dass ich ein bisschen enttäuscht von dir bin, Tilly.«

»Ich weiß.« Tilly spürte, dass sie trotz schlechten Gewissens wütend wurde. »Aber Gretchen und Clara haben gesagt ...«

»Clara?«, fragte Grandma verwirrt.

»Ach so. Das muss ich euch auch noch erzählen – Oskars Mamie ist auch eine Buchwandlerin.«

»Ach«, sagte Grandad. »Nun, das erklärt natürlich einiges. Und wohin seid ihr gewandelt?«

»In ein Märchenbuch«, antwortete Tilly nervös. Es hatte ja keinen Zweck zu lügen.

»Matilda!«, schimpfte Grandma. »Nach allem, was ich dir gesagt habe.«

»Ich weiß, aber Gretchen und Clara fanden, wir wären vernünftig genug für den Ausflug. Außerdem sind wir ja in der Buchhandlung gestartet, also wussten sie, wo wir waren.«

»Es geht nicht um Vernunft, Tilly«, erwiderte Grandma.

»Es geht darum, dass Märchen gefährlich sind. Wir erzählen dir das alles nicht bloß, um dir Angst zu machen, wir sind wirklich besorgt. Es ist ein Wunder, dass du da heil wieder rausgekommen bist. Und ich bin mir nicht sicher, ob es gut oder schlecht war, dass Gretchen dich auf der Tour nicht begleitet hat. Oskar war aber bei dir, oder?«

»Ja, und ihr könnt uns vertrauen. Wir sind keine kleinen Kinder mehr, die nicht selbst auf sich aufpassen können. Sogar als ein paar Sachen anfingen schiefzulaufen, sind wir klargekommen.«

»Was genau ist denn schiefgelaufen?«, fragte Grandad, und Tilly ärgerte sich über sich selbst, weil sie erwähnt hatte, dass es Probleme gegeben hatte.

»Bloß ein paar Kleinigkeiten.« Sie versuchte, das Ganze herunterzuspielen. »Oskar ist zum Beispiel in ein Loch gefallen, kaum der Rede wert.«

»Er ist in ein Loch gefallen? Was denn für ein Loch?«

»Ein bisschen seltsam war es schon«, musste Tilly zugeben. »Es sah aus wie ein Krater mitten auf einer Wiese, und am Rand war überall so eine komische, schwarze Flüssigkeit.«

»Du sprichst doch nicht etwa von einem Handlungsloch?«, fragte Grandad. Er klang beunruhigt.

»Einem was?«, fragte Tilly.

»Hört sich an, als wäre er in ein Handlungsloch gefallen«, erklärte Grandad. »Ist kurz vorher irgendwas Merkwürdiges passiert?«

»Ehrlich gesagt ja«, antwortete Tilly, während sie sich zu erinnern versuchte. »Oskar hat erzählt, der Himmel hätte eine andere Farbe angenommen, und irgendwas über eine Figur, die geflimmert hat und abwechselnd aufgetaucht und wieder verschwunden ist.«

»Das klingt ziemlich sicher nach einem Handlungsloch«, antwortete Grandad. »War alles in Ordnung mit ihm, nachdem du ihn herausgeholt hattest? Er hat nicht vielleicht angefangen, wirres Zeug zu reden?«

»Hätte das denn passieren können?«, fragte Tilly erschrocken.

»Ja!« Grandma hatte Mühe, ihre Stimme ruhig zu halten. »Wir haben euch nicht zum Spaß vor den Märchen gewarnt.«

»Es geht ihm jedenfalls gut. Rapunzel hat ihn an ihren Haaren hochklettern lassen«, erzählte Tilly. »Er hat sich nicht mal wehgetan, er war bloß total dreckig von dem ganzen schwarzen Zeug, das wir da überall gesehen haben. Ist das normal für Handlungslöcher?«

»Ja, das ist ganz normal. Ein Handlungsloch entsteht, wenn eine Geschichte in sich zusammenstürzt«, erklärte Grandma. »Dabei tritt eine gewisse Menge Buchmagie aus. Aber du sagst, ihr habt es überall gesehen? Nicht nur rund um das Handlungsloch?«

»Genau«, antwortete Tilly. »Es sah aus wie eine Art Tinte oder wie Öl. Es war in dem Krater und außen herum, aber ich hab es auch gesehen, als ... ach ja, als wir bei Hans aus *Hans und die Bohnenranke* waren. Der ist einmal plötzlich erstarrt und im nächsten Moment explodiert, und dabei war dieses schwarze Zeug unter seinen Füßen.«

»Dass eine Figur explodiert, hab ich ja noch nie gehört«, sagte Grandad, und Tilly registrierte, wie er die Hand über den Telefonhörer legte, damit sie nicht verstand, was er mit Grandma tuschelte.

»Es ist ihm aber nichts passiert. Er war auf einmal wieder da«, fügte Tilly schnell hinzu. »Bis, na ja … bis seine Geschichte verschwunden ist.«

»Was?!«, fragten Grandma und Grandad wie aus einem Mund.

»Na ja, als wir aus einer anderen Geschichte zurückgekehrt sind, waren die Seiten plötzlich leer.«

Wieder Getuschel.

»Habt ihr sonst noch irgendwo etwas von der schwarzen Flüssigkeit gesehen?«, erkundigte sich Grandad.

»Immer mal wieder.« Tilly beschloss, ihnen so lange nichts von dem Riss im Himmel oder ihrem Besuch in der französischen Underlibrary zu sagen, bis sie ihr nicht auch ein paar Antworten lieferten, anstatt sie nur auszufragen und miteinander zu flüstern. »Warum fragt ihr? Ist das irgendwie schlecht?«

»Na ja, wenn die Buchmagie aus den Geschichten sickert, schon. Das sollte nicht passieren«, erklärte Grandad. »Diese Magie ist ein kostbarer Grundstoff, ohne den das Buchwandeln nicht funktioniert. Irgendetwas stimmt da nicht, wenn sie einfach so austritt. Habt ihr das Buch noch, in dem ihr gewesen seid?«

»Nein, es ist wieder bei Gretchen«, antwortete Tilly. »Es stammte aus dem *Cabinet des Fées*.«

»Unter diesen Umständen wollen wir nicht, dass du noch einmal auch nur in die Nähe dieser Buchhandlung gehst«, sagte Grandad.

»Ihr erlaubt mir auch gar nichts!«, rief Tilly aufgebracht. »Ich darf nicht buchwandeln, ich darf nicht in eine Buchhandlung gehen. Und was unternehmt ihr zu Hause in der Zwischenzeit, um die Probleme in der Underlibrary zu lösen? Gretchen ist vielleicht etwas … seltsam, aber sie spricht wenigstens mit uns und vertraut uns. Und sie lässt uns unsere eigenen Entscheidungen treffen.«

»Das ist ziemlich ungerecht, Tilly«, erwiderte Grandad. »Und was passiert ist, als Gretchen euch tun ließ, was ihr wolltet, hast du ja gesehen.«

»Was denn?«, rief Tilly, deren Stimme so zornig klang wie sonst nie, wenn sie mit ihren Großeltern sprach. »Dass wir auf Erkundungstour waren? Dass wir zwischendurch mal in Schwierigkeiten geraten sind, die wir aber prima in den Griff gekriegt haben? Dass es allen gut geht? Dass wir etwas über Buchmagie herausgefunden haben, das vielleicht nützlich sein könnte? Was von alldem ist das Problem?«

»Tilly, du klingst nicht wie du selbst«, erwiderte Grandma. »Bitte sprich nicht in diesem Ton mit uns. Wir wollen doch nur nicht, dass dir etwas zustößt.«

»Dann sollte ich wohl ab jetzt keinen Fuß mehr vor die Tür setzen und mich nicht rühren, damit mir auch ja nichts passiert?« Tilly kämpfte mit den Tränen. »Und was, wenn keiner von euch recht hat? Gretchen ist vielleicht nicht die allervorsichtigste Buchwandlerin, aber seht euch doch an, wozu die ganzen Vorschriften und Regeln der Underlibrary geführt haben. Seht euch doch an, was Underwood jetzt macht!«

»Melville repräsentiert nicht die Ansichten der Mehrheit der Bibliothekare und Buchwandler«, erklärte Grandad.

»Aber alle haben geklatscht und gejubelt, als er Direktor wurde, und ihr, Amelia und Seb seid scheinbar die Einzigen, die nicht glauben, dass er recht hat.«

»Ich bin sicher, dass wir nicht die Einzigen sind«, antwortete Grandad. »Aber die Leute wollen ihre Arbeitsplätze behalten, und einige versuchen, von innen heraus etwas zu verändern – wie Seb zum Beispiel.«

»Dasselbe hat Gretchen über dich gesagt, Grandma.« Tilly hatte irgendwie das Gefühl, als redeten sie aneinander vorbei.

»Nun ja.« Grandma seufzte. »Das habe ich tatsächlich auch einmal versucht, aber das ist lange her und betraf etwas ganz Bestimmtes. Damals glaubte ich, den Bibliotheksdirektor überzeugen zu können, dass wir die Märchen schützen sollten … Aber das war damals, Tilly, und jetzt ist jetzt. Die Dinge ändern sich.«

»Das stimmt allerdings«, antwortete Tilly trotzig. »Und jetzt muss ich los. Wir gehen mit Oskars Familie essen.«

»Also, wir freuen uns, dich bald wieder zu Hause zu haben, Liebling«, sagte Grandma. »Und bitte denk dran, nicht …« Doch Tilly legte, wenn auch schweren Herzens, bereits auf, noch bevor ihre Großmutter den Satz beenden konnte. Und als sie auf den roten Button tippte, schien das Handy sie vorwurfsvoll anzusehen.

»Sie wollten mir ohnehin bloß noch sagen, was ich alles nicht tun darf«, sagte sie laut, um sich vor sich selbst zu rechtfertigen.

»Mit wem redest du da?«, fragte Oskar, der in dem Moment den Kopf durch die Tür streckte. »Du verbringst eindeutig zu viel Zeit in Büchern, wenn du jetzt schon anfängst, dir deine eigene Lebensgeschichte zu erzählen.«

Tilly musste trotz allem lächeln, und sie atmete tief durch. Um Grandma und Grandad würde sie sich kümmern, wenn sie wieder zu Hause war.

An diesem Abend besuchte die ganze Familie ein kleines, gemütliches Bistro am Platz vor dem Haus. Sie aßen Muscheln in Soße mit Knoblauch und Kräutern und dazu knuspriges Baguette mit Salzbutter. Tilly hatte noch nie zuvor Muscheln gegessen, bekam aber schnell den Bogen raus, wie man die Schale der einen als Zange benutzte, um die nächste aus ihrer festen Umhüllung zu lösen. Sogar an die ungewohnte, schlüpfrige Konsistenz gewöhnte sie sich.

Beim Dessert – *Crème brûlée* mit Karamellkruste, die beim Essen herrlich knacksend splitterte – tauschten sie Weihnachtsgeschenke aus. Tilly überreichte Gabriel und Marguerite verlegen einen Bildband über Künstler und Schriftsteller, die in Paris gelebt und gearbeitet hatten. Den leichten Stich im Herzen, als sie daran dachte, wie Grandma eine Ewigkeit damit zugebracht hatte, ihr zu helfen, dieses und all die anderen Geschenke in Pages & Co. auszusuchen, ignorierte sie dabei.

Für Clara hatten sie eine in Leinen gebundene Ausgabe des französischen Klassikers *Madame Bovary* gewählt, die nun ein anerkennendes Nicken erntete. Und von Clara bekamen Oskar und Tilly zwei äußerlich identische rechteckige Päckchen, aus denen, als sie sie aufmachten, zwei in Leder gebundene Notizbücher zum Vorschein kamen. Oskars war dunkelrot und Tillys dun-

kelgrün, und auf beiden war in goldenen Lettern jeweils ihr Name eingeprägt.

»Oskar, das ist für deine Zeichnungen«, sagte Clara. »Es freut mich, dass du meine Liebe zur Kunst geerbt hast. Auch wenn du glaubst, du wärst nicht so gut, es liegt dir im Blut, *chérie*«, sagte sie mit einem kaum merklichen Zwinkern. »In diesem Büchlein kannst du üben. Zeichne einfach der Fantasie nach: Paris, Märchen, Landkarten, was immer du willst. Und du,«, fuhr sie an Tilly gewandt fort, »von dir weiß ich, wie sehr du die Geschichten anderer liebst, und ich hab mich gefragt, ob du schon mal darüber nachgedacht hast, selbst etwas zu schreiben. Also hier drin ist Platz, um es auszuprobieren, wenn du magst. Eines Tages hast du bestimmt deine eigene Geschichte zu erzählen, Matilda.«

»Danke!« Tilly strich über den ledernen Einband. »Das ist das schönste Notizbuch, das ich je besessen habe. Ich hebe es für etwas ganz Besonderes auf.«

»Ein Schreibtisch voller leerer Notizbücher nützt dir aber nichts«, antwortete Clara. »Warte nicht zu lange darauf, dass das Besondere zu dir kommt. Mach dich lieber auf den Weg, es zu suchen.«

Den Rest des Abends unterhielten sie sich über Bücher, die Schule, Musik und Paris und über Marguerites Kunstgalerie. Und obwohl Tilly das Buchwandeln um nichts in der Welt gegen irgendetwas eingetauscht hätte, empfand sie diese Momente der Ruhe und des Glücks als willkommene Ablenkung von all dem Beunruhigenden, das gerade in der British Underlibrary passierte.

Sie lehnte sich auf ihrem Stuhl zurück und überließ sich dem Gefühl zufriedener Müdigkeit, während Oskar und seine Familie angeregt miteinander plauderten und draußen vor den Fenstern der Schnee sanft vom Himmel fiel.

23

Für eine Gutenachtgeschichte ist man nie zu alt

Dieses wunderbare Gefühl von Normalität hielt noch bis zum nächsten Morgen an, und Tilly versuchte, den Streit mit ihren Großeltern, so gut es ging, zu verdrängen. Sie schickte ihnen noch nicht einmal eine Textnachricht, denn sie war entschlossen zu beweisen, dass sie kein kleines Mädchen mehr war und auf sich selbst aufpassen konnte.

Nach dem Frühstück, das aus Croissants mit Nutella und frischen Erdbeeren bestand, packten Marguerite, Tilly und Oskar sich warm ein und brachen auf, um den Tag damit zu verbringen, »einen auf Touristen zu machen«, wie Marguerite es ausdrückte. Die Wohnung lag nur ein paar Straßen von der riesigen Glaspyramide des Louvre entfernt. Dort posierten sie für Fotos, auf denen es so aussah, als berührten sie die Spitze

der Pyramide. Sie kamen an den langen Warteschlangen vorbei, die sich rund um das Gebäude wanden.

»Die beste Zeit für einen Besuch«, erklärte Marguerite, »ist abends. Das Museum hat an manchen Tagen bis zehn Uhr auf, und es ist beinahe magisch, dann durch die Räume zu spazieren. Um die Uhrzeit drängen sich auch nicht so viele Leute vor der *Mona Lisa*, um Selfies zu machen. Du musst unbedingt einmal wiederkommen, Tilly, dann können wir zusammen reingehen.«

Sie überquerten einen großen Platz und liefen durch den Jardin des Tuileries, einen wunderschönen Park, der aussah wie aus dem Märchen. Verzierte Lampen im Barockstil und gepflegte, mit Schnee bedeckte Hecken wichen breiten Wegen, die von frostig glitzernden Bäumen gesäumt waren. Ein Mann bot tapfer Eiscreme zum Verkauf an, und es gab sogar ein paar Leute, die es ihm abnahmen. Marguerite, Oskar und Tilly tranken heiße Schokolade und aßen leckere pastellfarbene Macarons.

Später machten sie halt, um auf einem Karussell zu fahren, wo Oskars und Tillys Hände selbst durch die Handschuhe an den Haltestangen festzufrieren schienen. Sie waren die einzigen Mitfahrer. Während sie ihre Kreise drehte, konnte Tilly die verschwundenen Märchen, Melville Underwood und ihre so oft traurige Mutter für eine Weile vergessen. Genau wie ihre Großeltern, die sie so entschieden beschützen wollten, dass sie beinah das Gefühl hatte, zu ersticken. Tilly drehte und drehte sich, die typische Karussellmusik erklang, dicke Schneeflocken setzten sich auf ihre Wimpern, und für einen Moment war sie überglücklich.

Auf dem Rückweg zur Wohnung spürte Tilly eine angenehme Wärme aus Glück und Müdigkeit, die sie wie eine dicke kuschelige Decke umhüllte. Es überraschte sie, wie schade sie es fand, den wunderbaren Zauber von Paris hinter sich lassen zu müssen, ganz zu schweigen von der köstlichen heißen Schokolade.

Auch der Gedanke, Gretchen nicht wiederzusehen, betrübte sie. Gretchen schien so selbstbewusst und machte einfach ihr Ding. Ungeachtet dessen, was alle anderen sagten oder taten. Tilly hatte das Gefühl, wichtige Entscheidungen darüber treffen zu müssen, wer sie selbst war und an was sie glaubte. Sie fühlte sich hin- und hergerissen und fürchtete, einfach ins Nichts gezogen zu werden.

Viel zu schnell und nach gefühlten hundert Abschiedsumarmungen und -küsschen machten Tilly und Oskar sich mit Gabriel wieder auf den Weg zum Bahnhof.

Nach zwei Tagen in Paris lag die Zugreise nun in entgegengesetzter Richtung vor ihnen.

Der Besuch des Speisewagens war genauso unbefriedigend und die Landschaft rauschte ebenso schnell vorbei wie das letzte Mal. Der einzige Unterschied bestand darin, dass Tilly Grandmas Märchenbuch standhaft in ihrem Rucksack ließ.

An der St. Pancras Station erwarteten Grandma, Bea und Oskars Mutter Mary sie, und Tilly überkam eine unbändige Freude, wieder zu Hause zu sein – trotz des scheußlichen Telefongesprächs, das sie mit ihren Großeltern geführt hatte. Sie unterdrückte aber den Drang, zu Grandma zu rennen und sie zu umarmen, und sagte stattdessen nur förmlich Hallo. Bea, die das eindeutig verwirrte, trat vor und nahm ihre Tochter so fest in den Arm, dass sie kaum noch Luft bekam – was Tilly aber absolut nichts ausmachte.

»Ich bin so froh, dass du wieder da bist«, flüsterte Bea ihr ins Ohr. »Mum und Dad haben erzählt, dass du ganz schön was erlebt hast, während du fort warst. Ich hab dich schrecklich vermisst.«

Tilly spürte, wie sich eine Anspannung in ihr löste, die sie gar nicht so bewusst wahrgenommen hatte. Sie schmiegte sich enger an Beas Mantel, der nach Pfefferminze und Papier und ein kleines bisschen nach Mottenkugeln roch, so, als hätte er sehr lange ganz hinten im Schrank gehangen.

»Ich hoffe, ihr beide seid einander noch nicht leid«, sagte Grandma und sah Tilly und Oskar an.

»Äh… wieso?«, fragte Oskar verwirrt.

»Nun ja, weil wir dich und deine Mum eingeladen haben, Weihnachten mit uns zu feiern.« Grandma lächelte.

»Echt?« Oskar grinste und blickte zu seiner Mutter. »Wie kommt's?«

»Na ja«, antwortete Mary. »Archie, Elsie und ich haben uns nur über unsere Festtagspläne unterhalten, und ich habe erwähnt, dass ich normalerweise keinen ganzen Truthahn für uns beide brate. Da haben sie darauf bestanden, dass wir zu Pages & Co. kommen.«

»Weihnachten ist das Fest der Familie«, sagte Grandma. »Das gilt für alle Arten von Familien, für die, in die wir hineingeboren wurden, und für die, die wir uns selbst wählen. Bei uns ist auf jeden Fall Platz für euch.«

»Aber ich habe nicht für alle Geschenke!«, rief Tilly erschrocken.

»Also, ich glaube, bei uns stehen ein paar Bücher herum, da wirst du sicher fündig«, antwortete Grandma und lachte.

»Genial!« Tilly freute sich, dass sie ihren Freund an ihrer Seite haben würde. »Weihnachten im Buchladen ist einfach das Größte.«

Als Tilly zusammen mit ihrer Mutter Pages & Co. betrat, stellte sie zufrieden fest, dass sich nach Hause kommen anfühlte, als glitte man in ein wunderbar warmes Schaumbad. Das Mondlicht fiel durch die Fenster und ließ die Buchrücken silbern glänzen. Unwillkürlich suchte Tillys Hand nach der ihrer Mutter, und Bea ergriff sie, als wäre es das Selbstverständlichste auf der Welt.

Noch bevor sie die Küchentür erreichten, tauchte Grandad schon im Laden auf. »Tilly!«, rief er und lief auf sie zu, um sie fest zu umarmen. »Wir sind ja so froh, dass du wieder zu Hause bist, Schatz. Wir haben dich sehr, sehr lieb. Und was für ein perfektes Timing – gerade ist das Abendessen fertig.«

Tatsächlich zog ein köstlicher Duft durch die Küchentür herüber, und Tilly merkte, wie hungrig sie war. Alle sechs versammelten sich am Küchentisch, und Grandad servierte eine dampfende Auflaufform mit goldbraunem *Toad-in-the-Hole*, einem leckeren Gericht mit Würstchen im Teigmantel. Der Streit vom Vortag war offensichtlich vergessen, und Tilly wusste nicht genau, ob sie erleichtert oder enttäuscht sein sollte.

»Würstchen vom Metzger um die Ecke«, sagte Grandad. »Ich dachte, ich mach uns was typisch Englisches zur Begrüßung, Tilly.« Er verteilte großzügige Portionen, dazu grüne Bohnen und reichlich Zwiebelsoße.

Sie unterhielten sich über alles Mögliche, außer übers Buchwandeln, weil Mary da war. Und nach einer Schale *Sticky Toffee Pudding* mit Vanilleeiscreme, die Tilly kaum schaffte, hatten Oskar und sie Mühe, das Gähnen zu unterdrücken.

Grandma und Grandad hatten schon alles zum Schlafengehen vorbereitet, also schob Tilly ihren Stuhl zurück und verabschiedete sich nach einer Runde Gutenacht-Umarmungen hinauf in ihr Zimmer. Dort fing sie an auszupacken, war aber eigentlich viel zu müde dazu, weshalb sie nur das Wichtigste aus ihrem Rucksack nahm:

Grandmas Märchenbuch, den Beutel mit Brotkrumen, das Knäuel rotes Garn und die *Kleine Bibliotheksgeschichte* von Colette. Nachdem sie alles sicher verstaut hatte, zog sie ihren gemütlichsten Schlafanzug an und kuschelte sich ins Bett, das durch die Wärmflasche, die jemand zuvor ans Fußende gelegt hatte, angenehm vorgewärmt war. Gerade wollte sie die Nachttischlampe ausknipsen, da klopfte es leise.

»Bist du schon zu alt für eine Gutenachtgeschichte?«, fragte Bea und streckte den Kopf zur Tür herein. »Wer von uns vorliest, ist mir egal.«

»Für eine Gutenachtgeschichte ist man nie zu alt!«, antwortete Tilly.

24

Fürs Lesen gelten keine Vorschriften

»Worauf hast du Lust?«, fragte Bea und betrachtete Tillys übervolles Bücherregal. Dabei fiel ihr Blick auf die kleine Ansammlung seltsamer Gegenstände, die Tilly zur sicheren Verwahrung obendrauf gelegt hatte. Sie nahm das schmale Büchlein in die Hand. »*Kleine Bibliotheksgeschichte*«, las sie den Titel vor. »Das scheint mir … eine ziemlich trockene Lektüre. Hast du das aus Paris mitgebracht?«

»Hm«, antwortete Tilly zögerlich.

»Und die anderen Sachen auch?« Bea sah verwirrt auf das Märchenbuch, das rote Garn und den kleinen Beutel mit Brotkrumen.

»Nee«, antwortete Tilly. »Das Buch gehört Grandma, das hab ich geliehen. Und das Garn war so was wie ein Geschenk von einer Bibliothekarin aus Paris. Sie hat mir auch das Büchlein gegeben. Und den kleinen Beutel hab ich … aus Versehen von einem Ausflug in ein Märchen mitgebracht.«

»Du hast ihn aus einem Buch mitgenommen?«, fragte Bea überrascht.

Tilly nickte. »Hätte ich das etwa nicht gedurft?«, fragte sie ein bisschen gereizt, denn sie hatte keine Lust, schon wieder ausgeschimpft zu werden.

»Was man darf oder nicht darf, ist mir ziemlich egal«, antwortete Bea, und etwas, das sehr nach einem Grinsen aussah, huschte über ihr Gesicht. »Aber ich bin mir ziemlich sicher, dass das eigentlich nicht geht. Wie hast du es gemacht?«

»Es war ein Versehen«, erklärte Tilly. »Ich hab den Beutel in die Tasche gesteckt und ihn dann vergessen, und als wir wieder aus dem Buch zurück waren, war er noch da. Aber als du die Halskette mit aus dem Buch genommen hast, war es doch dasselbe, oder?«

»Hm, darüber habe ich, ehrlich gesagt, noch gar nicht nachgedacht«, antwortete Bea. »Vielleicht hat es bei mir funktioniert, weil die Kette in der Geschichte selbst nicht erwähnt wird? Oder, und das scheint mir nach dem, was du erzählst, wahrscheinlicher, weil ich mit dir schwanger war, als ich das Buch verließ. Du behältst es am besten erst einmal für dich. Deine Großeltern machen sich sonst sicher Sorgen. Erzählst du es mir, wenn es wieder passiert?«

Tilly nickte und war von ihrer Mutter überrascht.

»Ich weiß, dass sie wegen des Buchwandelns streng mit dir waren, Tilly, aber vergiss nicht, dass sie nach allem, was mir passiert ist, nur dafür sorgen wollen, dass uns allen nichts zustößt.«

Es war das erste Mal, dass Bea ihr unglückliches Schicksal einfach so erwähnte, als Teil des Gesprächs. Kaum war ihr jedoch klar geworden, was sie da gesagt hatte, verdunkelte sich ihre Miene aber, und sie verfiel wieder in den Zustand der geistigen Abwesenheit, in dem sie seit ihrer Rückkehr gefangen war. Doch selbst ein flüchtiger Blick auf die wirkliche Bea erfüllte Tilly mit Zuversicht und der leisen Hoffnung auf eine zukünftige Vertraute.

Bea wandte sich wieder dem schmalen Buch in ihrer Hand zu. »Du sagst, das hat dir eine Bibliothekarin geschenkt?«

»Ja, ich glaube allerdings nicht, dass es sich als Gutenachtlektüre eignet«, antwortete Tilly. »Es ist eine Bibliotheksgeschichte und ziemlich klein gedruckt.«

»Dann ist es im Moment wirklich nicht das Richtige«, stimmte ihr Bea zu. »Aber vielleicht lohnt es sich ja, ein anderes Mal einen Blick reinzuwerfen.« Sie blätterte das Büchlein rasch durch. Dabei flatterte ein kleines Stück Papier zwischen den Seiten heraus, auf dem in krakeliger Handschrift etwas stand: *Der Weg zur Freiheit beginnt bei 20540*. Mehr nicht.

Bea hielt es Tilly hin. »Hast du das gesehen?«

»Nein.« Tilly kam aus dem Bett, um den Zettel näher zu betrachten.

»*Der Weg zur Freiheit*… was soll das wohl bedeuten?«, murmelte Bea und runzelte nachdenklich die Stirn. »Für ein Datum oder eine Uhrzeit sind es nicht genug Ziffern… Moment! Weißt du, was ein Zip Code ist?«

Tilly schüttelte den Kopf.

»So heißen in Amerika die Postleitzahlen«, erklärte Bea. »Sie bestehen auch aus fünf Ziffern, genau wie diese Zahl hier. Das muss natürlich nichts heißen. Es kann auch irgendwas zufällig Dahingekritzeltes von wer weiß wann sein.«

»Könntest du rausfinden, zu welchem Ort die Postleitzahl gehört, falls es eine ist?«, fragte Tilly.

»Wollen wir doch mal sehen.« Bea zog ihr Handy aus der Jeanstasche, um die fünf Ziffern einzutippen. »Also, falls es eine Postleitzahl ist, dann steht sie für Washington, D. C. in Amerika. Genauer gesagt für die Library of Congress. Ach, und sieh mal! Die Adresse der Bibliothek lautet 101, Independence Avenue… *Independence*, das heißt Unabhängigkeit.«

»Der Weg zur Freiheit«, sagte Tilly und zeigte auf die krakelige Notiz auf dem Papier.

»Stimmt.« Bea sah Tilly triumphierend an. »Sieht aus, als wäre es die Adresse der Library of Congress. Na ja, das ist nicht wirklich verwunderlich, in dem Buch geht es schließlich um Bibliotheken.«

»Bist du da schon mal gewesen?«, fragte Tilly. »In der Library of Congress?«

»Nein. Aber sie soll sehr schön sein.«

»Glaubst du, da ist auch die amerikanische Unterbibliothek?«

»Bestimmt«, antwortete Bea. »Ach, und schau mal hier.« Sie betrachtete eingehend die Rückseite des kleinen Zettels. »Da, an der Stelle, wo es umgeknickt ist, steht noch etwas. Noch mehr Ziffern und Buchstaben. Deine Augen sind sicher besser als meine.« Sie reichte Tilly das Stück Papier.

Tilly hielt es sich dicht vors Gesicht. »PN«, las sie laut vor. »6110649, glaube ich, und dann noch eine 1 oder vielleicht eine 2, die Stelle ist verschmiert, also nicht so gut zu entziffern.« Bea tippte die Zahlen in die Suchmaschine ein, aber sie lieferten keinen Treffer.

»Könnte es vielleicht eine Telefonnummer sein?«, fragte Tilly.

»Könnte sein. Vielleicht hat es etwas mit der Library of Congress zu tun, falls diese Notiz überhaupt etwas zu bedeuten hat. Wo hast du das Buch noch mal her?«

»Von einer Bibliothekarin namens Colette.«

»Eine normale Bibliothekarin oder eine aus einer Unterbibliothek?«

»Aus einer Unterbibliothek.«

»Hm, ob sie dir irgendwas mitteilen wollte?«, grübelte Bea. »Hat sie etwas dazu gesagt?«

Tilly versuchte, sich zu erinnern. »Ich weiß nicht mehr genau. Sie sagte… irgendwas über *sich verirrt haben*?

Oder *den richtigen Weg finden*? Es klang ein bisschen rätselhaft.«

»Typisch Bibliothekarin.« Bea verdrehte die Augen. »Sie sagen nie direkt, was sie meinen.«

»Glaubst du, du kehrst jemals wieder in die Underlibrary zurück?«, fragte Tilly.

»Ach, ich weiß nicht«, antwortete Bea zögerlich. »Vielleicht ist das mit dem Buchwandeln nichts mehr für mich. Im Moment macht mir der Gedanke, mich wieder in eine Geschichte zu begeben, ganz schön Angst. Es wird wohl nie wieder so einfach und vergnüglich für mich werden, wie es mal war. An dem Tag, an dem ich deinen Vater kennenlernte, hat sich alles verändert.«

»Würdest du es anders machen?«, fragte Tilly »Du weißt schon, wenn du noch mal von vorn anfangen könntest?«

»Nein«, antwortete Bea prompt. »Alles, was passiert ist, hat uns an den Punkt gebracht, an dem wir jetzt stehen. Und genau da möchte ich sein. Es war eine seltsame Reise mit mehr Leid und Verdruss, als ich je gedacht oder mir gewünscht hätte, aber wir haben einander, und wir haben Grandma und Grandad und Pages & Co. Wir haben unsere Familie, unsere Freunde und unsere Geschichten. Wie man es auch betrachtet, es geht uns gar nicht mal so schlecht.« Sie lächelte. »Ich weiß, die letzten Monate waren nicht leicht – für keine von uns beiden. Wir mussten uns ja erst mal kennenlernen. Aber Matilda ...«

Sie nahm Tillys Hände fest zwischen ihre. »Vergiss nie, dass ich dich sehr, sehr lieb habe, und denk nicht, dass ich womöglich lieber irgendwo anders sein möchte als bei dir. In diesem Moment wünsche ich mir nichts mehr, als mit dir zusammen hier im Bett zu sitzen und ein Buch zu lesen. Wie hört sich das an?« Sie drückte Tilly fest an sich. »Nur zu, such was Schönes aus.«

Tilly ging zum Regal und zog eines ihrer Lieblingsbücher heraus, *Der geheime Garten* von Frances Hodgson Burnett, derselben Autorin, die auch *Sara, die kleine Prinzessin* geschrieben hatte. »Das hier vielleicht?«

»Ja, natürlich«, antwortete Bea. »Sollen wir ganz vorne anfangen?«

»Lass uns den traurigen Teil lieber überspringen«, sagte Tilly, die gern auf den Anfang der Geschichte verzichtete, wo die junge Mary Lennox nach dem Tod ihrer Eltern in das einsame Herrenhaus Misselthwaite Manor zu ihrem Onkel geschickt wird. »Lass uns lieber das Stück am Ende lesen, wo sie den Garten schon entdeckt haben – das ist meine Lieblingsstelle. Wenn alles langsam besser wird.«

»Das klingt nach einem prima Plan«, stimmte Bea zu. »Fürs Lesen gelten schließlich keine Vorschriften.«

Tilly und Bea kuschelten sich zusammen ins Bett, und obwohl es einen Moment dauerte, bis sie eine bequeme Position gefunden hatten, saßen sie bald gemütlich nebeneinander, und Tilly schmiegte sich in Beas Armbeuge. Tilly blätterte das Buch durch, über die Stelle hinaus, an der Mary den verlassenen, vertrockneten Garten fand, bis zu dem Punkt, an dem sie, ihr Cousin Colin und ihr Freund Dickon anfangen, ihn wieder zum Blühen zu bringen. Tilly und Bea wechselten sich mit Vorlesen ab.

Tilly fing an:

»›*Dort waltet ein Zauber, Mary – ein guter Zauber. Davon bin ich überzeugt.*‹

›*Ich auch*‹, *sagte Mary.*

›*Auch wenn es kein echter Zauber ist*‹, *sagte Colin,* ›*können wir ja trotzdem so tun. Denn* irgendetwas *ist da* – irgendetwas!‹

›*Es ist ein Zauber*‹, *antwortete Mary,* ›*aber es ist kein böser Zauber. Er ist so gut wie eine gute Fee.*‹

Sie nannten es weiterhin einen Zauber, und genauso wirkte es auch in den nächsten Monaten, in diesen wundervollen, strahlenden, herrlichen Monaten. Was tat sich da nicht alles in diesem Garten! Wer nie einen Garten hatte, kann sich keine Vorstellung davon machen, und wer jemals einen hatte, der weiß, dass man ein ganzes Buch bräuchte, um all das zu beschreiben, was nun in dem geheimen Garten geschah. Erst schien das Grün gar kein Ende nehmen zu wollen, das aus allen Ecken hervordrängte, aus der Erde, aus den Wiesen, aus den Blumenbeeten und sogar aus den Mauerritzen. Dann wuchsen Knospen in dem Grün, und die Knospen öffneten sich und leuchteten in den buntesten Farben, in allen Schattierungen von Blau und Lila und allen Facetten und Tönen von Purpurrot. In glücklicheren Tagen waren Blumen in jede Ecke und in jeden Winkel des Gartens gesetzt worden. (…) Gladiolen und Schwertlilien wuchsen büschelweise im Gras, und die grün überwucherten Nischen füllten sich mit eindrucksvollen Heerscharen aus blauen und weißen Blütentrauben der hochgewachsenen Rittersporne, aus Akeleien und Glockenblumen.«[1]

Während Tilly, völlig in die Geschichte vertieft, vorlas, passierte etwas so Seltsames, dass Bea vor Staunen nach Luft schnappte. Ein üppiger Grasteppich rollte sich unter Tillys Bett hervor aus und bedeckte den Boden mit frühlingshafter Frische. Und hinter Regalen und Schrank sprießten Knospen und Blüten und verbreiteten einen sommerlichen Duft in Tillys Zimmer. Als plötzlich wie aus dem Nichts auch noch ein Rotkehlchen angeflogen kam, sich auf den Bettrand setzte und anfing zu singen, fuhr Tilly von der Lektüre hoch.

»Was ist…?, begann sie und blickte erschrocken auf den Garten, der auf einmal in ihrem Zimmer wuchs.

»Lies weiter«, flüsterte Bea.

Also las Tilly weiter:

»Die Samen, die Dickon und Mary ausgesät hatten, gingen auf, als hätten Feen sie gehegt. Unzählige seidige Mohnblumen in allen Farben wiegten sich im Wind und mischten sich frech und fröhlich unter die Blumen, die schon seit Jahren in dem Garten wuchsen und sich zu wundern schienen, wie diese neuen Mitbewohner hier hereingekommen waren. Und dann die Rosen – die Rosen! Sie stiegen aus dem Gras empor, rankten sich um die Sonnenuhr, wanden sich um die Baumstämme und hingen von den Ästen herab, kletterten die Mauern hinauf und überzogen sie mit langen Girlanden, die wie Wasserfälle herabstürzten –[1]

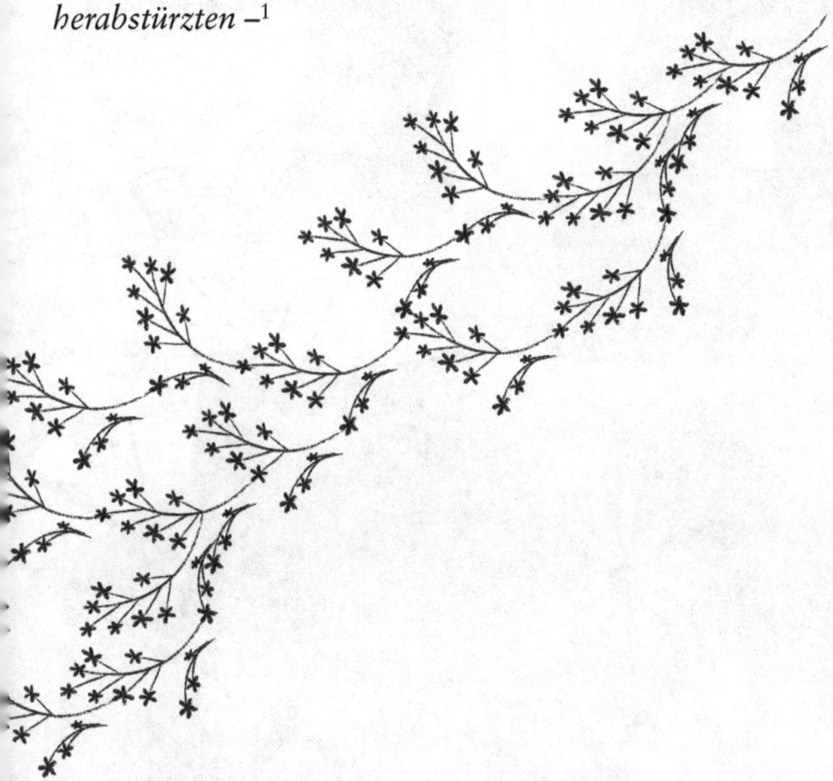

so kehrten sie zurück ins **Leben,**
Tag für Tag, Stunde *für*
Stunde. Junge zarte Blätter
und Knospen –

überall Knospen, die erst winzig waren und dann anschwollen und in denen der Zauber waltete, bis sie aufplatzten und sich zu Duftkelchen verwandelten, die überströmten und die Gartenluft mit ihrem feinen Geruch erfüllten.«[1]

Alles, was Tilly vorlas, wurde um sie herum Wirklichkeit, bis das Bett einem Boot in einem Meer aus Blüten glich. Plötzlich waren sie von allen möglichen Pflanzen in den verschiedensten Farben umgeben, von denen, die in dem Buch beschrieben wurden, und von vielen anderen mehr. Rosen und Sonnenblumen und Tulpen und Blumen, deren Namen sie nicht einmal kannten, standen überall um sie herum. Kletterpflanzen rankten die Wände hinauf und wanden sich um die jungen Bäume, die nun das Zimmer säumten und ihre schmalen Zweige anmutig in die Höhe streckten.

»Mache ich das?« Tilly streckte die Hand aus, um eine Rose neben ihrem Kopf zu berühren.

»Ich glaube schon«, antwortete Bea und sah ihre Tochter staunend an. »Ich hab schon immer gewusst, dass Magie in dir steckt.«

»Ist das auch eine Art von Buchwandeln?«, fragte Tilly.

»Wahrscheinlich schon, aber was für eine außergewöhnliche …«, sagte Bea verzückt. »Wir sind offenbar nicht in das Buch gewandelt, du hast die Geschichte zu uns geholt.«

»Ist es … Kann ich das, weil ich nicht normal bin, sondern halb erfunden?«, fragte Tilly vorsichtig. »Als ich im Zug nach Paris saß, habe ich in Grandmas Märchenbuch gelesen, und plötzlich kam der Wald ins Abteil herein, aber außer mir konnte ihn niemand sehen. Glaubst du, das war auch so ein Zauber wie jetzt?«

»Normal sein wird gewöhnlich überschätzt«, antwortete Bea. »Aber das hier ist auf jeden Fall etwas ganz Besonderes. Und was da im Zug passiert ist, muss auch so etwas gewesen sein. Und sicher, es hat bestimmt damit zu tun, dass du ein bisschen aus zwei Welten in dir hast.« Bea strahlte vor Freude, während sie sich im Zimmer umsah, das voll mit herrlich duftenden Pflanzen war. »Was für eine Gabe!« Sie drückte Tilly einen Kuss auf den Kopf. »Vielleicht findet sich doch noch etwas Schönheit im Buchwandeln.«

25

Magie ist nicht für alle da

Als Tilly am nächsten Morgen aufwachte, war ihr heiß, und sie musste nach Luft ringen. Sie hatte von lauter wild wuchernden Kletterpflanzen, widerlich süß duftenden Blumen und von Leuten geträumt, die sich hinter Bäumen versteckten, und war erleichtert, dass sie zu Hause in ihrem eigenen Bett lag. Bea, die wegen des vielen Besuchs im Haus auf einer Campingliege bei ihr im Zimmer geschlafen hatte, war schon aufgestanden und nach unten gegangen.

Als Tilly einen Blick auf ihren Wecker warf, merkte sie, dass es schon nach zehn war. Noch merkwürdiger, als an Heiligabend spät aufzuwachen, war jedoch die Tatsache, dass neben ihrem Wecker ein großer Messingschlüssel lag, den sie noch nie gesehen hatte.

Sie nahm ihn in die Hand, und als sie ihn umdrehte, strich ihr Daumen über etwas Weiches in den Rillen der feinen Verzierung. Darin klebte ein bisschen frische Erde.

»Ich glaube eigentlich nicht, dass du noch hier sein solltest«, sagte sie und legte den Schlüssel zu dem Garnknäuel, dem Leinenbeutel und dem schmalen Büchlein auf ihr Regal. Sie würde ihre Mutter später danach fragen.

Tilly ging nach unten, wo Amelia Whisper mit ihren Großeltern am Küchentisch saß. Alle machten ziemlich unfestliche, verärgerte Gesichter, und mitten auf dem Tisch lag ein Stapel Handzettel. Mit einem davon wedelte Grandad wütend herum.

»Wie kann es nur sein, dass er damit durchkommt?«, fragte er aufgebracht. »Ach, Tilly. Guten Morgen.« Er legte den Zettel rasch zurück und strich sich den Pullover glatt.

»Was ist das?«, fragte Tilly. Sie sah, dass in die obere Ecke des Zettels das Logo und der Schriftzug der Underlibrary gedruckt waren und darunter eine Auflistung von Kursen, die zum Beispiel folgende Titel trugen: »Magie ist nicht für alle da«, »Bücher als Wissensquelle, nicht als Reiseziel«, »Kinderschutz durch Bücherschutz«.

»Melville startet offensichtlich eine Image-Kampagne«, schimpfte Grandad. »Und verpasst seinen miesen Plänen eine schöne Verpackung. Aber nur, weil er es als Fortbildungskurs tarnt, wird es nicht besser.«

»Hallo, Tilly«, sagte Amelia. Sie warf Grandad einen strengen Blick zu und stand auf, um Tilly zu umarmen. »Wie war's in Paris?«

»Es war … interessant«, antwortete Tilly ein bisschen verunsichert.

»Elsie und Archie sagen, du hast ein paar Märchen besucht und so einiges erlebt?«

Tilly nickte. War ja klar, dass sie es ihr erzählt hatten. Amelia vertrauten sie momentan mehr an als ihr. »Habt ihr denn inzwischen schon rausgefunden, was hier vorgeht?«, fragte Tilly ein wenig spitz.

»Es ist kompliziert«, sagte Amelia, die Tillys Tonfall entweder nicht bemerkte oder nicht beachtete. »Es scheint, als machte sich jemand die Veränderlichkeit der Märchen zunutze, um ihnen Buchmagie zu entziehen. Und dabei denken wir natürlich an Melville, angesichts seines plötzlichen Erscheinens und seines verantwortungslosen Umgangs mit Verfahren, die Buchmagie erfordern. Aber wir haben keine belastenden Beweise, um die anderen Bibliothekare zu überzeugen, also behält Seb ihn so gut wie möglich im Auge. Selbst mit diesem Unsinn«, sie deutete auf die Handzettel, »macht Melville im Prinzip nichts falsch, und auch nichts, womit wir belegen könnten, dass er derjenige ist, der hinter dem Verschwinden der Buchmagie steckt.«

»Glaubt ihr, er wandelt in die Märchen?«

»Das wissen wir nicht.«

»Können wir ihn nicht einfach markieren?«, schlug Tilly vor.

»Es ist nicht erlaubt, jemanden ohne sein Wissen zu markieren«, antwortete Amelia.

»Genau das hat Chalk aber mit mir auch gemacht!«, rief Tilly wütend.

»Wir dürfen uns nicht auf dasselbe Niveau begeben wie Chalk«, sagte Amelia.

»Na schön. Also gut, hat er Chalk schon gefunden?«, fragte Tilly, um ihre Taktik zu ändern. »Das hat er schließlich versprochen. Hat jemand im Blick, was er unternimmt, um ihn aufzuspüren? Tut überhaupt irgendwer irgendwas?!«

»Es sind doch erst ein paar Tage vergangen, Tilly. Beruhige dich«, sagte Grandad. »Vergiss außerdem nicht, dass deine Großmutter und ich momentan nicht buchwandeln können, ohne dass Melville es merkt, und Amelia steht in der Underlibrary unter strenger Beobachtung. Wir haben keinerlei Anhaltspunkt für die Suche nach Chalk. Es wäre eine sinnlose Unternehmung und vergebliche Mühe, während Melville ihm sowieso schon auf der Spur ist. Wir sollten uns lieber auf das große Ganze konzentrieren.«

»Melville sagt, er hätte das Problem mit Chalk zur Chefsache gemacht«, erklärte Amelia. »Und ich glaube ihm. Es ist ihm peinlich, dass ihm einfach so eine Primärfigur abhandengekommen ist. Er hat die Wahl mit dem

Versprechen gewonnen, Chalk zu finden, und er wird alles daransetzen, dass die Leute ihm weiter vertrauen.«

»Wir sollten nicht vergessen, dass Weihnachten ist«, sagte Grandma. »Es bringt doch gar nichts, wenn wir uns die Feiertage verderben, indem wir uns den Kopf über Dinge zerbrechen, auf die wir keinen Einfluss haben. Die Underlibrary ist jetzt ein paar Tage geschlossen, und wir haben Mary zu Besuch, also lasst uns versuchen, an etwas anderes zu denken und schön zu feiern.«

»Du hast recht, Elsie«, antwortete Grandad. »Nun, Amelia, was hast du für Pläne über Weihnachten?«

»Ach, ich werde in London bleiben. Ich bin dieses Jahr ganz alleine«, antwortete Amelia.

»Na, dann legen wir hier morgen noch ein Gedeck für dich auf!«, rief Grandad erfreut. »Wenn es dir recht ist?«

Amelia zögerte nur einen kurzen Moment. »Das wäre furchtbar nett, wenn es euch keine Umstände macht?«

»Nicht im Geringsten«, versicherte ihr Grandad. »Je mehr wir sind, umso besser! Der Truthahn, den wir haben, reicht für eine ganze Fußball-Mannschaft, du tust uns also einen Gefallen.«

Tilly ertrug es nicht länger. Wie konnten sie einfach so weitermachen, als wäre alles in Ordnung? So tun, als gäbe es nichts Wichtigeres, als dass genug Truthahn für alle da ist? Als wären heraussickernde Buchmagie und Chalk und Underwood, der Gott weiß was im Schilde führte, nur Belanglosigkeiten?

»Das ist also alles?«, meldete sie sich lauter zu Wort, als sie beabsichtigt hatte. »Wir warten einfach ab und sehen, was passiert? Großartiger Plan!« Damit drehte sie sich auf dem Absatz um und stürmte aus dem Zimmer, während die anderen ihr ziemlich erschrocken nachsahen.

❄

Heiligabend war viel los bei Pages & Co. Bis zum Nachmittag war der Laden für die Kunden geöffnet, die in letzter Minute noch ein paar Geschenke suchten, und es herrschte überall geschäftiges Treiben. Wie immer half Tilly eifrig mit, zu beraten, Bücher aus dem Lager zu holen und zu verpacken. Heute hatte sie allerdings Mühe, ihre Enttäuschung über die Erwachsenen um sich herum zu vergessen. Aber es lag etwas Wunderbares darin, anderen dabei zu helfen, das perfekte Buch für einen geliebten Menschen zu finden, und schließlich kam sie doch noch in Weihnachtsstimmung.

Irgendwann lief Tilly ins Erdgeschoss, um Jack in seinem kleinen Buchladencafé zu besuchen. Wie zu erwarten, ging es dort genauso lebhaft zu wie im Rest des Ladens. Überall saßen Kunden, die sich Kaffee oder Glühwein gönnten und

sich Jacks weihnachtliche Köstlichkeiten schmecken ließen. Sie entdeckte mit Zuckerstückchen bestreute Pfefferminz-Brownies, Kekse mit Marshmallows, die aussahen wie geschmolzene Schneemänner, und jede Menge typisch englische Mince Pies.

»Keine Zeit, keine Zeit!«, rief Jack ihr zu, als er sie sah. »Bedien dich … aber lass noch was übrig!«

Tilly schnappte sich einen Brownie und steuerte hinauf in die Kinderbuchabteilung. Dort half sie einer überforderten Großmutter, eine Reihe Bücher für ihre zahlreichen Enkel auszusuchen, zeigte einem gestresst wirkenden Vater, wo *Der Grüffelo* stand, und beantwortete eine ungewöhnliche Anfrage zu einem Buch über Rasputin.

Als die Uhr vier schlug, wurden die letzten Kunden mit ihren braunen Papiertüten und den Tragetaschen, die den Aufdruck Pages & Co. trugen, hinausgescheucht. Das Schild an der Tür wurde auf *Geschlossen* gedreht, der Buchladen wurde aufgeräumt. Die Mitarbeiter bekamen Umarmungen und Weihnachtsgebäck, und alle wünschten sich im Chor »Frohe Weihnachten!«.

Schließlich versammelten sich die Familie Pages, Mary und Oskar erschöpft in der Küche und fingen an, das Abendessen vorzubereiten.

»Tilly, kontrollierst du bitte noch mal, ob die Ladentür abgeschlossen ist?«, fragte Grandad, während er einen Butternusskürbis in Stücke schnitt.

Tilly erhob sich etwas widerwillig von ihrem Stuhl und ging hinüber in den dunklen Buchladen – wo sie plötzlich Gretchen gegenüberstand!

26

An den falschen Orten suchen

Was machst du denn hier?«, fragte Tilly überrascht.

»Hallo, Tilly«, sagte Gretchen, als wäre es die normalste Sache der Welt, an Heiligabend in Pages & Co. aufzutauchen. »Die Tür war offen, da bin ich einfach reingekommen.«

»Wissen Grandma und Grandad von deinem Besuch?«

»Nicht direkt«, gab Gretchen zu. »Sind sie irgendwo da hinten? Könntest du Ihnen Bescheid sagen?«

Tilly wusste nicht, was sie anderes tun sollte, als sich umzudrehen und zurück in die Küche zu gehen, wo sich Grandma, Grandad, Bea und Mary angeregt beim Kochen unterhielten.

»Alles in Ordnung, Liebling?«, fragte Grandma, als sie merkte, dass ihre Enkeltochter im Türrahmen stand.

»Ja«, antwortete Tilly. »Aber … Na ja, Gretchen ist hier.«

»Gretchen?«, fragte Grandad, und die Gesichtshaut unter seinem Bart wurde deutlich blasser, während Grandma sich so schnell erhob, dass ihr Stuhl krachend umfiel.

Als Tilly und Oskar ihr in den Buchladen folgten, wurden sie Zeugen, wie die beiden Frauen sich anstarrten, als sähen sie gerade einen Geist. Gretchen machte einen zögerlichen Schritt auf Grandma zu, die ihr erst die Hand zum Schütteln entgegenstreckte, dann aber ihre Meinung änderte und sie genau in dem Moment wieder zurückzog, als Gretchen sie nehmen wollte.

»Jetzt umarmt euch schon«, sagte Oskar.

Und das taten sie.

»Willst du eine Tasse Tee?«, fragte Grandma, weil es in solchen Situationen manchmal das Beste – und vielleicht sogar einzig Mögliche – ist, eine Tasse Tee anzubieten.

»Ein Kaffee wäre nett!« Gretchen lächelte. »Die Reise war ein bisschen anstrengend.«

»Es ist Heiligabend«, bemerkte Grandma. »Ist das nicht ein seltsamer Tag für einen Besuch, und das auch noch bei deiner früheren Freundin, die du, wie lange, 30 Jahre nicht gesehen hast? Oder ist es noch länger her?«

»Es ist wichtig«, antwortete Gretchen. »Nachdem ich Tilly kennengelernt hatte, ist mir das klar geworden.«

»Ich freue mich, dass du gekommen bist«, sagte Grandma. »Wirklich, Gretchen, es ist schön, dich nach all der Zeit wiederzusehen.« Tilly beobachtete, wie Gretchens Schultern sich ein bisschen senkten, als Grandma das sagte. »Komm rein, dann können wir es uns ein bisschen gemütlicher machen und reden.«

Gretchen nickte. »Danke. Ich weiß, dass es viel verlangt ist, an Weihnachten einen weiteren Übernachtungsgast zu haben.«

»Einen Übernachtungsgast?«

»Na ja, um die Feiertage herum findet man nicht so leicht ein Zimmer im Hotel«, erklärte Gretchen. »Und du weißt ja, wie es ist, heutzutage eine Buchhandlung zu führen. Man verdient nicht sonderlich viel. Deshalb hatte ich auf ein freies Plätzchen auf eurem Gästesofa oder so gehofft.«

»Natürlich.« Grandma ließ sich ihr Erstaunen nicht weiter anmerken. »Da lässt sich sicher etwas machen.«

❄

Nach einem etwas unbehaglichen Abendessen, bei dem hauptsächlich höfliche Belanglosigkeiten ausgetauscht wurden und Mary erfuhr, dass Gretchen eine alte Freundin Grandmas war, die sie von der Arbeit her kannte, ging Bea mit Mary und Oskar nach oben, um sich um die Schlafplätze zu kümmern.

»Hilfst du ihnen ein bisschen, Tilly?«, bat Grandma.

»Ich will aber hierbleiben und mich mit unterhalten«, antwortete Tilly.

»Wir brauchen mal ein paar Minuten für uns«, erwiderte Grandad, aber Gretchen sah ihn stirnrunzelnd an.

»Es gibt doch keinen Grund, warum Tilly nicht bleiben kann. Schließlich betrifft es sie auch, oder? Und was sie und Oskar in den Märchen erlebt haben, liefert uns sicher nützliche Informationen.«

»Seht ihr, Gretchen glaubt, dass ich helfen kann«, sagte Tilly.

»Es ist nicht, weil wir denken, du könntest nicht helfen, mein Schatz«, antwortete Grandad. »Wir brauchen nur ein paar Minuten, um uns auf den neusten Stand zu bringen.«

»Ich habe nichts zu sagen, was Tilly nicht hören dürfte«, betonte Gretchen, womit sie einen missbilligenden Blick von Grandma erntete.

»Geh bitte rauf und hilf beim Bettenmachen«, forderte Grandma Tilly jetzt entschieden auf. »Sofort.«

Tilly warf den Kopf in den Nacken und stampfte aus der Küche. Sie konnte es sich jedoch nicht verkneifen, hinter der Tür stehen zu bleiben und zu horchen, was drin passierte.

»Als Erstes wüssten wir gerne, warum du Tilly und Oskar erlaubt hast, in die Märchenwelt zu wandeln?«, fragte Grandad, sobald er glaubte, Tilly wäre außer Hörweite.

»Weil die beiden junge Buchwandler mit eigenem Willen sind und noch dazu nicht auf den Kopf gefallen«, antwortete Gretchen. »Es steht mir nicht zu, ihnen vorzuschreiben, wohin sie dürfen und wohin nicht.«

»Aber Märchen … Gretchen …«, sagte Grandma.

»Wir sind, was die Märchen betrifft, nicht einer Meinung, Elsie. Das weißt du. Zugegeben, sie sind ein bisschen unberechenbarer als andere Geschichten, aber wenn du dich nicht mit ihnen anlegst, legen sie sich auch nicht mit dir an.«

»Das ist naiv, das weißt du«, erwiderte Grandad.

»Auf alle Fälle sind die beiden wohlbehalten zurück«, stellte Gretchen fest. »Und Tatsache ist, dass sie uns wertvolle Erkenntnisse über die Ungereimtheiten, die zurzeit in den Märchen auftreten, liefern können. Deshalb bin ich hier, nicht bloß wegen eines Stücks vom Christmas Pudding, glaubt mir. Ich will euch dabei helfen, herauszufinden, was da vor sich geht. Auch wenn du es vielleicht nicht gerne zugibst, Elsie, nur wenige Menschen wissen so viel über Märchen wie wir beide.«

»Woher der plötzliche Sinneswandel?«, fragte Grandma. »Wir haben jahrzehntelang gegensätzliche Positionen eingenommen, was diese Sache betrifft.«

»Ach, dramatisier es doch nicht so.« Gretchen zuckte mit den Schultern. »Wir befinden uns nicht im Krieg, und wenn doch, dann stehen wir auf derselben Seite gegen das, was da gerade in eurer ach so geschätzten Underlibrary passiert.«

»Kein Grund, sich im Ton zu vergreifen«, entgegnete Grandad, dem es offenbar schwererfiel, zu vergeben und zu vergessen, als Grandma.

»Also wenn hier irgendwer die Seiten gewechselt hat, dann du, Archie«, sagte Gretchen. »Ich sag ja schon immer, die Unterbibliotheken haben zu viel Macht, und jetzt bist auch du außen vor.«

Grandad wusste, dass da etwas dran war, und wollte nicht zu lange bei dem Thema bleiben. »Trotzdem bin ich mir nicht sicher, dass unsere Beweggründe und Ziele dieselben sind. Elsie und ich haben nicht vor, die Underlibrary abzuschaffen – wir glauben nur, dass Melville Underwood nicht der Richtige ist, um sie zu leiten.«

Gretchen seufzte. »Ehrlich gesagt ist es mir ziemlich egal, was mit der Underlibrary passiert. Solange sie mich in Ruhe lassen, lasse ich sie in Ruhe. Ich lebe nun schon viele Jahre ohne ihre Regeln und Vorschriften und tue das auch in Zukunft gerne. Mir geht es darum, diese merkwürdigen Vorgänge in den Märchen zu beenden.«

»Also, darauf können wir uns einigen«, antwortete Grandma. »Aber warum kommst du gerade jetzt, Gretchen? Was ist so wichtig, dass es nicht bis nach Weihnachten hätte warten können?«

»Ich habe Grund zu der Annahme, dass uns etwas noch viel Schlimmeres bevorsteht, als wir bisher beobachten«, sagte Gretchen. »Und dass ihr mir dabei helfen könnt, mehr Licht in die Angelegenheit zu bringen.«

»Da bin ich aber gespannt«, sagte Grandad.

»Nachdem ich gehört hatte, was Tilly erzählt hat, bin ich gestern in ein paar von meinen Märchensammlungen gewandelt«, berichtete Gretchen. »Die Zustände dort sind inzwischen noch viel chaotischer als das letzte Mal, als ich dort war. Ich habe mehrere Bücher besucht und etliche Figuren in den falschen Geschichten angetroffen.

Zum Beispiel zwölf missmutige Prinzessinnen in Tanzschuhen, die sich selbstständig gemacht hatten. Sie haben Prinzen gejagt und sie eingekerkert. Außerdem zwei böse Stiefmütter, die darum **gestritten** haben, wer die Schönste im ganzen Land ist. Daneben bin ich auf völlig leere Geschichten gestoßen, in denen nicht eine einzige Figur mehr übrig war, ganz abgesehen von all den Lücken und Löchern, von denen ich schon wusste. Und das Allerschlimmste:

ausgetretene Buchmagie,

praktisch überall.

Also hab ich angefangen rumzufragen, ob eine der Figuren vielleicht wüsste, was da vor sich ging. Einige erzählten, sie hätten einen großen Fremden mit Gehstock gesehen, der überall herumlief und merkwürdige Fragen stellte. Und das erinnerte mich an die Machenschaften in der Underlibrary und an den Mann, der dort verschwunden ist…«

»Tilly hat dir von Enoch Chalk erzählt?«, fragte Grandma.

»Ja, so hieß er«, antwortete Gretchen.

»Und du bist den ganzen Weg nach London gekommen, um uns das zu sagen?«, fragte Grandad. »Du hättest nicht einfach eine E-Mail schicken können? Das Handy zur Hand nehmen?«

»Ich dachte, ich könnte vielleicht helfen«, sagte Gretchen. Wie in alten Tagen, wisst ihr. Was meinst du, Elsie?«

Tilly hatte genug gehört. Sie ließ die drei weiter über Chalk und Underwood reden und über den ganzen Schlamassel, in dem sie alle steckten, und ging nach oben, wo Bea sie schon mit einem Armvoll Decken und Kissen erwartete.

»Was hältst du davon, mit Oskar zusammen im Buchladen zu übernachten? Hier oben ist es ein bisschen zu eng für uns alle.«

Nach einer kleinen Umverteilung würde sich Mary mit Bea das Zimmer teilen, während Gretchen in Tillys Zimmer schlafen würde. Normalerweise fand Tilly es immer herrlich, wenn sie im Buchladen übernachten durfte. Dann suchte sie sich eine gemütliche Ecke und kuschelte sich in ein Bettdeckennest, um bis tief in die Nacht bei Taschenlampenlicht zu lesen. Doch heute war es irgendwie anders, weil sie ihr Bett am Weihnachtsabend aufgeben musste.

»Komm, ich helfe dir«, sagte Bea und trug mit ihr zusammen das Bettzeug die Treppe hinunter.

»Magst du Gretchen?«, fragte Tilly, während sie auf die Kinderbuchabteilung zusteuerten.

»Ich habe wahrscheinlich nicht mal zwei Sätze mit ihr gesprochen, seit sie angekommen ist«, antwortete Bea. »Da konnte ich mir kaum ein Bild machen.«

»Grandma und Grandad mögen sie jedenfalls nicht«, sagte Tilly.

»Da tust du ihnen wahrscheinlich unrecht«, erwiderte Bea. »Ich glaube, es geht hier nicht um mögen oder nicht mögen. Sie sind nur in der Vergangenheit mit vielem ganz unterschiedlich umgegangen. Deine Großeltern verfügen über große Lebenserfahrung, und sie sind sich einfach noch nicht sicher, ob sie Gretchen vertrauen können. Was hältst du denn von ihr?«

»Ich … mir gefällt es, dass sie Oskar und mich wie mündige Menschen behandelt«, antwortete Tilly nach kurzem Zögern. »Sie hat uns selbst entscheiden lassen, ob wir in ihrem Laden buchwandeln wollten oder nicht, und sie hat nicht tausend Regeln aufgestellt, an die wir uns halten mussten.«

»Und du hast das Gefühl, deine Großeltern tun das?«

»Das tun sie«, antwortete Tilly entschieden, während sie Kissen und Decken für sich aufstapelte und Bea daneben dasselbe für Oskar machte.

»Aber Gretchen und deine Großeltern nehmen auch ziemlich unterschiedliche Rollen in deinem Leben ein«, gab Bea zu bedenken. »Gretchen hält bestimmt große

Stücke auf dich – wer würde das nicht? Und sie würde dich sicher nicht absichtlich in Gefahr bringen. Aber Grandma und Grandad kennen dich besser als jeder andere, Tilly, und du bist ihnen wichtiger als alles auf der Welt. Ich glaube, das weißt du auch.«

»Ja, ich weiß.« Tilly nickte. »Aber glaubst du nicht, dass Gretchen in einigen Punkten auch recht hat?«

»Zum Beispiel?«

»Na ja, dass es zu viele Vorschriften gibt und dass die Underlibrary sich zu sehr in alles einmischt und dass man die Leute selbst entscheiden lassen soll, wie sie buchwandeln wollen.«

»Man sollte sicher mal über einiges nachdenken, was Gretchen sagt.«

»Sie glaubt an die Archivare, weißt du«, sagte Tilly. »Grandad und Grandma nicht. Sie haben gesagt, die wären bloß erfunden. Aber ich verstehe nicht, warum wir an Geschichten und Magie glauben, aber nicht an die Archivare. Warum sollen die weniger real sein als Alice oder Anne oder Sara oder … mein Dad?!«

»Na ja«, antwortete Bea verhalten, so als schmerzte es sie, die Worte auszusprechen. »Du weißt doch, dass diese Menschen nicht genauso real sind wie wir. Sie existieren auf vielerlei Art, aber nicht außerhalb ihrer eigenen Geschichten.«

»Und warum kann es mit den Archivaren nicht genauso sein?«

»Wie meinst du das?«

»Alle reden von ihnen, als wären sie entweder Menschen wie wir oder als würden sie gar nicht existieren. Warum können sie nicht irgendwas dazwischen sein? Wir verbringen so viel Zeit in dieser Zwischenwelt; die Hälfte von mir gehört sogar dorthin. Vielleicht suchen die Leute einfach an den falschen Stellen.«

»Da könntest du recht haben, Tilly. Und vielleicht sollten die Leute ein bisschen mehr auf dich hören.« Bea lächelte. »Womöglich bist du auf der richtigen Spur.«

27

Der Sinn des Lebens

Während alle anderen schon schliefen, unterhielten Tilly und Oskar sich noch über Gretchen und die Archivare. Plötzlich hörten sie ein Geräusch im Erdgeschoss. Sie schlichen sich nach unten und stießen auf Gretchen, die sich an den Büchern zu schaffen machte.

»Tut mir leid, wenn ich euch geweckt habe«, sagte sie. »Ich hab nur nach etwas zum Lesen gesucht.«

»Brauchst du vielleicht Hilfe?«, fragte Tilly.

»Danke, aber nicht nötig. Ich hab schon was Nettes gefunden.« Gretchen hielt ein blaues Buch in die Höhe. »Und ich werde gut aufpassen, den Rücken nicht zu knicken, damit dein Großvater sich nicht noch mehr aufregt.«

»Na dann«, antwortete Tilly. »Gute Nacht. Und frohe Weihnachten.«

»Tilly«, sagte Gretchen, als Tilly und Oskar wieder nach oben gehen wollten. »Ich hoffe, mein plötzlicher Besuch hat dich nicht unnötig in Schwierigkeiten gebracht. Ich wollte nicht noch mehr Probleme zwischen dir und deinen Großeltern schaffen. Ich versuche nur zu helfen, weißt du.«

»Ich weiß.« Tilly lächelte.

»Ist bestimmt ganz schön nervig für dich«, fuhr Gretchen fort. »Hier tatenlos abwarten zu müssen, während die Erwachsenen sich überlegen, was zu tun ist. Ich bin sicher, dass sie sich bald etwas einfallen lassen.«

Tilly zuckte mit den Schultern. »Wenn sie bis jetzt noch nichts unternommen haben, warten sie wahrscheinlich, bis Melville irgendwas ganz Schreckliches tut, um es gegen ihn zu verwenden. Aber dann ist es wahrscheinlich zu spät.«

»Also ich hoffe, sie müssen nicht zu lange warten, bis er einen Fehler begeht«, antwortete Gretchen. »Ich wette, man findet jetzt schon genug, was ihn belastet, wenn man nur an den richtigen Orten sucht.«

»Wo denn zum Beispiel?«, fragte Tilly, obwohl Oskar bereits den Kopf schüttelte.

»Na ja, schaut euch doch an, wie viel ihr auf einem einzigen kleinen Ausflug in die Märchenwelt schon rausgefunden habt«, sagte Gretchen. »Ihr habt mehrere Handlungslöcher entdeckt, und ihr wart diejenigen, die erkannt haben, dass Buchmagie entweicht. Wodurch eure Großeltern den Zusammenhang mit Melville herstellen konnten. Und ich weiß, dass ihr entscheidend dabei mitgeholfen habt, die Machenschaften dieses Chalk aufzudecken. Ihr habt auf jeden Fall einen guten Blick für Hinweise und Spuren. Ich bin mir sicher, dass ihr ziemlich schnell etwas herausfinden könntet... wenn ihr helfen dürftet.«

»Das dürfen wir«, antwortete Oskar.

»Schön wär's«, sagte Tilly.

»Wir könnten natürlich jetzt gleich ein paar Nachforschungen anstellen, wenn ihr wollt«, schlug Gretchen vor.

»Wie meinst du das?«, fragte Tilly, obwohl sie sich denken konnte, was Gretchen damit sagen wollte.

»Ich bewundere eure Entschlossenheit, Beweise für die üblen Taten dieses Chalk zu suchen, und ich finde, man sollte euch erlauben, das Richtige zu tun und die Wahrheit herauszufinden, egal wie alt ihr seid.«

»Glaubst du wirklich, dass bald alles noch viel schlimmer wird?«, wollte Tilly wissen.

»Ich ziehe nur meine Schlüsse aus dem, was ich gesehen habe«, erklärte Gretchen. »Und ich mache mir große Sorgen darüber, was mit unseren Märchen passiert. Wirst du mir helfen, sie zu schützen, Tilly?«

»Danke für das Angebot, aber Tilly und ich gehen jetzt schlafen.« Oskar stieg ein paar Stufen hinauf Richtung Bett.

Tilly jedoch rührte sich nicht. »Du meinst, wir schauen nur mal kurz im Märchenland vorbei und sehen, ob wir noch was über Chalk und über Melvilles Pläne in Erfahrung bringen können?« Tilly machte einen Schritt auf Gretchen zu.

»Keine gute Idee«, sagte Oskar. »Gar keine gute Idee.«

»Genau«, antwortete Gretchen und beachtete ihn gar nicht. »Wir versuchen nicht, irgendwen aufzuspüren. Wir reden bloß mit ein paar der Figuren, die Chalk gesehen haben könnten, und schauen uns ein bisschen um. Sehen mal, ob da jemand ist, der Buchmagie sammelt oder für Ärger sorgt, und wenn uns nichts auffällt, dann ist auch nichts verloren. Dann warten wir ab, was die anderen sich überlegen. Was meint ihr?«

»Und du versprichst uns, dass wir jederzeit direkt wieder zurückkönnen? Dass wir nicht plötzlich in einem anderen Buch landen?«

»Wir sind extra vorsichtig«, antwortete Gretchen. »Versprochen.«

»Das ist keine gute Idee, echt jetzt!«, rief Oskar.

»Clara erzählt mir eigentlich immer, wie mutig ihr Enkelsohn ist«, erwiderte Gretchen. »Wenn du allerdings lieber ins Bett willst, verstehe ich das natürlich.«

»Ich gehe nur, wenn du mitkommst«, sagte Tilly und sah Oskar an.

»Versteht sich wohl von selbst«, antwortete Oskar resigniert. »Aber versprich mir, dass ich *Ich hab's dir ja gesagt* sagen darf, wenn sich rausstellt, dass ich recht hatte.«

»Abgemacht!« Tilly wandte sich wieder an Gretchen. »Also gut. Versuchen wir es. Wir kommen mit, aber beim kleinsten Anzeichen, dass irgendwas nicht stimmt, verschwinden wir da wieder.«

»Geht klar.« Gretchen nickte. »Schließlich handelt es sich um eine Erkundungstour, mehr nicht. Sollen wir dann mal?«

In dem Moment bemerkte Tilly, dass das blaue Buch in Gretchens Hand ein Märchenbuch war. »Wir haben doch noch unsere Schlafanzüge an«, wandte sie ein.

»Ach, das hat Arthur Dent auch nicht gestört«, sagte Gretchen.

»Wen?«, fragte Tilly verwirrt.

»*Per Anhalter durch die Galaxis*. Kennt ihr das nicht? Solltet ihr mal lesen. Da findet ihr den Sinn des Lebens.«

»In einem Roman?«, fragte Tilly.

»Wo sonst?« Gretchen lächelte.

Dann streckte sie die Hand aus. Tilly fasste Oskar an, der inzwischen Mühe hatte, seine Aufregung zu verbergen, und sie holten beide tief Luft.

Als die Dunkelheit um sie herum verschwand, standen sie zitternd in der kalten Nachtluft und bereuten, dass sie ihre Schlafanzüge nicht gegen etwas anderes eingetauscht hatten.

»Wo sind wir?«, fragte Tilly mit klappernden Zähnen.

»Wir stehen am Rand von *Hänsel und Gretel*«, antwortete Gretchen. »Irgendwo da drin ist das Lebkuchenhaus.«

»Das, in dem die Hexe wohnt, die Kinder bei lebendigem Leib verspeist?«, fragte Oskar. »Ich dachte, wir gehen nirgendwohin, wo es gefährlich ist.«

»Keine Sorge, wir begegnen der Hexe nicht. An der Stelle bin ich nur gerade gewesen, als ich das letzte Mal jemanden von Chalk reden hörte. Also dachte ich, es wäre gut, von hier aus zu starten. Schaut mal, durch die Bäume sieht man schon das freie Feld. Sie folgten einem Pfad aus dem Wald hinaus. Die Landschaft ähnelte der, die sie bei ihrer Märchentour von Paris aus besucht hatten. Nur dass sich auf dem Hügel in einiger Entfernung eine riesige Burg mit Türmchen und Zinnen und einer Zugbrücke über dem Burggraben erhob.

»Versuchen wir's mal in der Burg! Vielleicht finden wir da jemanden, der uns helfen kann.« Gretchen setzte sich in Bewegung, und Tilly und Oskar folgten ihr.

»Apropos jemand, der uns helfen kann«, sagte Tilly. »Ich hab mit meiner Mum über die Archivare gesprochen. Und da kam mir der Gedanke, dass sie vielleicht aus Büchern stammen könnten, genau wie die Romanfiguren. Was meinst du?«

»Interessante Theorie«, murmelte Gretchen, während sie durch das feuchte Gras liefen.

»Du schienst ziemlich überzeugt zu sein, dass es die Archivare irgendwo gibt«, sagte Tilly. »Wie kommt das? Sonst ist sich da scheinbar keiner so sicher.«

»Alle Geschichten haben ihren Ursprung in etwas Wahrem, sogar die unglaublichsten«, erklärte Gretchen. »Genau wie sich diese Märchen auf Erlebnissen, Gedanken und Gefühlen wirklicher Menschen gründen. Meiner Ansicht nach sind die Archivare bestimmt keine reine Erfindung. Ich weiß zwar nicht, wer sie sind und wo sie sind, und ich weiß, dass viele sie wie einen Mythos behandeln, aber ich bin überzeugt, dass irgendwo etwas Größeres existiert, das das Buchwandeln und seine wesentlichen Eigenschaften schützt. Etwas, das tief in den Ursprüngen der Geschichten, der Bibliotheken und der Buchhandlungen verwurzelt ist und das uns hilft, wenn wir es brauchen. Wie die Magie der Bücher, die uns erlaubt, ein Teil von ihnen zu sein, und dafür sorgt, dass sie ein Teil von uns sind. Ich kann gar nicht anders, als zu glauben, dass es jemanden gibt, der etwas unternimmt, wenn die Gefahr droht, dass die Menschen die Macht der Geschichten missachten oder anfangen, sich auf die Grenzen des Körperlichen beschränken zu lassen, statt in der Weite ihrer Fantasie zu denken. Und ich bin mir sicher, dass die Archivare dieser Jemand sind.«

»Aber was nützen sie uns, wenn niemand weiß, wo sie sich aufhalten oder wie man zu ihnen Kontakt aufnehmen kann?«

»Ich glaube, sie würden es schon wissen, wenn sie gebraucht werden«, antwortete Gretchen. »Deine Theorie von vorhin ist aber interessant. Man munkelt tatsächlich, dass sie sich in den allertiefsten Ebenen von Geschichten versteckt halten könnten. Normalerweise kann man innerhalb eines Buches nicht in ein anderes wandeln, aber vielleicht haben sie einen Weg gefunden. Nichts ist wirklich unmöglich in einem Buch.«

»Aber das heißt ja, es gibt unendlich viele Orte, an denen sie sein könnten«, sagte Oskar.

»Stimmt«, bestätigte Gretchen. »Weiß der Himmel, wo man mit der Suche anfangen sollte, so ganz ohne Hinweise. Wahrscheinlich bräuchte man eine Karte oder so was. Aber … Moment mal.« Sie hielt inne. »Hört ihr das auch?«

Tilly blieb stehen und horchte.

»Was ist das?«, fragte sie, während man ein immer lauter werdendes Rumpeln vernahm. »Das klingt wie eine U-Bahn, die gleich in den Bahnhof einfährt …« Plötzlich fing der Erdboden um sie herum an zu reißen und zu bröckeln, und große Stücke davon stürzten in die Tiefe, in dasselbe schwarze Nichts, das sie schon hinter der Tür der sieben Zwerge und im Haus der drei Bären gesehen hatten.«

»**LAUFT!**«, rief Gretchen.

Sie packte Oskar und Tilly bei den Händen und zog sie vom einstürzenden Untergrund weg Richtung Burg. Als sie kurz darauf in sicherer Entfernung von den riesigen Löchern im Boden standen, hörte das Rumpeln auf. Alle drei blickten nach Luft schnappend zurück.

Das Mondlicht, das die Landschaft erleuchtete,
schien in den schwarzen Untiefen

zu verschwinden und vollständig von der Dunkelheit aufgesaugt zu werden.

»Was war denn das?«, fragte Tilly. »Sind das etwa wieder Handlungslöcher?«

»Das ist der Grund, warum es richtig war, heute Abend herzukommen«, antwortete Gretchen. »Es sind nicht nur ein paar Handlungslöcher, die Lage ist noch viel ernster. Ich vermute, die Märchen fallen in sich zusammen und verschwinden ganz.«

»Was?«, rief Tilly entsetzt. »Kann das etwa passieren, während wir noch in einem drin sind?«

»Ja, ich denke schon.« Gretchen blickte auf die zerstörte Umgebung. »Das Gewebe der Geschichten wird brüchig. Ich vermute, die Nachsatzblätter dehnen sich bis in die Geschichten aus, während sie um uns herum einstürzen. Eigentlich sind die ja dazu da, sie zusammenzuhalten, aber das funktioniert offenbar nicht mehr richtig. Die Frau, die wir gleich besuchen werden, kann da sicher helfen.«

»War sie es, die dir von Chalk erzählt hat?«, fragte Oskar.

»Ja«, antwortete Gretchen. »Ich habe mit ihr gesprochen, als ich das letzte Mal hier war, und sie hat mir als Erste erzählt, sie hätte ihn gesehen. Damals wusste ich natürlich nicht, wer der Mann war.«

»Na schön, das ist immerhin ein Anfang«, stellte Tilly fest.

Sie liefen weiter, den Hügel hinauf. Vor ihnen lag kalt und stumm die Burg .

»Einladend sieht das ja nicht gerade aus«, sagte Tilly etwas bang.

»Seht doch, die Zugbrücke ist unten.« Gretchen deutete nach vorn. »Also haben sie offenbar nichts gegen Besucher.«

Die drei liefen über die knarzende Holzbrücke in einen kleinen Hof. Dort sahen sie eine große Eichentür, zu der Gretchen ging, die daraufhin mit dem schweren Eisenring, der daran hing, fest dagegen schlug. Das laute Klopfen schallte durch die stille Nachtluft, und kurz darauf schwang die Tür auf. Warmes, gelbes Licht und der Duft nach deftigem Essen strömten ihnen entgegen. Dass niemand zu sehen war, der die Tür geöffnet hatte, kam ihnen zwar merkwürdig vor, aber die angenehme Beleuchtung und der Essensduft beruhigten Tilly und Oskar, und sie folgten Gretchen hinein. Hinter ihnen schlug die Tür wie von selbst wieder zu.

»Hier entlang!« Gretchen führte sie durch einen düsteren Gang.

Er war nur von Fackeln erleuchtet, die in eisernen Haltern an der Wand hingen. Am Ende des Ganges befand sich eine steinerne Treppe, die in einen dunklen Keller führte.

»Das hier hat echt was von 'nem Horrorstreifen.« Oskar spähte etwas ängstlich hinunter.

»Keine Sorge, ihr zwei«, sagte Gretchen. »So ein bisschen Dunkelheit macht euch doch wohl keine Angst?«

»Es ist eher die Kombi aus allem«, antwortete Oskar. »Gruselige Burg, merkwürdige Löcher im Boden, seltsame Türen, die sich von selber öffnen …«

Schließlich blieb ihnen jedoch nichts anderes übrig, als Gretchen zu folgen. Am Fuß der Treppe stießen sie wieder auf eine Tür, die Gretchen, ohne lange nachzudenken, weit aufschob. Sie traten ein und standen in einem riesigen fensterlosen Raum, der von weiteren Fackeln erleuchtet war. Vor den Wänden standen hohe Holztische, auf denen sich Papiere mit komplizierten Notizen stapelten. Daneben befanden sich jede Menge kleine Glasflaschen mit einer schwarzen Flüssigkeit. Tilly fühlte sich irgendwie an Frankensteins Labor erinnert.

»Gretchen, meine Liebe, wie schön, dich zu sehen!«, hörten sie plötzlich eine Stimme, und eine große, elegante Frau trat aus dem Schatten. Sie trug ein langes dunkelrotes Samtkleid mit eng geschnittenen Ärmeln, deren Enden spitz zuliefen und mit einer Schlaufe um ihren Mittelfinger geschlungen waren. Ihre blonden Haare hatte sie zu

einem kunstvollen Knoten hochgesteckt, von dessen Ende ein schwarzer Spitzenschleier herabhing. Ihre Lippen waren blutrot geschminkt. Sie umarmte Gretchen so herzlich, als begrüßte sie eine alte Freundin. Dann zog sie das Märchenbuch unter deren Arm heraus und legte es auf den Tisch hinter sich.

»Ihr kennt euch?«, fragte Oskar und stellte sich ein bisschen dichter zu Tilly.

»Ja«, antwortete Gretchen. »Das ist Lady Vesper, die Dame, die mir neulich geholfen hat.«

»Bitte stört euch nicht an der übertriebenen Aufmachung«, sagte die Frau. »Das gehört alles zu meiner Rolle. Wir Stiefmütter kommen ja niemals gut weg, auch wenn wir kein einziges Mal in den Zauberspiegel geschaut haben und auch nie vorhatten, unsere Stieftöchter zu töten.«

»Was ist das da in den Flaschen?«, fragte Tilly und deutete auf Glasflaschen mit der schwarzen Flüssigkeit. »Sieht fast aus wie Buchmagie.«

Die Frau nickte. »Gut beobachtet!«

»Aber wie kommt die hierher? Und woher wissen Sie überhaupt, was Buchmagie ist?«, fragte Tilly misstrauisch. Sie sind doch eine Märchenfigur, oder …?«

»Tilly«, unterbrach Gretchen sie und sah sie streng an. »Lady Vesper will uns helfen, es gibt keinen Grund, ihr gegenüber so feindselig zu sein.«

»Tut mir leid«, entschuldigte sich Tilly automatisch. Ihr Erschrecken darüber, vor jemand ganz und gar Fremdem getadelt zu werden, verdrängte vorübergehend das Gefühl, dass hier etwas ganz und gar nicht stimmte.

»Schon gut«, sagte Lady Vesper. »Mach dir bitte keine Gedanken. Und es gibt keinen Grund, so streng zu sein, Gretchen. Das ist schließlich eine legitime Frage, auf die es eine einfache Antwort gibt. Bis Gretchen vor Kurzem hier auftauchte und um Hilfe bat, hatte ich keine Ahnung, dass diese Flüssigkeit Buchmagie ist. Ich experimentierte schon jahrelang mit dieser Substanz, ohne im Geringsten zu wissen, um was genau es sich dabei handelte. Irgendwann bemerkte ich plötzlich, dass die Flüssigkeit überall dort zu finden war, wo meine Welt anfing, sich aufzulösen.«

»Dann sind Sie also so was wie ’ne Kreuzung aus verrückter Wissenschaftlerin und nicht böser Stiefmutter?«, fragte Oskar, und Lady Vesper lachte.

»So was in der Art«, antwortete sie. »Also habt ihr vielleicht noch mehr Fragen, wenn ihr schon mal hier seid?

Du brauchst nichts zu befürchten, Tilly. Wie ihr seht, steht die Tür hinter euch weit offen. Ihr könnt jederzeit wieder gehen, wenn ihr wollt.«

»Wir würden gern wissen, ob du diesen Mann noch einmal gesehen hast«, antwortete Gretchen. »Wir glauben, dass er etwas mit diesem ganzen Chaos zu tun haben könnte.«

»Chaos? Welches Chaos?«, fragte in dem Moment jemand hinter ihnen – und Enoch Chalk trat am Fuß der Treppe ins Licht.

28

Das gehört alles zum Plan

Schlagartig wich jede Spur Freundlichkeit aus Lady Vespers Gesicht.

»Chalk, was machst du denn hier, du Schwachkopf?«, fragte sie giftig, während Tilly entsetzt den Mann anstarrte, der ihre Mutter elf Jahre lang gefangen gehalten hatte.

»Komme ich etwa ungelegen, Gnädigste?«, fragte Chalk unterwürfig und wich ein Stück zurück.

»Jetzt ist es zu spät, du Idiot«, erwiderte Lady Vesper. »Komm her und schließ die Tür hinter dir ab. Wenigstens können wir jetzt aufhören, den Leuten etwas vorzuspielen.«

Chalk tat wie geheißen und ließ den großen eisernen Schlüssel in seiner Hosentasche verschwinden. Tillys Herz raste wie wild.

»Wusstest du etwa hiervon?«, fragte sie Gretchen, die irgendwie zufrieden und gleichzeitig verlegen wirkte.

»Keine Sorge, Tilly«, antwortete sie. »Das gehört alles zum Plan.«

»Welcher Plan?« fragte Oskar erschrocken. »Und wessen Plan?«

»Beruhige dich, Junge«, sagte Lady Vesper. »Die Sache ist deutlich harmloser, als es aussieht. Am besten, wir setzen uns einfach mal zusammen und besprechen alles. Chalk, besorgst du uns bitte etwas Wein und ein paar Honigwaffeln?« Dann zeigte sie auf eine Tür. »Hier entlang.«

»Wir sollten auf keinen Fall etwas trinken, das sie uns gibt«, flüsterte Oskar Tilly zu.

»Schlaumeier, da wär ich gar nicht draufgekommen«, antwortete Tilly, die froh war, Oskar dabeizuhaben. Obwohl es ihre Schuld war, dass sie beide in diese missliche Lage geraten waren.

Chalk trug ein Tablett mit Wein und Keksen herein und bot Vesper und Gretchen etwas an.

»Den Kindern auch«, sagte Vesper, worauf Chalk Tilly und Oskar das Tablett ebenfalls hinhielt und dabei aussah, als erlitte er körperliche Schmerzen.

Fast hätte Tilly etwas gegessen, nur um ihn zu ärgern, doch dann besann sie sich eines Besseren und ignorierte ihn stattdessen.

»Könnte uns bitte mal jemand sagen, was hier los ist?«, fragte sie und wandte den Blick nicht von dem blauen Märchenbuch ab, das sie brauchten, um zu entkommen.

»Vesper ist nicht mein richtiger Name«, antwortete die Frau in dem roten Samtkleid daraufhin. »Ich heiße

Decima. Decima Underwood. Vielleicht habt ihr schon von mir gehört.«

»Du bist Melvilles Schwester? Die gestorben ist?«

»Fast richtig, Tilly«, antwortete Decima. »Nur tot bin ich offensichtlich nicht. Aber Melvilles Schwester bin ich.«

»Warum sind Sie dann nicht mit ihm zurückgekommen? Was machen Sie hier?«, fragte Tilly entsetzt. Dabei lief ihr ein kalter Schauer über den Rücken, denn die Chancen, dass diese Sache gut ausgehen würde, schwanden offenbar mit jedem Augenblick mehr.

Decima hob voller Stolz das Kinn. »Wir haben hier noch etwas zu erledigen, und einer von uns musste dableiben, um sich darum zu kümmern. Mein Bruder hat leider den Kürzeren gezogen.«

»Warum hat er den Kürzeren gezogen, wenn er in die wirkliche Welt zurückkehren durfte?«, fragte Oskar verwirrt. »Warum sollte er denn hierbleiben wollen?«

»Weil man anfängt zu altern, sobald man das Märchenland verlässt«, antwortete Decima und schauderte bei dem Gedanken. »Aber an dem Problem arbeite ich. Und so ungern sich Melville dem Alterungsprozess ausliefern wollte, er konnte nicht leugnen, dass ich die bessere Wissenschaftlerin bin. Seine Talente liegen, das gestehe ich ihm gerne zu, eher im kommunikativen Bereich. Er kann gut reden.«

»Aber an was genau arbeiten Sie denn? Und was hat er damit zu tun?«, fragte Oskar und nickte Richtung Chalk.

»Macht euch nicht so viele Gedanken wegen ihm – er ist weitaus unwichtiger, als scheinbar alle glauben«, erklärte Decima. »Und wir arbeiten an etwas, bei dem ihr uns wahrscheinlich helfen könnt. Deshalb haben wir Gretchen gebeten, euch hierherzubringen, was sie freundlicherweise auch getan hat.«

»Tilly sah Gretchen entgeistert an, die nicht einmal in der Lage war, ihr in die Augen zu schauen. »Du hast uns angelogen?«

»Nicht wirklich«, sagte Gretchen. »Ich hab bloß ein paar Kleinigkeiten für mich behalten, damit ihr mitkommt.«

»Was wollen Sie?«, fragte Tilly, wieder an Decima gewandt. »Ich werde garantiert nichts tun, was ihm hilft.« Sie sah mit eisigem Blick zu Chalk und versuchte zugleich, ihre Furcht zu verbergen.

»Absolut verständlich«, sagte Decima. »Aber nein, es ist etwas, wozu du hoffentlich gerne bereit bist. Ich versuche, einen Weg zu finden, um die Märchen zu retten – dazu die ganzen Utensilien hier. Ich will herausfinden, was mit ihnen passiert und wie man es stoppt. Du siehst also, wir stehen auf derselben Seite.«

»Aber warum ich?«, fragte Tilly »Und warum hast du dann nicht einfach gefragt?«

»Also gut, Matilda«, antwortete Decima. »Legen wir alle unsere Karten auf den Tisch. Wir wissen, wer dein Vater ist. Wir wissen auch, dass du halb erfunden bist, und das macht dich zu etwas Besonderem.«

»So weit, sie als etwas Besonderes zu bezeichnen, würde ich nicht gehen«, knurrte Chalk. »Du solltest ihr übergroßes Ego nicht noch weiter aufblasen. Sie ist höchstens eine Laune der Natur, sonst nichts.«

»Bevor wir das weiter vertiefen«, entgegnete Tilly und sah Decima an, »will ich wissen, warum dieser Mann hier ist. Ich werde nämlich bei nichts helfen, was ihm irgendeinen Vorteil bringt. Er hat meine Mum elf Jahre lang gefangen gehalten.«

Decima nickte. »Verschwinde«, sagte sie zu Chalk.

»Was?«, zischte er.

»Verschwinde, hab ich gesagt. Matildas Bitte ist völlig verständlich, wenn man bedenkt, was du ihrer Familie angetan hast. Und wenn wir sie um Hilfe bitten, sollte sie Gelegenheit haben, ihre Optionen ohne deine bedrohliche Anwesenheit abzuwägen.«

Ziemlich theatralisch bewegte **Chalk** sich langsam zur Tür und **knallte** sie kurz darauf hinter sich zu.

»Tut mir leid, Tilly. Er war nun mal unverzichtbar. Wir wollten wissen, ob seine Informationen uns bei unseren Forschungen helfen könnten.«

»Aber Sie sind doch schon seit Jahren hier und er erst seit ein paar Monaten.«

»Ja, aber er macht sich durchaus nützlich, und wir konnten ihm ein paar wichtige Kleinigkeiten entlocken. Aber keine Sorge, er ist nur ein winziges Rädchen im großen Getriebe.«

Tilly traute Decima kein bisschen, konnte aber nicht leugnen, dass es ihr gefallen hatte, wie Chalk von ihr in seine Schranken verwiesen worden war. »Und wozu brauchen Sie mich?«

»Nun ja, wir gehen davon aus, dass du aufgrund der Tatsache, dass du zu zwei Welten gehörst – Realität und Fiktion –, der Schlüssel sein könntest.«

»Der Schlüssel zu was?«

»Der Schlüssel, um die Märchen retten zu können, natürlich«, antwortete Decima.

»Ich?«, fragte Tilly.

»Ja, du. Du bist absolut einzigartig und wahrscheinlich entscheidend. Und deshalb muss ich dich um einen großen Gefallen bitten.«

»Und der wäre?«, fragte Tilly zögerlich.

»Ich bräuchte ein paar Tropfen von deinem Blut«, antwortete Decima.

»Okay, das geht eindeutig zu weit!«, protestierte Oskar. »Wäre mir neu, dass Blut in einem Burgverlies zu irgendwas Gutem führt.«

»Nur ein paar kleine Tropfen«, sagte Decima und warf Oskar einen eisigen Blick zu. »Es steckt keine böse Absicht dahinter. Wir brauchen nur ein winziges bisschen von deinem Blut, um es mit dieser Buchmagie zu mischen, damit wir die Geschehnisse im Märchenland rückgängig machen können.«

»Deshalb hast du mich also hergebracht?«, fragte Tilly Gretchen.

»Ja«, antwortete sie betreten. »Entschuldige meine kleine List, aber ich hatte Angst, du würdest Nein sagen, oder du würdest deinen Großeltern davon erzählen, und vor lauter Liebe zu dir würden sie das große Ganze nicht erkennen.«

»Und du traust der da?«, fragte Tilly. »Obwohl sie Chalk für sich arbeiten lässt?«

»Ja, ich traue ihr«, sagte Gretchen. »Obwohl ich das mit Chalk nicht wusste. Aber Tilly, stell dir vor, du könntest von dir sagen, du wärst diejenige gewesen, die die Märchen gerettet hat. Denk doch mal daran, wie stolz deine Mum auf dich wäre.«

»Nur ein paar Tropfen?«, fragte Tilly.

»Ja.« Decima nickte. »Und war dein Großvater nicht einmal Bibliotheksdirektor? Dann ist diese kleine Spende nichts anderes als das, was er im Dienste der Geschichten getan hat. Du führst auf gewisse Weise die Familientradition fort.«

»Ich finde, darüber solltest du echt noch mal nachdenken, Tilly«, meldete sich Oskar wieder zu Wort. »Können wir mal kurz unter vier Augen reden?«

»Tut mir leid, dafür haben wir keine Zeit«, sagte

Decima. »Außerdem ist es Tillys Entscheidung. Weder meine noch Gretchens noch deine.«

»Es kann doch eigentlich nichts schaden, Oskar, oder?«, fragte Tilly.

»Natürlich kann es das!«, antwortete Oskar. »Du hast doch gesehen, dass die Bibliothekare Melvilles Blut benutzt haben, um ihn an die Geschichten zu binden.«

»Aber nur symbolisch«, warf Decima ein. »Bei der Prozedur war nichts weiter als Tinte und Blut dabei, ohne jede Magie.«

»Und danach können wir nach Hause?«, fragte Tilly.

»Natürlich«, antwortete Decima. »Gretchen kann euch begleiten, dich und ... Wie ist dein Name, Junge?«

»Oskar. Tun Sie einfach so, als wäre ich gar nicht da.«

»Sehr schön«, antwortete Decima. »Du kannst dich da drüben hinstellen.«

»Das war ironisch gemeint«, murmelte Oskar und wich Tilly nicht von der Seite.

»Also, was sagst du, Tilly?« Decima trat einen Schritt näher.

Tilly holte tief Luft. »Na gut. Versuchen wir's. Wenn wir dann nach Hause dürfen.«

Oskar öffnete den Mund, als wollte er noch etwas einwenden, beließ es dann jedoch bei einem Schulterzucken.

»Du musst es wissen, Tilly«, sagte er schließlich.

Tilly machte sich bereit. »Wenn es den Märchen hilft, dann mache ich's«, sagte sie und streckte die Hand aus.

29

Beweismaterial

Decima ging mit Tilly zu einem Tisch und nahm eine spitze Silbernadel mit rosenförmigem Griff zur Hand.

»Nur ein kleiner Piks«, sagte sie und zog Tillys Hand sachte über eine Glasflasche mit tiefschwarzer Buchmagie. Dann stach sie Tilly kurz in den Finger, und schon fielen zwei Tropfen Blut in die Flüssigkeit.

»Passiert irgendwas?«, fragte Oskar.

»Es ist jedenfalls kein fauler Trick, wenn du das meinst«, antwortete Decima genervt, ohne den Blick von der Flasche abzuwenden.

»Können wir dann jetzt gehen?«, fragte Tilly und hielt sich noch ein wenig den Finger.

»Nun ja, möglicherweise«, antwortete Decima. »Aber zuerst müssen natürlich überprüfen, ob es auch funktioniert hat. Mein Bruder sollte jede Sekunde hier sein.«

»Was? Melville? Aber wie ist das …?« Tilly lief ein eiskalter Schauer über den Rücken.

»Er folgt eurer Spur«, erklärte Decima. »Ihr habt das Glück, euch in einer Primärausgabe zu befinden. Und wie ihr wisst, wird alles, was in einer solchen Ausgabe passiert, in allen anderen Ausgaben dieses Buches gespiegelt. Es existieren allerdings nur noch zwei weitere. Ein Exemplar haben wir Gretchen gegeben, damit sie uns finden kann, und das andere war die ganze Zeit bei meinem Bruder in der Underlibrary, damit er sehen konnte, was hier vor sich geht und im richtigen Moment …«

Plötzlich stand Melville Underwood vor ihnen. Allerdings sah er völlig anders aus als das letzte Mal, als Tilly und Oskar ihn gesehen hatten. Keine Spur mehr von dem gut aussehenden, gepflegten jüngeren Mann. Stattdessen schien es, als wäre er in wenigen Tagen um zwanzig Jahre gealtert.

»Ach, Bruderherz, die Wirklichkeit meint es wohl nicht gut mit dir?« Decima grinste. »Ich mag die Erstgeborene sein, aber du bist jetzt eindeutig der ältere Zwilling von uns, würde ich sagen.«

Melville verzog keine Miene. »Hat es geklappt?«, fragte er, ohne Tillys Anwesenheit überhaupt zu beachten.

»Das werden wir gleich sehen«, antwortete Decima, woraufhin Melville einen Schritt nach vorn trat, sein Hemd auszog und seinen Oberkörper offenbarte, der, bis auf seine Unterarme, über und über mit verblassten Tätowierungen bedeckt war. Ein bestimmtes Muster war darin nicht zu erkennen, und die Motive ähnelten auch nicht den schönen Tattoos, die Tilly manchmal bei Buchladenkunden sah. Sie bestanden stattdessen hauptsächlich aus Linien und Kreisen und hier und da so etwas wie einem unleserlichen Schriftzug.

Zunehmend beunruhigt beobachteten Tilly und Oskar, wie Decima eine Nadel hervorholte, die an einem kleinen Holzstab befestigt war, und sie in die Flasche mit der Buchmagie tauchte, die Tillys Blutstropfen enthielt. Dann versetzte sie Melville damit eine Reihe winziger Stiche in die Schulter, an der Stelle, wo sich noch ein bisschen untätowierte Haut befand. Melville biss die Zähne zusammen.

»Das sieht nicht gut aus«, sagte Oskar.

»Was machen die beiden da?«, flüsterte Tilly Gretchen zu, der von dem Anblick ein bisschen übel zu werden schien.

Ich denke, das dient alles dazu, die Märchen zu retten«, antwortete sie. »Aber ich weiß es nicht genau, Tilly.«

»Warum fragst du dann nicht nach?«, wollte Oskar wissen. »Du warst doch offenbar so überzeugt von ihrem Plan. Oder sollen wir lieber einfach verschwinden? Auf so eine Tätowierung kann ich gut verzichten.«

»Niemand wird euch tätowieren«, antwortete Gretchen. »Keinen von euch. Vielleicht hast du recht, Oskar, und es wird Zeit, sich zu verabschieden.« Damit ging sie zur Tür, die allerdings verschlossen war.

»Ihr müsst uns leider noch ein Weilchen Gesellschaft leisten«, sagte Decima, ohne vom Arm ihres Bruders hochzusehen.

»Lass es gut sein, Decima«, sagte Gretchen. »Ich habe Tilly hergebracht, wie du es wolltest, und sie war gerne behilflich – obwohl mir nicht wirklich klar ist, wie das, was du da tust, den Märchen helfen soll. Also bringe ich die Kinder jetzt nach Hause, und wir beide sehen uns später, ja?«

»Tut mir leid, das wird nicht gehen«, antwortete Decima. »Verärgere mich lieber nicht, solange ich noch die Nadel in der Hand habe.« Sie wandte sich wieder ihrer Tätowierung zu, während Tilly Oskar sachte anstupste.

»Wir sollten versuchen, irgendwas für Grandad und Grandma mit rauszuschmuggeln«, flüsterte sie ihm kaum hörbar zu. »Sie werden Beweismaterial brauchen, um die anderen Bibliothekare zu überzeugen. Hast du irgendeine Idee, was wir mitnehmen könnten?«

Oskar sah sich um und nickte in Richtung der kleinen Flaschen mit Buchmagie darin. Tilly verstand. Sie nahm unauffällig zwei, gab eine davon Oskar und ließ die andere heimlich in ihre Tasche gleiten. Kurz darauf war Decima mit Melvilles Tätowierung fertig und wischte mit einem Tuch über ihr Werk.

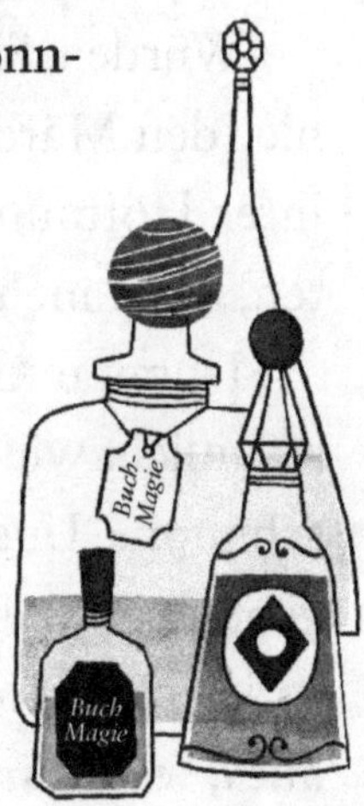

»Und?«, fragte Melville ungeduldig.

Decima betrachtete ihn. »Ich sehe keine Veränderung«, antwortete sie. »Schau mal in den Spiegel.«

»Sie haben also *doch* einen Zauberspiegel!«, rief Oskar.

»Das ist bloß ein ganz normaler, du Trottel«, antwortete Decima.

»Nein, keine Veränderung zu sehen«, stellte Melville fest und beäugte sein Gesicht im Spiegel. »Du hast irgendwas falsch gemacht.«

»Ganz sicher nicht«, erwiderte Decima kalt. »Meine Untersuchungen waren äußerst gründlich. Vielleicht müssen wir die Ergebnisse noch etwas weiter verfeinern.«

»Dann beeil dich gefälligst«, antwortete Melville. »Du siehst ja, in welchem Zustand ich bin.«

»Würden Sie uns bitte mal erklären, wie das Ganze hier den Märchen helfen soll?«, fragte Tilly, obwohl von ihrer Hoffnung, dass sie ihnen die Wahrheit gesagt hatten, nicht mehr viel übrig war.

»Dumme Gans«, antwortete Decima. »Wirklich erstaunlich, wie naiv du bist. Die Märchen sind mir völlig schnuppe. Unglaublich, wie einfach es war, dich vom Gegenteil zu überzeugen. Kein Wunder, dass Gretchen dich so leicht herlocken konnte. Glaubst du eigentlich immer alles, was man dir erzählt?«

Tilly sah Gretchen an, die inzwischen ziemlich blass war und sehr aufgeregt zu sein schien.

»Ich hatte keine Ahnung«, beteuerte Gretchen. »Es tut mir so leid, Tilly. Ich bringe uns nach Hause, versprochen.«

»Versprich lieber nichts, was du nicht halten kannst«, sagte Melville.

Im selben Moment hörten sie wieder dieses Rumpeln, das sie schon von draußen kannten, und plötzlich tat sich ein riesiger Spalt im Boden auf, der ihnen allen den Weg zur Tür und zur Treppe abschnitt. Entsetzt mussten sie mit ansehen, wie der Tisch, auf dem das blaue Buch lag, in dem sie hergewandelt waren, ins Wanken geriet und in die Tiefe stürzte. Doch statt laut krachend hinunterzufallen, verschwand er völlig lautlos im Dunkel, kaum dass er es berührt hatte, als hätte ihn ein See aus Öl verschluckt. Genau dasselbe war mit dem Stein passiert, den Hans damals in die Behausung der Zwerge geworfen hatte.

»Verdammt!«, fluchte Melville. »Wir müssen schleunigst sehen, dass wir hier wegkommen.«

»Denkst du, das weiß ich nicht?«, zischte Decima.

»Also, nur um das noch mal klarzustellen«, sagte Oskar. »Sie haben nicht vor ... diesen Schlamassel wieder in Ordnung zu bringen?«

»Nein, Junge«, antwortete Decima. »Uns habt ihr das Ganze zu verdanken.«

Das brachte für Gretchen das Fass zum Überlaufen. Sie

sprang auf und stapfte wütend auf die Geschwister zu »Ihr seid diejenigen, die die Märchen zerstören?«

»Ja«, antwortete Decima. »So sieht's aus. Du weißt doch, wie empfindlich diese Art von Geschichten ist. Auf einer unserer lange zurückliegenden Touren merkten wir durch Zufall, dass Buchmagie austritt, wenn man sie beschädigt. Was ja bekanntlich ein äußerst kostbarer Rohstoff ist, den man für alle möglichen Zwecke verwenden kann.«

»Ihr macht also absichtlich Märchen kaputt?«, fragte Tilly entsetzt.

»So ist es«, sagte Melville langsam, so als würde er einem kleinen Kind etwas erklären. »Wenn man sich zielgerichtet zwischen verschiedene Sammlungen drängt und zwischen den Erzählebenen hin und her bewegt, dann schwächt das die Märchen und erleichtert gleichzeitig den Figuren, aus einer Geschichte in die andere zu wechseln. Und durch diesen Vorgang wird all die wunderbare Buchmagie für uns freigesetzt. Ist das nicht schön? Zugegeben, dass die Nachsatzblätter so reagieren würden … wie sie jetzt reagieren«, er deutete auf den Spalt im Boden, »war mir vorher nicht klar. Wir sollten uns also etwas überlegen. Und zwar schnell«, sagte er zu Decima, als der Raum wieder anfing zu beben und der Riss im Boden noch größer wurde.

»Ja, ja«, antwortete sie und begann laut zu überlegen. »Hm, ich habe nur ein paar Tropfen benutzt. Vielleicht hängt es mit der Menge zusammen und wir brauchen mehr.«

»Mehr?«, fragte Tilly ängstlich. »Mehr von was?«

»Mehr von deinem Blut natürlich«, antwortete Decima. »Komm her zu mir.«

»Kommt nicht in die Tüte!«, erwiderte Oskar.

»Nein«, sagte Tilly. »Und ich verstehe es immer noch nicht ... Wozu die Tätowierungen?«

»Eine der besonders netten Möglichkeiten, wie man Buchmagie nutzen kann, besteht darin, die ein oder andere ihrer Eigenschaften zu übernehmen«, erklärte Decima und hob die Stimme, um das fortwährende Rumpeln zu übertönen. Dabei durchwühlte sie die Papiere, auf denen sie ihre Forschungsergebnisse aufgezeichnet hatte. »Wenn es gelingt, jemandem ein bisschen davon in den Körper zu schleusen, dann kann derjenige etwas von der Unsterblichkeit der Geschichten in sich aufnehmen.«

»Aber einfach trinken kann man Buchmagie wohl nicht?«, fragte Oskar erschrocken.

»Das haben wir natürlich versucht«, antwortete Melville und stütze sich an einem wackelnden Tisch ab. »Aber die Wirkung war nur vorübergehend. Tätowierungen haben sich bis jetzt als die effektivste Methode erwiesen. Allerdings scheint sie nur zu funktionieren, solange wir uns innerhalb der Geschichten befinden. Hier vor Ort haben wir es geschafft, unseren Alterungsprozess aufzuhalten. Wie ihr allerdings an meinem Gesicht sehen könnt, lässt die Wirkung in der realen Welt sofort nach. Ja, es scheint sogar, als würde mein Körper doppelt so schnell altern wie vorher. Deshalb brauchen wir Matilda.«

»Du entstammst der Welt der Geschichten und der realen Welt«, sagte Decima zu Tilly. »Wenn wir also dein Blut mit Buchmagie mischen, müssten die Tätowierungen länger halten. Zumindest lange genug, um diesen Prozess zu verlangsamen und uns genug Zeit zu verschaffen, um herauszufinden, wie wir ihn ganz stoppen können.«

»Aber warum das Ganze?«, fragte Tilly.

»Unsterblichkeit«, antwortete Decima. »Man sollte doch annehmen, dass der Reiz des ewigen Lebens auf der Hand liegt. Weitere Details unserer Forschungsziele sind aber nicht für deine Ohren bestimmt, so leid es mir tut. Grundsätzlich teile ich durchaus gerne die wissenschaftlichen Erkenntnisse mit dir, an denen du teilhast, Matilda, aber wir wollen es nicht übertreiben. Also, hilfst du uns jetzt freiwillig oder nicht? Die Zeit läuft uns nämlich davon.« In dem Moment öffnete sich ein weiterer Riss im Boden, und ein Stapel Papiere flatterte hinein und war sofort verschwunden.

»Natürlich nicht«, antwortete Tilly, obwohl sie noch keine Idee hatte, wie sie sich dagegen wehren sollte.

»Schade«, antwortete Decima. »Wenn auch nicht ganz unerwartet in diesem Stadium. Aber gut, das ist uns sowieso egal.« Und damit nahm sie ein silbernes Messer von dem Tisch hinter sich.

»Nein!«, rief Gretchen und stellte sich zwischen Tilly und Oskar und die Geschwister Melville. »Jetzt reicht es. Schluss mit eurem perfiden Plan.« Tilly merkte, dass Gretchen weinte. »Ich werde nicht zulassen, dass ihr Tilly irgendein Leid zufügt, was immer ihr im Schilde führt.«

»Sieh an, endlich ein bisschen Rückgrat«, spottete Decima. »Als es deinen eigenen Zielen diente, hattest du kein Problem damit, das Blut des Mädchens zu benutzen, aber jetzt schon?«

»Bis heute dachte ich auch, es ginge darum, Märchen zu reparieren, nicht sie zu zerstören«, antwortete Gretchen. »Außerdem wolltest du nur ein paar Tropfen!«

»Was die Sache wohl kaum besser macht«, knurrte Oskar, der merkte, dass er wenig Vertrauen in Gretchens Fähigkeiten hatte, sie zu beschützen.

»Wer ist der Junge?«, fragte Melville, der Oskar anscheinend erst in dem Moment richtig wahrnahm.

»Das ist nicht Ihr Ernst, oder?!«, fragte Oskar. »Ich bin doch schon die ganze Zeit hier.«

»Das ist mein bester Freund«, antwortete Tilly. »Und ihr rührt ihn nicht an.«

»Wie niedlich. Aber ich versichere dir, dass wir nicht das geringste Interesse an ihm haben«, sagte Melville.

»Unverschämtheit«, brummelte Oskar, und Tilly sah ihn erstaunt an.

»Willst du damit sagen, du wärst lieber derjenige, dem die bösen Zwillinge das Blut abzapfen?«, fragte sie.

»Nee, ich finde es bloß unverschämt, dass sie sagen, ich wäre ihnen völlig egal«, antwortete Oskar. »Aber du hast recht, das ist momentan wohl nicht das dringendste Problem, das wir haben.« Er wandte sich wieder den Erwachsenen zu, die ihn alle drei anstarrten. »Weiter im Text«, sagte er.

»Nur, dass Sie es wissen«, erklärte Tilly den Underwoods, »zu Hause wird es auffallen, dass ich weg bin. Sie können mich nicht einfach umbringen oder hierbehalten oder was Sie sonst vorhaben.«

»Ich bin sicher, sie werden alle untröstlich sein, wenn sie hören, dass ihr beide mit Gretchen buchgewandelt seid und dummerweise von der Hexe im Lebkuchenhaus verspeist wurdet«, antwortete Melville. »Was für eine Tragödie, werden sie denken, dass Archie und Elsie so leichtsinnig waren, ihre einzige Enkeltochter mit der berüchtigten Rebellin Gretchen Stein losziehen zu lassen, um …«

»So, jetzt reicht's«, unterbrach Gretchen ihn. Sie straffte die Schultern und sah Vesper und Melville wütend an.

»Das glaube ich nicht«, sagte Melville und verpasste ihr einen so plötzlichen Stoß gegen die Schulter, dass sie rückwärtsstolperte.

»Nein!«, schrie Tilly und hechtete nach vorn. Aber sie war nicht schnell genug, und Gretchen stürzte in die Spalte im Boden und wurde auf der Stelle von den Nachsatzblättern verschluckt.

»Was haben Sie getan?!«, rief Oskar entsetzt. »Sie haben sie umgebracht!«

»Mach dich nicht lächerlich«, antwortete Decima. »Sie ist nur zwischen die Nachsatzblätter geraten.«

»Kommt sie dann in der Underlibrary raus?«, fragte Tilly.

»Bedaure, das eher nicht.«

»Aber wo ist sie dann?«

»Oh, sie schwebt wahrscheinlich in der unendlichen Leere«, antwortete Melville. »Keine Sorge, irgendwer wird sie da schon irgendwann rausfischen.«

Melvilles Worte brachten Tilly auf eine Idee. Sie fasste Oskar an und wich langsam mit ihm zurück. »Vertraust du mir?«, flüsterte sie ihm zu.

»Da fragst du noch!«, antwortete Oskar leise und drückte fest ihre Hand.

Tilly holte tief Luft und zog ihren Freund weiter, bis sie beide mit geschlossenen Augen in die Nachsatzblätter fielen und Melville und Decima nichts anderes übrig blieb, als ihnen verdutzt nachzuschauen.

Kurz darauf bestätigte der vertraute Geruch nach Holz und Papier ihnen, dass sie genau an dem Ort herausgekommen waren, den Tilly sich erhofft hatte.

»Wage es ja nicht, mir zu sagen, du hättest es gleich gesagt«, murmelte sie im gedämpften Licht des Büros, in dem sie gelandet waren.

»Das würde ich niemals tun!« Oskar grinste.

»Aber du hattest natürlich recht«, gestand Tilly ein. »Tut mir leid, dass ich uns in diese schwierige Lage gebracht habe.«

»Du brauchst dich nicht zu entschuldigen«, antwortete Oskar. »Ich verstehe, warum du mit Gretchen gehen wolltest. Und es ist ja nichts passiert. Na ja, fast nichts. Und nun, wo wir Melville und Decima so gesehen haben, können sie sich auch nicht mehr verstecken. Was unternehmen wir jetzt?«

»Ein Telefon suchen und Grandma und Grandad Bescheid sagen, denke ich?«, schlug Tilly vor. »Heute ist Weihnachten, da wird wohl sonst niemand hier sein.« Sie tastete an der Wand entlang, bis sie einen Lichtschalter fand, und machte das Licht an. Auf einem Schreibtisch stand ein altes Wählscheibentelefon. Tilly seufzte erleichtert, als sie den Hörer abnahm und das Freizeichen hörte, und wählte rasch die Nummer von Pages & Co. »Bestimmt haben sie noch nicht mal gemerkt, dass wir fort waren«, sagte sie, doch gleich beim ersten Klingeln nahm jemand ab.

»Matilda?«, meldete sich Grandad ganz aufgeregt.

»Hallo, ja, ich bin's«, antwortete Tilly. »Kannst du mich …«

»Wo bist du? Geht es dir gut? Sind Oskar und Gretchen bei dir?«

»Oskar und ich sind in der Underlibrary«, antwortete Tilly. »Wir dachten, ihr hättet noch gar nicht gemerkt, dass wir weg sind.«

»Matilda«, antwortete Grandad mit brüchiger Stimme. »Heute ist der zweite Weihnachtsfeiertag. Ihr beide wart fast zwei Tage verschwunden.«

30

Ein Feind des britischen Buchwandelns

Wir haben uns solche Sorgen gemacht«, sagte Grandad. »Ich hätte mir nie verzeihen können, wenn dir etwas zugestoßen wäre, Tilly.«

»Uns geht's gut, wirklich«, versuchte Tilly ihn zu beruhigen.

»Was ist mit meiner Mum?«, fragte Oskar leicht panisch aus dem Hintergrund.

»Sie ist hier bei uns«, antwortete Grandad. »Es geht ihr gut, zumindest gleich, wenn sie erfährt, dass wir jetzt wissen, wo ihr seid. Wir erklären ihr alles, sobald ihr sicher hier ankommt. Und es hört sich an, als hättet ihr uns auch eine Menge zu erzählen. Also, wisst ihr, wie ihr in den Kartenraum findet?«

Grandad beschrieb Oskar und Tilly noch einmal den Weg. Im Kartenraum würden er und Amelia sie, dank des Geheimportals, das die Underlibrary mit Pages & Co. verband, abholen.

»Passt auf, dass euch niemand sieht«, warnte er sie noch. »Amelia sagt, heute arbeiten vielleicht ein paar der Kollegen, einschließlich Seb. Wenn es irgendwie brenzlig wird, dann fragt nach ihm und sagt so wenig wie möglich, bis wir da sind. Verstanden?«

»Alles klar, bis gleich«, antwortete Tilly, und sie und Oskar schlichen sich in den Flur und versuchten, sich zu orientieren.

»Wie kann es sein, dass wir zwei Tage weg waren?«, fragte Oskar fassungslos. »Und was haben sie wohl meiner Mum erzählt?«

»Meinst du, sie würde die Wahrheit glauben?«, fragte Tilly.

»Keine Ahnung, aber irgendwas müssen sie ihr erzählt haben, sonst wäre sie direkt zur Polizei gegangen.«

»Was, wenn sie das tatsächlich gemacht hat?« fragte Tilly erschrocken.

»Das merken wir dann schon.« Oskar schluckte nervös. »Aber jetzt müssen wir erst mal hier raus. Ich hab einen absolut miesen Orientierungssinn. Weißt du, wo wir langmüssen?«

»Nach links, denke ich«, antwortete Tilly.

»Ich kann immer noch nicht glauben, dass wir tagelang weg waren«, sagte Oskar, während sie links herum den Flur entlangliefen. »Es kam mir höchstens wie eine Stunde vor.«

»Dass das mit der Zeit in Büchern manchmal etwas

anders läuft, ist ja bekannt«, antwortete Tilly. »Aber dass sie im realen Leben so viel schneller vergeht, hab ich auch noch nie gehört.«

»Das liegt bestimmt daran, dass die Underwoods alles durcheinandergebracht haben«, meinte Oskar nachdenklich. »Meinst du, irgendwer findet Gretchen? Sie hat uns zwar diesen ganzen Schlamassel eingebrockt, aber ich weiß nicht, ob sie es verdient hat, ewig in … wie haben sie es genannt?«

»Unendliche Leere.«

»Genau, in der unendlichen Leere zu schweben.«

»Amelia kann da sicher helfen«, beruhigte ihn Tilly, die, obwohl Gretchens Betrug sie noch ziemlich schmerzte, mit Oskar einer Meinung war. Gretchen hatte es wirklich nicht verdient, für immer in den Nachsatzpapieren verschollen zu bleiben.

Als sie um die Ecke bogen, rief Tilly sich in Erinnerung, dass sie selbst ja auf dieselben Lügen hereingefallen war wie Gretchen. Im nächsten Moment standen sie einer Bibliothekarin gegenüber. Es war Angelica, die junge Frau, die nach der Amtseinführungszeremonie Grandma und Grandad markiert hatte.

»Was macht ihr denn hier?«, fragte sie verwundert.

»Äh …« Tilly suchte krampfhaft nach einer guten Ausrede für den Umstand, dass sie am zweiten Weihnachtsfeiertag durch die Underlibrary spazierten.

»Wir sind auf der Suche nach Seb«, antwortete Oskar,

dem in diesem Moment Grandads Instruktionen wieder einfielen.

»Aha«, antwortete Angelica noch immer etwas verwirrt. »Der ist in einer Besprechung – ich bin gerade auf dem Weg dorthin. Ich bringe euch zu ihm.«

»Ach, nur keine Umstände«, antwortete Tilly. »Wir möchten die Besprechung nicht stören.«

»Aber da ist Seb nun mal.«

»Wir können ja warten.«

»Und ihr seid sicher, dass ihr hier sein dürft?«, fragte Angelica, die immer misstrauischer wurde. »Ich denke, ihr solltet lieber mit mir kommen.«

Außer sich umdrehen und wegrennen hätten sie nichts tun können. Also folgten sie Angelica den Flur entlang bis in einen großen Raum, in dem ungefähr fünfzehn Bibliothekare um einen Tisch herum saßen und Melville Underwood aufmerksam zuhörten. Er sah immer noch aus wie ein gepflegter Mann mittleren Alters und wirkte völlig gelassen. Nichts deutete darauf hin, dass er vor Kurzem noch in einer düsteren Burg von seiner vermeintlich toten Schwester tätowiert worden war. Er blickte zwar auf, als sie hereinkamen, ließ sich aber nichts anmerken.

»Warum sind die Kinder hier, Angelica?«, fragte er. »Und noch dazu in ihrer Nachtwäsche, wie es den Anschein hat.«

Tilly lief rot an, während alle sie anstarrten. Sie hatte

völlig vergessen, dass sie immer noch ihre Schlafanzüge und ihre Hausschuhe anhatten.

»Die beiden sind mir im Flur in die Arme gelaufen«, antwortete Angelica. »Sie behaupten, sie wären auf der Suche nach Seb.« Sämtliche Köpfe am Tisch drehten sich zu Seb, der Tilly eindringlich ansah, woraus sie schloss, dass er wahrscheinlich wusste, dass sie seit zwei Tagen vermisst wurden. Er neigte kaum merklich den Kopf, als wollte er fragen, ob alles in Ordnung sei, und Tilly nickte als Antwort kurz.

»Tut mir leid, dass wir stören«, sagte Tilly. »Wir sind schon wieder weg.«

»Aber das macht doch nichts«, antwortete Melville scheinheilig. »Kein Grund, schon wieder zu gehen. Nehmt doch Platz, wir bringen euch dann später nach Hause.«

Sie wussten nicht recht, was sie tun sollten, also setzten sie sich.

»Nun, wie ich schon sagte, bevor wir unterbrochen wurden«, fuhr Melville fort, »ich habe wunderbare Neuigkeiten. Voller Freude und unsäglicher Erleichterung kann ich euch mitteilen, meine lieben Freunde, dass ich nach vielen Jahren endlich etwas von meiner lange vermissten Schwester Decima gehört habe, die wir alle für tot hielten.«

Tilly und Oskar wechselten einen verdutzten Blick.

»Es ist ein wahres Wunder. Sie hat sich in all dieser Zeit nicht nur an einem sicheren Ort im Märchenland versteckt halten können, sie hat es auch geschafft, Kontakt zu uns aufzunehmen. Und so habe ich erfahren, dass sie etwas erreichen konnte, was mir leider nicht gelungen ist, nämlich Enoch Chalk zu finden und festzusetzen.«

»Was?«, flüsterte Oskar Tilly zu, was ihm strenge Blicke von Melville und Seb einbrachte, jeweils aus unterschiedlichen Gründen.

»Ja, ich glaube sogar«, fuhr Melville fort, »dass sie ihn seiner gerechten Strafe zuführen wird … und zwar jetzt in diesem Moment, denn …«

In der nächsten Sekunde ging die Tür auf, und Decima Underwood erschien auf der Bildfläche. Dieses Mal trug sie nicht ihr prächtiges rotes Samtgewand, sondern ein löchriges braunes Kleid, und die Haare hatte sie mit einem ausgefransten Stück Stoff zusammengebunden. Hinter ihr stand ein ziemlich selbstgefällig aussehender Enoch Chalk.

»Packt ihn!«, rief Melville, woraufhin allgemeine Unruhe entstand, weil die versammelten Bibliothekare nicht wussten, was sie tun sollten, und Chalk sich verwirrt umsah, um festzustellen, wer denn da gepackt werden sollte.

Schließlich ergriffen ihn zwei der Anwesenden an den Ärmeln, und Chalk schimpfte entrüstet los.

»Was soll das, Melville?«

»Wir halten dich wegen folgender Vorwürfe fest: eine Bedrohung für die Unversehrtheit unserer Geschichten darzustellen; auf der Flucht aus deiner Primärquelle einen

Bibliothekar umgebracht zu haben; eine geschätzte Mit-Buchwandlerin von ihrer Tochter entfernt und als Geisel genommen zu haben; die Absicht zu verfolgen, dir ein reales Leben zu stehlen; und dich zu weigern, in deine Primärausgabe zurückzukehren. Des Weiteren wirst du verdächtigt, zu deinem eigenen Nutzen vorsätzlich Märchen zu zerstören. Bekennst du dich schuldig?«

»Nun ja, schon«, antwortete Chalk. »Aber du wusstest von alldem.«

»Selbstverständlich, wir wussten alle von deinen Verbrechen«, sagte Melville. »Und jetzt wirst du dafür geradestehen.«

»Ich verstehe nicht ganz, mein Freund«, antwortete Chalk, während sein Gesicht eine leicht grünliche Frage annahm. Er begriff, dass er irgendwie in eine Falle gegangen war, verstand aber nicht recht, warum. »Wir haben doch in den letzten Monaten zusammengearbeitet, oder etwa nicht?«

»Hört nur, welche Lügen er sich ausdenkt, um sich den Konsequenzen seiner Taten zu entziehen«, erklärte Melville herablassend. Chalk versuchte, sich aus dem Griff der Bibliothekare herauszuwinden, aber die hielten ihn nur umso fester.

»Du hast versprochen, mir zu helfen!«, rief Chalk. »Du hast geschworen, mir ein bisschen von deiner Buchmagie abzugeben, damit ich mich endlich von dem Zauber befreien kann, der mich an ein einziges Buch bindet. Du hast mir ihr Blut versprochen«, sagte er und warf Tilly einen bösen Blick zu.

Ein Raunen ging durch den Raum.

»Du belastest dich gerade selbst immer mehr, mein Lieber«, antwortete Melville gespielt mitleidig. »Und du gibst zu, dass du nicht nur versucht hast, Buchmagie für deine eigenen Ziele zu missbrauchen, sondern schlimmer noch, du hattest es auch noch auf das Blut eines Kindes abgesehen?«

»Was soll diese Show, Melville?«, fragte Chalk. »Was hast du davon, mich so zu behandeln?«

»Es geht nicht um meinen persönlichen Vorteil«, antwortete Underwood. »Ich will nur das Versprechen erfüllen, das ich am Tag meiner Wahl gemacht habe, und dich deiner Strafe für die ganzen Verbrechen zuführen, die du gerade vor all diesen Zeugen gestanden hast.«

»Ihr da!«, rief Chalk daraufhin und stieß die Hand in Tillys und Oskars Richtung. »Ihr könnt ihnen bestätigen, dass ich nicht lüge.« Es quälte ihn offenbar sehr, die Worte auszusprechen, mit denen er Tilly um Hilfe bitten musste, aber er war wirklich verzweifelt. »Nun red schon, Mädchen«, forderte er sie noch einmal auf. »Du warst doch dabei, du weißt, was sie getan haben.«

Tilly und Oskar schwiegen. Sie wussten nicht, was sie tun sollten. Melville log, das war klar, aber sich auf Chalks Seite zu stellen, kam nicht infrage. Die Wut, die in Tilly brannte, seit sie herausgefunden hatte, was dieser

Mann ihrer Mutter angetan hatte, loderte heiß. Sie würde kein einziges Wort sagen, um ihm zu helfen.

»Ich verstehe das nicht«, sagte Chalk, als ihm klar wurde, dass Tilly ihm nicht beistehen würde. »Melville, mein Freund, können wir vielleicht ein Wörtchen unter vier Augen reden?«

»Ich bin nicht dein Freund«, antwortete Melville kühl. »Du bist ein Feind des britischen Buchwandelns. Deine Lügen will hier niemand mehr hören.«

»Wie kannst du es wagen, so mit mir zu sprechen?«, erwiderte Chalk und wurde wieder wütend. »Es wird Zeit, dieses Theater zu beenden.« Er wandte sich an die anderen Bibliothekare, unter denen noch immer Verwirrung herrschte. »Meine Freunde«, begann er. »Ich weiß, dass ich euch einiges vorenthalten habe, während ich euer Kollege war, aber viele von euch haben jahrelang eng mit mir zusammengearbeitet, und der Schutz der Bücher war mir immer das wichtigste Anliegen, das versichere ich euch. Alles, was ich wollte, war das, was ihr auch habt – ein Leben. Dieser Mann, der da vor euch steht und euch so schamlos belügt, hatte mich während der letzten Monate zusammen mit seiner Schwester versteckt. Sie sind diejenigen, die die Buchmagie stehlen.«

Überall im Raum sah man verunsicherte Gesichter, aber Chalks Vergehen waren zahlreich, und jeder wusste davon. Man merkte den versammelten Bibliothekaren an, dass sie sich von ihm verraten fühlten. Deshalb verteidigte ihn jetzt auch keiner.

»Du plapperst ja nur meine Beschuldigungen nach«, sagte Melville. »Wir haben genug gehört.« Er wandte sich wieder an die anderen Bibliothekare. »Seid ihr überzeugt, dass dieser Mann Enoch Chalk ist und gerade diverse Verbrechen gegen das britische Buchwandeln gestanden hat?« Allgemeine Zustimmung, denn niemand konnte irgendetwas davon leugnen. Melville nickte, griff in die Innentasche seines Anzugs und zog ein schlichtes, braunes Buch heraus.

»Woher hast du das?«, fragte Chalk, dem plötzlich die blanke Panik ins Gesicht geschrieben stand. »Das gehört mir.«

»Nein, gehört es nicht«, antwortete Melville. »Es ist Eigentum der Underlibrary und ihrer Wächter. Doch ungeachtet dessen wird es Zeit, dass deine Geschichte langsam endet.« Und damit schleuderte er das Buch ohne jegliche Vorwarnung ins Feuer, das hinter ihm im Kamin brannte.

Chalk stieß einen markerschütternden Schrei aus, der jedem im Raum einen kalten Schauer über den Rücken jagte. Die beiden Männer, die ihn festhielten, wichen zurück, während er entsetzt seine Hände anstarrte, die anfingen, sich schwarz zu verfärben und zu qualmen. Gleichzeitig rann ihm eine schwarze Flüssigkeit aus Augen und Ohren.

Tilly hatte das Gefühl, ihr würde schlecht, aber sie konnte den Blick einfach nicht abwenden. Sämtliche Anwesenden beobachteten voller Entsetzen, wie sich Chalks Haut vor ihren Augen in Pergament zu verwandeln schien und genauso lichterloh in Flammen aufging wie das Buch im Feuer. Es roch nicht nach verbranntem Fleisch, sondern nach verbranntem Papier, und bald schon blieb von Chalk nichts weiter übrig als ein kleines Häufchen schwelende

Asche

auf dem

Fußboden.

31

Der springende Punkt

Als die Asche verglüht war, passierten zwei Dinge gleichzeitig: Decima fiel theatralisch in Ohnmacht, und die Tür flog auf und Grandad, Amelia und Bea stürzten herein.

»Melville Underwood, ich wusste, dass wir dich auf frischer Tat ertappen würden!«, rief Amelia.

Seb schüttelte heftig den Kopf, wohl wissend, dass die Bibliothekare auf Melvilles Seite standen, nachdem der nun Chalk seiner Strafe zugeführt hatte. Grandad hastete zu Tilly und Oskar, um sich zu vergewissern, dass ihnen auch nichts passiert war.

»Amelia«, sagte Melville. »Du warst zu diesem Treffen nicht eingeladen. Und du, Archie, bist in der Underlibrary nicht willkommen, da hatte ich mich doch wohl ziemlich deutlich ausgedrückt. Und du«, damit wandte er sich an Bea, »musst Archies Tochter sein. Es ist wohl selbstverständlich, dass du ebenfalls nicht befugt bist, hier zu sein. Könnte mal jemand unsere Primärquellen in Sicherheit bringen, vor allem die mit heiratsfähigen Männern?«

Auf diesen fiesen Scherz erwartete er offensichtlich Gelächter, das jedoch ausblieb. Und aus dem allgemeinen Schweigen konnte man schließen, dass Grandads Zugangsverbot wohl nicht bekannt gemacht worden war.

»Angesichts der Tatsache, dass meine Enkeltochter zwei Tage vermisst wurde, waren mir deine albernen Regeln schnurz«, antwortete Grandad.

»Du wusstest zwei Tage lang nicht, wo deine Enkelin sich aufgehalten hat – und das an Weihnachten?«, fragte Melville in einem Tonfall, der dieses Vorkommnis nach einer groben Nachlässigkeit ihrer Großeltern klingen lassen sollte.

»Nein, das stimmt so nicht«, erklärte Tilly den Anwesenden. »Wir sind nur buchgewandelt, aber es hat viel länger gedauert als gewöhnlich. Weil diese beiden da« – sie zeigte auf Melville, der sich inzwischen neben Decima gekniet hatte – »dabei sind, die Märchen zu zerstören. Chalk hat die Wahrheit gesagt!«

Allgemeines Nach-Luft-Schnappen war zu hören.

»Warum hast du uns dann nicht früher aufgeklärt?«, fragte einer der Bibliothekare sichtlich verwirrt, und Tilly erkannte, dass es Cassius war, der die Frage stellte. »Warum hast du zugelassen, dass Chalk vernichtet wurde, wenn es gestimmt hat, was er sagte?«

»Weil es auch stimmt, dass er viele schreckliche Dinge getan hat.«

»Und wer hat nun deiner Ansicht nach gelogen, mein Kind?«, fragte Cassius.

»Alle beide«, antwortete Tilly. »Was Chalk über Underwood und seine Schwester gesagt hat, ist wahr. Sie zerstören absichtlich Geschichten, um Buchmagie zu stehlen.«

»Das ist eine ziemlich schwere Anschuldigung, die du da gegen den Bibliotheksdirektor vorbringst«, erwiderte Cassius herablassend. »Und du, Junge, bist offensichtlich ihrer Meinung. Wieder einmal«, sagte er zu Oskar, der ihn böse anblitzte.

»Wir haben etwas als Beweis mitgebracht!«, rief er und wollte das Fläschchen Buchmagie aus seiner Tasche ziehen, musste jedoch feststellen, dass diese leer war. »Ich schwöre, in der Geschichte hatte ich es noch«, versicherte er den grinsenden Bibliothekaren.

»Was für ein Hohlkopf«, spottete Melville. »Er glaubt doch tatsächlich, er könnte etwas aus einem Buch mit in die reale Welt bringen. Zum Glück funktioniert das nicht, und was immer du da stehlen wolltest, ist an seinem Platz geblieben«, sagte er. »Zum Glück für dich, meine ich.«

Und obwohl Tilly das harte Glas der kleinen Flasche in ihrer Tasche fühlte, schwieg sie in der Hoffnung, Oskar würde verstehen warum.

»Wär's das dann?«, fragte Melville. »Wir haben jetzt zwar einen Haufen Unsinn gehört, aber es gibt keinerlei Beweise – für gar nichts. Soweit ich das sehe, haben wir hier einen Mitläufer von Gott weiß woher, einen, ach nein, *zwei* in Ungnade gefallene Ex-Bibliothekare und die vorlaute Tochter einer Buchwandlerin und einer *erfundenen Figur*, die uns … was genau sagen will?«

Als er Tillys Eltern erwähnte, wurde es totenstill im Raum.

»Was sagst du da, Melville?«, fragte Cassius.

»Ach, hatten sie dir das etwa auch verschwiegen?«, erwiderte Underwood. »Nun ja, Mathildas Vater ist Captain Crewe aus dem beliebten Kinderbuchklassiker *Sara und die kleine Prinzessin*. Ihr wisst doch sicher alle von Beatrice Pages' zwölf Jahre zurückliegenden Ausschweifungen. Offensichtlich hatten die mehr Auswirkungen, als viele von euch glaubten. Nach ihrem erfolglosen Versuch, wegen ihres Liebhabers eine Primärausgabe dauerhaft zu ändern, hat sie einen Weg gefunden, zu diesem Mann zurückzukehren, und, na ja, neun Monate später erblickte eine junge Buchwandlerin das Licht der Welt. Diese Information haben Archie und Elsie euch wohl offensichtlich vorenthalten.«

»Das ist eine Familienangelegenheit«, sagte Grandad. »Das geht keinen von euch etwas an.«

»Die Tochter eines Bibliotheksdirektors hat ein Kind mit einer erfundenen Figur, und das geht die Underlibrary nichts an?«, fragte Melville spöttisch.

»Genau«, meldete Bea sich das erste Mal zu Wort. »Was ich mit meinem Leben mache, ist ganz allein meine Sache. Und wenn ihr auf das Geschwafel dieses machtbesessenen Widerlings hört, dann verdient ihr es nicht besser.«

»Dann sind offensichtlich alle zufrieden«, sagte Melville. »Ihr wisst ja, wo der Ausgang ist.«

»Ich werde die Archivare suchen und ihnen erzählen, was hier passiert!«, rief Tilly über die Schulter, als sie gingen, und zu ihrem Entsetzen brachen alle in lautes Gelächter aus.

»Warum sagst du nicht gleich auch noch der Zahnfee Bescheid?« Melville grinste höhnisch. »Das bringt bestimmt genauso viel.«

»Aber ...«, begann Tilly, die vor Scham ganz rot im Gesicht war.

»Warte, bis wir zu Hause sind«, unterbrach Grandad sie. Dann wandte er sich an Melville: »Damit wirst du nicht durchkommen«, sagte er. »Das verspreche ich dir.«

»Ach ja? Das hast du das letzte Mal, als wir uns gesehen haben, auch gesagt, Archibald. Die Frage ist nur, mit was genau ich nicht durchkommen werde.«

»Ihr solltet euch schämen«, sagte Amelia zu den versammelten Bibliothekaren. »Denkt mal darüber nach, auf welcher Seite ihr in der Geschichte des Buchwandelns stehen wollt.«

Als Antwort bekam sie jedoch nur versteinerte Gesichter.

Nachdem Angelica sie aus der Underlibrary geleitet hatte, hielten sie es für das Beste, nicht durch den Kartenraum nach Hause zurückzukehren. Deshalb berichteten Tilly und Oskar auf der darauffolgenden trübsinnigen Taxifahrt, was sie alles erlebt hatten.

»Also, was ich nicht verstehe, ist, wie sie miteinander kommunizieren konnten«, sagte Tilly.

»Hat Decima nicht gesagt, dass ihr in einer Primärausgabe wart?«, fragte Amelia, und Tilly nickte. »Na ja, dann haben sie wahrscheinlich ihr eigenes neues Buch geschaffen; eine Sammlung von bekannten Märchen, nehme ich an, aber in einer neuen Version. Damit hatten sie die Primärquelle. Und was in einer Primärquelle passiert, wird natürlich in allen anderen Fassungen gespiegelt, also konnte jemand, der eine Ausgabe hat, sofort sehen, was vor sich geht, und sich hineinlesen.«

»Das Buch kam mir gleich bekannt vor«, sagte Oskar. »Das blaue Buch, das Gretchen dabeihatte. Es war dasselbe, in das Chalk verschwunden ist.«

»Ja, natürlich!«, rief Amelia. »Dass ich da nicht schon viel früher draufgekommen bin. Chalk und die Underwoods haben schon viel länger durch diese Bücher miteinander kommuniziert, als wir angenommen haben. Weiß der Himmel, wie lange Enoch schon unter ihrem Einfluss stand und für böses Blut in der Underlibrary gesorgt hat. Und dann hat er noch die Buchwächter gegen mich aufgehetzt. Anschließend wurde er abtrünnig und hat sich auf Bea und dich, Archie, fixiert. In dem Moment haben sie beschlossen, ihn loszuwerden. Genau wie das arme Gretchen.«

»Aber Gretchen können wir doch hoffentlich irgendwie zurückholen, oder?«, fragte Tilly. »Sie hat versucht, Decima aufzuhalten, als sie begriffen hat, was die wirklich vorhatte.«

»Ja, bestimmt.« Amelia nickte. »Seb soll sich darum kümmern. Keine Sorge, er findet sie. Und dann werden wir sehen, was wir mit ihr machen.«

»Glaubst du, sie ist unverletzt?«, fragte Tilly.

»Na ja, das wissen wir nicht genau«, antwortete Amelia ehrlich. »Aber wir schicken Seb am Montag gleich als Erstes zur Nachsatzblätterstelle, um sich auf die Suche nach ihr zu machen.«

»Das ist ja alles prima«, sagte Oskar. »Aber wie hat eigentlich meine Mum auf das Ganze reagiert?«

Amelia lächelte. »Ach, alles in allem hat sie die Sache ganz gut aufgenommen, denke ich.«

Als sie zurück zu Pages & Co. kamen, saß Mary völlig verstört am Küchentisch und starrte Löcher in die Luft. Sie stand nicht einmal auf, als Tilly und Oskar ins Zimmer traten.

»Mary ist wohl noch dabei, die Neuigkeiten zu verarbeiten«, erklärte Grandma leise und tauschte die kalt gewordene Tasse Tee, die vor Oskars Mutter stand, gegen eine neue, heiße, stark gezuckerte aus.

Oskar ging zu seiner Mutter und versuchte, sie zu umarmen. »Tut mir leid, dass ich es dir nicht erzählt habe, Mum«, sagte er. »Aber du hättest mir garantiert nicht geglaubt. Archie und Elsie haben die ganze Zeit auf mich aufgepasst, Ehrenwort.«

»Ich … ich …« Mary war unfähig zu sprechen.

»Es ist wegen Mamie«, fuhr Oskar fort.

»Deine Großmutter kannte die Frau, die euch an diesen Ort gebracht hat?«, fragte Mary, die es schließlich doch schaffte, etwas zu sagen.

»Ja, sie wusste allerdings nicht, was sie wirklich vorhatte«, verteidigte Oskar seine Mamie.

»Wie habt ihr es geschafft, dass Mary euch geglaubt hat?«, flüsterte Tilly ihren Großeltern zu, während Oskar weiter versuchte, seine Mutter zu beruhigen.

»Na ja, als ihr beide verschwunden wart, wollte sie natürlich direkt zur Polizei gehen«, erzählte Grandma. »Da fiel uns nichts anderes ein, als ihr die Wahrheit zu sagen. Und wir hielten es für das Beste, nun ja, sie ihr auch noch zu zeigen.«

»Ihr habt sie mit zum Buchwandeln genommen?«, fragte Tilly ungläubig.

»Ja. Etwas anderes blieb uns unter den gegebenen Umständen nicht übrig«, antwortete Grandad. »Wir haben mit ihr *Der Wind in den Weiden* besucht und am Flussufer ein nettes Picknick mit Maulwurf und Ratte gemacht. Doch obwohl wir extra einen freundlichen, ruhigen Ort ausgesucht hatten, war sie nicht besonders entspannt, und wir sind auch nicht lange geblieben. Aber irgendwann hat sie akzeptiert, dass das alles wirklich passierte. Einen sprechenden Maulwurf Sandwiches essen zu sehen, hat ihr scheinbar dabei geholfen. Danach wollte sie zwar nicht mehr zur Polizei, war jedoch nicht weniger wegen eures Verschwindens besorgt als vorher. Die Nachricht, dass eine auf Abwege geratene Buchwandlerin euch beide an einen unbekannten Ort im Märchenland entführt hat, wirkte auch nicht gerade beruhigend auf sie. Aber sie hat darauf vertraut, dass wir euch finden, was uns ja zum Glück auch gelungen ist. Ich hätte nie gedacht, dass ich mir mal wünschen würde, ihr wärt markiert gewesen.«

Tilly sah hinüber zu Mary, die Oskar jetzt fest in den Arm genommen hatte, aber immer noch verwirrt wirkte. Schließlich setzte Amelia sich neben sie und versuchte,

Marys Fragen zu beantworten, die nun, nachdem sie wieder sprechen konnte, nur so aus ihr heraussprudelten.

❄

»Also, was unternehmen wir jetzt?«, wollte Tilly wissen, als sie kurz darauf mit ihren Großeltern und ihrer Mutter zusammensaß.

»Na ja, wir müssen mehr darüber in Erfahrung bringen, was die Underwoods vorhaben«, antwortete Grandma.

»Außer unsterblich zu werden und überall und ewig herrschen zu wollen?«, fragte Tilly.

»Ein paar konkretere Details wird ihr Plan schon noch beinhalten«, vermutete Grandma. »Obwohl – du hast recht, im Kern ist das wohl ihr Ziel.«

»Wir brauchen genug Beweise, um die Underlibrary davon zu überzeugen, dass sie den Underwoods nicht glauben dürfen«, sagte Grandad. »Sie haben es ziemlich schlau angefangen, die Leute zu manipulieren und dabei deine Identität als Waffe zu benutzen, Tilly. Wir müssen vorsichtig vorgehen und sehen, wie wir das Blatt wenden können. Und hoffentlich fällt uns etwas ein, bevor sie anfangen, die Bücher zu sichern.«

»Im Moment«, sagte Grandma, »ist es erst mal das Wichtigste, dass wir uns um uns kümmern. Soll ich mal Teewasser aufsetzen?«

Tilly nickte. Doch sie konnte die innere Stimme einfach nicht vertreiben, die ihr sagte, dass sie irgendetwas Wichtiges übersehen hatten. In ihrem Zimmer befanden sich, fein säuberlich auf dem Bücherregal aufgereiht, ein eiserner Schlüssel, ein Fläschchen Buchmagie, ein Beutel mit Brotkrumen, ein schmales Buch, ein Knäuel rotes Garn und ein Papierschnipsel mit einem Hinweis auf die Library of Congress in Amerika. Einiges davon hatte sie gefunden, anderes war ihr geschenkt worden. Wenn sie eine Verbindung zwischen diesen Dingen herstellen könnte, dachte sie unwillkürlich, dann würde ihr das vielleicht einen ganz neuen Blickwinkel eröffnen – auf ihr Leben, auf ihre Herkunft und auf das

Buchwandeln.

Epilog

Drei Monate später

Der Alltag verlief wieder in seinen normalen Bahnen, wenngleich sie alle aufmerksam im Auge behielten, was in der Underlibrary vor sich ging. Über Seb erfuhren sie, dass dort zwar nach wie vor über die Maßnahmen, die Melville angedroht hatte, geredet wurde, dass aber bisher noch nichts davon in Kraft getreten war. Die Erwachsenen hofften offenbar, es wäre alles nicht so schlimm, wie sie geglaubt hatten, und sie könnten Melvilles Amtszeit ohne allzu viele Schwierigkeiten aussitzen.

Die Begeisterung, mit der Tilly begonnen hatte, in dem schmalen Büchlein nach Hinweisen zu suchen, ließ mit der Zeit nach. Offenbar war es wirklich nichts weiter als eine sehr klein gedruckte Bibliotheksgeschichte.

So ging das Leben weiter, und ehe Tilly sich's versah, begannen schon die Osterferien.

Eines Abends saßen sie und Grandad nebeneinander im Buchladen und lasen, während die letzten Sonnenstrahlen durchs offene Fenster fielen und das Gezwitscher der Vögel von draußen hereinklang.

»Was liest du da eigentlich?«, fragte Grandad, als er zwischendurch einen Schluck von seinem Kaffee trank.

Tilly zeigte ihm die Vorderseite des Buches, das Colette ihr als Andenken an Paris geschenkt hatte. Als sie es hochhielt, flatterte der Papierschnipsel mit der Postleitzahl und der anderen geheimnisvollen Nummer heraus, den sie zur Markierung zwischen die Seiten gelegt hatte.

»Was ist denn das?«, fragte Grandad und hob den Zettel auf. »Warum benutzt du einen Zettel mit einer Signatur als Lesezeichen?«

»Eine Signatur?«, wiederholte Tilly.

»Danach sieht es aus«, antwortete Grandad und deutete auf die Abfolge aus Ziffern und Buchstaben. »Sie dient dazu, in Bibliotheken die Bücher aufzufinden. Anhand der Ziffern-Buchstaben-Kombination werden sie zuerst verschiedenen Fachgebieten zugeteilt und dann innerhalb der Fachgebiete einem ganz bestimmten Platz. Die Signatur führt dich also in eine Abteilung zu einem bestimmten Regal und zu einem bestimmten Buch. Sie ist so etwas wie eine Koordinate auf einer Landkarte und hilft dir dabei, das zu finden, was du suchst. Woher hast du denn den Zettel?

»Der lag in dem Buch hier«, antwortete Tilly.

»Wäre interessant zu wissen, zu welchem Fachgebiet die Signatur gehört«, sagte Grandad. »Lass uns mal nachsehen. Eine kleine bibliothekarische Spurensuche.« Er nahm seinen Laptop, der neben ihm lag, öffnete eine

Website, auf der eine Bibliotheksklassifikation mit allen möglichen Zahlen- und Buchstabenkombinationen aufgelistet war, und scrollte sie durch. »Ah, sieh einer an!«, rief er. »Wir landen bei… *Geschichte der antiken Literatur*. Ist es ein Bibliotheksbuch, in dem der Zettel lag?«

»Nein…«, antwortete Tilly langsam. »Aber was hast du da eben über Karten gesagt?«

»Dass Signaturen wie Koordinaten auf einer Landkarte sind?«, fragte Grandad. »Sie führen dich genau an die Stelle, an der du findest, was du suchst.«

Plötzlich schoss Tilly ein Gedanke durch den Kopf, doch bevor sie ihn richtig fassen konnte, war er schon wieder weg, und nur noch ein Schatten blieb zurück. Während sie angestrengt versuchte, ihn wieder zurückzuholen, kam Seb völlig aufgelöst in den Buchladen gestürmt und rief nach Grandma und Grandad.

»Sie haben es geschafft«, sagte er.

»Was meinst du?« Grandad erhob sich.

»Sie haben es tatsächlich geschafft«, antwortete Seb außer Atem. »Sie haben die anderen Bibliothekare überzeugt – morgen fangen sie an, die Bücher zu sichern.«

»Nun ja, wir wussten, dass es so kommen würde.« Grandma kam mit Amelia aus der Küche. »Auch wenn wir natürlich gehofft hatten, dass es nicht passiert.«

»Aber wir haben immer noch keine belastenden Beweise gegen sie gefunden«, sagte Seb aufgeregt. »Und nun können wir nicht mehr buchwandeln, ohne beobachtet oder verfolgt zu werden. Was machen wir jetzt bloß?«

Tilly starrte noch immer auf das Stück Papier in ihrer Hand, während die anderen versuchten, Seb zu beruhigen. Auf der einen Seite stand die Adresse, die, wie sie und ihre Mum herausgefunden hatten, zur Library of Congress in Washington, D. C. gehörte. Auf der anderen stand eine Signatur, die sie zu einem ganz bestimmten Buch führen würde. Plötzlich überkam Tilly dasselbe Gefühl, das man hat, wenn man in ein Zimmer geht, um etwas zu suchen, dann aber vergessen hat, was es war, und es einem kurz darauf wieder einfällt.

Sie machte sich auf die Suche nach Bea.

»Mum?«, sagte sie.

»Ja«, antwortete Bea. »Alles in Ordnung?«

»Ich glaube, ich weiß, wo wir die Archivare finden.«

ENDE

Es war einmal …

In Paris erkunden Tilly und Oskar die abenteuerliche Welt der Märchen – einen Ort, an dem Unberechenbares passiert und die normalen Buchwandelregeln nicht gelten. Das liegt daran, dass Märchen, genau wie Mythen und Sagen, keiner schriftlichen Primärquelle entstammen. Bei der Lektüre von Märchen stellt man oft fest, dass verschiedene Versionen einer Geschichte und ihrer Figuren existieren – und dass man nie weiß, ob es ein glückliches Ende gibt …

Die meisten der heute bekannten Märchen basieren auf jahrhundertealter mündlicher Überlieferung. Manche Forscher glauben sogar, dass solche Geschichten schon in der Bronzezeit verbreitet wurden – das war vor Tausenden von Jahren. Außerdem gibt es Belege dafür, dass sich die Menschen überall auf der Welt Märchen erzählten.

Viele der Märchen, die wir heute kennen, wurden von Erzählern gesammelt und aufgeschrieben, die auf der Suche nach ihren Lieblingsgeschichten durch die Lande zogen. Zu den berühmtesten gehören die deut-

schen Brüder Jacob und Wilhelm Grimm, die in den Jahren 1812 und 1815 ihre erste Märchensammlung, die *Kinder- und Hausmärchen*, veröffentlichten. *Rapunzel* und *Hänsel und Gretel*, zwei Geschichten, die Tilly und Oskar besuchen, wurden darin zum ersten Mal gedruckt.

Ein anderer berühmter Geschichtensammler war der dänische Schriftsteller Hans Christian Andersen, der während seiner Lebenszeit die riesige Anzahl von 3381 Märchen aufschrieb, einschließlich so bekannter Erzählungen wie *Des Kaisers neue Kleider* und *Das hässliche Entlein*.

Als Tilly und Oskar zum ersten Mal zusammen in die Märchenwelt wandeln, besuchen sie *Rotkäppchen*, ein Märchen, von dem es etliche Fassungen gibt, die oftmals unterschiedlich enden. Historische Quellen belegen, dass es in Frankreich schon im 10. Jahrhundert erzählt wurde, während seine Ursprünge wahrscheinlich auf ostasi-

atische Geschichten über eine Tigergroßmutter zurückgehen.

Tilly und Oskar besuchen die erste gedruckte Version des Märchens *Rotkäppchen*, die ein französischer Schriftsteller namens Charles Perrault 1697 verfasste. Seine Fassung hat eigentlich einen ziemlich schaurigen Schluss, der bei ihrem Besuch allerdings – zum Glück für die beiden – durch ein fehlgeleitetes Rotkäppchen verhindert wird.

Viele bedeutende Märchensammlungen stammen aus Frankreich. *Le Cabinet des Fées*, Gretchens Buchhandlung, ist nach einer bekannten illustrierten Geschichtensammlung aus dem 18. Jahrhundert benannt. Sie wurde von einem Mann namens Charles-Joseph de Mayer in beachtlichen einundvierzig Bänden veröffentlicht.

Während der vergangenen Jahrzehnte haben Filmemacher und Filmstudios wie Disney oft Märchen als Grundlage für Filme benutzt. *Die Eiskönigin* wurde von Hans Christian Andersens *Die Schneekönigin* inspiriert, und der Disney-Film *Rapunzel – neu verföhnt* ist natürlich eine Neuerzählung des Märchens *Rapunzel*.

Märchen entwickeln und verändern sich fortwährend weiter, weil diejenigen, die sie lesen, ihnen lauschen oder sie als Film anschauen, immer wieder unterschiedliche Bedürfnisse haben. Und genau das macht Märchen so gefährlich für

Buchwandler, aber zugleich so faszinierend für Autoren und Leser. Vielleicht schreibst du ja irgendwann selbst einmal eins …

Glossar der französischen Begriffe

On y va!	Auf geht's!
Mon cher	Mein Lieber, mein Schatz
Bonne nuit	Gute Nacht
Quelle surprise!	Was für eine Überraschung!
Et qui est-ce?	Und wer ist das?
Oui	Ja
Non	Nein
Merci	Danke
Mamie	Oma
Qui êtes-vous?	Wer seid ihr?
Dîtes-moi!	Sagt schon
Maintenant	Sofort / jetzt
Je suis anglais	Ich bin Engländer
Mais oui	Aber natürlich
Mes amis	Meine Freunde

Danke

Meiner Familie: meiner Mutter und meinem Vater, denen ich dieses Buch widme, für ihre Liebe und ihre Unterstützung. Meiner Schwester Hester, meinen Großeltern und der erweiterten Familie Kitchen und Bray. Ebenso den Cottons, Colliers, Bishops und Rices.

Adam Collier, der mir immer eine Quelle der Aufmunterung, Unterstützung und Liebe war.

Claire Wilson, der klügsten und wunderbarsten Agentin von allen. Danke, wie immer, Sarah Hughes.

Allen bei HarperCollins Children's Books. Besonders meiner Lektorin Rachel Denwood – ich wüsste nicht, was ich ohne dich machen sollte. Deine Sorgfalt, Umsicht und dein Sinn für Humor waren ein Traum, und ich habe so viel von dir gelernt. Mein Dank geht auch an Yasmin Morrissey, Nick Lake, Anna Bowles, Samantha Stewart, Julia Sanderson, Louisa Sheridan, Jo-Anna Parkinson,

Jess Dean, Sam White, Elisa Offord, Beth Maher, Alex Cowan, David McDougall, Elorine Grant, Francesca Lecchini-Lee, Carla Alonzi und Ann-Janine Murtagh.

Paola Escobar für ihre wunderbaren Illustrationen, mit denen sie die Welt von Pages & Co. zum Leben erweckt hat.

Meinen Freundinnen und Freunden für so vieles: Laura Iredale, Ruth Heatley, Jo Kitchen, Naomi Kent, Naomi Reed, Sarah Richards, Cat Doyle, Katie Webber, Kevin Tsang, Eve Tsang, Kiran Millwood Hargrave, Tom de Freston, Laure Eve, Kate Rundell, Rosalind Jana, Paul Black, Reece Haydon Black, Chris Smith, Anne Miller, Lizzie Morris, Jamie Wright, Jon Usher, Jen Herlihy, Lucie Mussett, Sarah Worth, Amy Stutz, Erin Minogue, Eric Anderson, Sarah McKenna, Matt Fairhall und Lex Brookman.

Herzlichen Dank allen Buchhandlungen, Bibliotheken, Lehrern und Bloggern, die meine Bücher gelesen, darüber geschrieben und sich für sie eingesetzt haben.

Und den allerherzlichsten Dank den Leserinnen und Lesern von Pages & Co. Es bedeutet mir alles, dass diese Geschichte euch etwas bedeutet.

Quellennachweis

1 Frances Hodgson Burnett, Der geheime Garten. © 2013, 2020 Anaconda Verlag in der Verlagsgruppe Random House GmbH, ISBN 978-3-7306-0035-1, S. 151 f.

Autorin

Anna James hat eine Leidenschaft für Bücher: Nachdem sie als Schulbibliothekarin tätig war, arbeitete sie als Literaturjournalistin bei The Bookseller und schrieb für zahlreiche weitere Magazine und Zeitungen. Sie veranstaltet literarische Events, ist Mitbegründerin des YA Salons in London und hat mit A Case for Books ihren eigenen Instagram-, Twitter- und YouTube-Kanal. Sie lebt in London, in einer Wohnung voller Bücher.

Illustratorin

Paola Escobar wuchs in Kolumbien auf und zeichnet seit ihrer frühesten Kindheit. Dabei ließ sie sich immer von ihrer Umgebung, den Menschen und Geschichten ihrer Vorfahren inspirieren. Heute lebt sie zusammen mit ihrem Mann in Bogotá und illustriert Kinderbücher für viele internationale Verlage.

Übersetzerin

Birgit Salzmann studierte Deutsche Sprache und Literatur, Anglistik und Romanistik und übersetzt seit vielen Jahren englischsprachige Literatur ins Deutsche.
Sie lebt mit ihrer Familie in Marburg und ist bei einer Reise ins Land der Geschichten jederzeit sofort dabei.

PARIS
FRANCE